# LE PALPASA CAFÉ

Narayan WAGLE

Traduit du népalais par Suraj SHAKYA

*Bonne lecture*
*Suraj*

nepa~laya

Publié par Publication nepa~laya
Kalikasthan Katmandou, Népal
Téléphone : +977-1-4439786
E-mail : publication@nepalaya.com.np
www.nepalaya.com.np

Édition originale en népalais par Publication nepa~laya en 2005
Traduction anglaise par Publication nepa~laya en 2008
Édition anglaise par Random House, Inde en 2010
Traduction coréenne par The Forest of Literature, Corée en 2011
Traduit et publié en langage singhalais (Sri Lanka) en 2016
Traduction française par Publication nepa~laya - 1ère publication en 2014
- 2ème publication en 2017

1 2

Conception graphique : INCS
Photo de couverture : Amrit Gurung et Chandra Shekhar Karki

Imprimé par Thomson Press, Inde

ISBN : 978-9937-8924-2-1

# Remerciements

C'est une tasse de thé traditionnel népalais dans un café à la mode de *Thamel*, quartier touristique de Katmandou, qui aura ouvert la porte sur la publication de mon roman en français. Si Isabelle Lippitsch n'avait pas souhaité me rencontrer et n'avait pas témoigné un vif intérêt pour la traduction de ce livre en proposant sa contribution, la version en français, depuis longtemps désirée n'aurait peut-être pas vu le jour. Touriste française, toujours souriante et curieuse, elle a témoigné un intérêt profond et sincère pour le Népal et a prolongé son séjour de plusieurs mois pour travailler assidûment sur ce projet, jusqu'à ce qu'elle soit satisfaite de son travail. À travers de nombreux échanges avec moi-même et d'autres, elle a aussi souhaité mieux comprendre le Népal en vivant au plus près de sa population.

Une première traduction avait été faite par mon lecteur passionné, Suraj Shakya. Il exerce le métier d'accompagnateur en montagne pour des randonneurs français. Il est aussi un lecteur enthousiaste de littérature népalaise. Son souhait était de traduire un de ses romans préférés dans la langue française qu'il parle couramment et qu'il affectionne tout particulièrement. Malgré sa profession qui l'occupe dans de lointaines et magnifiques régions de l'Himalaya, il a, pendant de nombreuses années, transporté avec lui le livre sur lequel il a travaillé inlassablement pour une première traduction en français avant qu'Isabelle ne lui donne une touche authentique.

Je témoigne également toute ma gratitude à mon éditeur au Népal, *publication nepa~laya* qui a permis à *Palpasa Café* de traverser les frontières pour être traduit en plusieurs langues.

Le Népal est un petit pays de l'Himalaya de 27 millions d'habitants. Il est enclavé, bordé au nord par la Chine, au sud, à l'ouest et à l'est par l'Inde.

Tout au long de son histoire et malgré la colonisation de l'Inde par les Anglais jusqu'en 1947, le pays a su garder sa souveraineté.

Malgré l'adoption d'une démocratie parlementaire en 1991, la situation politique est restée, depuis très longtemps, instable. En 1996, un mouvement révolutionnaire communiste (maoïste) se soulève dans les campagnes. C'est la guerre du peuple népalais.

Il en résultera une guerre civile qui prendra fin en 2006 et fera près de 17 000 victimes.

En 2008, la monarchie de la dynastie Shah qui régnait depuis 240 ans est abolie. Le pays devient une « République démocratique fédérale ».

À ma chère Nitika

# PROLOGUE

Un avion en papier atterrit sur mon siège alors que j'étais dans le *Birendra Convention Hall.* Je le saisis, le dépliai et le lus : « Monsieur *Coffee Guff,* quand pourrons-nous lire votre roman ? »

Le rideau allait se lever et Deep Shrestha commencerait son spectacle. À peine quelques secondes avant que la salle ne soit plongée dans l'obscurité, je tendis le message à mes amis. Ils le lurent et rirent.

Pendant deux heures, Deep allait chanter ses anciennes et nouvelles chansons, accompagné de son orchestre. Tandis qu'il chantait *'Ma ta dour dékhi ayé',* je relus le message dans la faible lumière de la salle. Je me tournai vers les loges. Il m'avait semblé que quelqu'un me saluait, mais il m'était impossible de reconnaître quiconque dans la pénombre. Le chanteur avait maintenant commencé à chanter *'Sailibari chiyabarima'.*

J'avais arrêté d'écrire *Coffee Guff* pour le quotidien *Kantipur* afin de terminer ce roman.

— Pourquoi écrire un roman quand on est déjà rédacteur en chef ? m'avait-on lancé.

— Un journaliste ne devrait pas écrire de fiction, m'avait fait remarquer un autre, d'un ton railleur.

Personnellement, je trouvais que les événements se succédaient si vite au Népal que mon travail sur cette actualité incessante m'empêchait d'avancer dans l'écriture de mon roman. En même temps, plusieurs incidents avaient bouleversé aussi bien la vie de mon personnage que celle de mes concitoyens. Nous étions en train de vivre une période où discerner le vrai du faux était difficile.

Distinguer le réel de l'imaginaire l'était tout autant. Pendant que j'écrivais mon roman, l'histoire du pays s'inscrivait. C'était un peu comme si les deux étaient liés.

*

Les pluies de la mousson avaient redonné à Katmandou son éclat. Je marchais vers *Thamel* tout en respirant l'air frais mêlé aux senteurs de la terre encore humide. Je croisai un groupe de jeunes gens en moto, prêts à foncer vers Nagarkot. « Il doit neiger là-haut », cria l'un d'eux. Une file interminable de voitures était en route vers Baktapur. Je me disais que si le ciel se dégageait, je pourrais même apercevoir, de la terrasse du restaurant, les montagnes fraîchement enneigées.

Alors que je m'apprêtais à monter les escaliers, un serveur, du premier étage, me lança :

— J'ai vu votre photo, avant-hier.

Surpris par le ton inquisiteur de sa voix, je m'arrêtai.

— Sur la photo, vous êtes en train d'écrire en fumant, dit-il.

« Et alors ? pensai-je, au moins ce n'était pas la fumée d'un fusil ! »

Le serveur insista :

— Vous écriviez un roman dans un restaurant du coin ?

Cette fois-ci je ne pris pas la peine de répondre.

— Est-ce qu'il y a de la place en haut ? demandai-je.

Je montai les escaliers, m'installai et commandai un grand café puis appelai Drishya de mon portable.

— J'arrive, me dit-il.

Au son de sa voix, il avait l'air tracassé. Je raccrochai.

Je voulais le revoir une dernière fois avant d'achever mon roman. Après tout ce livre était basé sur l'histoire de sa vie et il me manquait encore quelques éléments pour le rendre aussi fidèle que possible. Ce roman décrivait son univers artistique, ses pensées et son vécu. Drishya aurait sur mon écriture, un regard d'une justesse que seul un peintre comme lui pouvait avoir. Il connaissait les nuances de tons que l'écriture pouvait aussi renfermer. J'étais en train de terminer l'histoire d'un peintre. Drishya était un tableau pour moi et j'en captivais l'essence même à travers mon roman. C'était lui qui m'avait insufflé le désir d'écrire. J'avais écrit ce livre de telle manière que, dans l'imaginaire des lecteurs, l'écrivain se confondait avec son personnage.

Drishya avait un rêve qu'il avait partagé avec moi : celui de mêler l'art à la saveur du café cultivé sur les collines de l'ouest du Népal. Il voulait construire, au milieu de plantations de café, un havre de paix tout en respectant l'architecture locale. Les amateurs d'art et de café pourraient ainsi vivre une expérience unique. Ce lieu serait composé d'une bibliothèque, d'une galerie d'art et de quelques chambres pour les gens de passage. Un accès internet serait également à leur disposition. Ce rêve portait un nom : *Le Palpasa Café*.

Il devait se rendre prochainement dans l'ouest du pays pour démarrer son projet. Je voulais lui lire ce que j'avais écrit avant qu'il ne parte. *Le Palpasa Café* était la porte sur son nouvel horizon.

Pour arriver au café, il faudrait traverser la galerie et la bibliothèque. De là, les visiteurs pourraient jouir d'une vue magnifique sur les environs. Par temps clair, ils pourraient même admirer au loin les montagnes éternellement enneigées. *Le Palpasa*

*Café* aurait un jardin fleuri qui embaumerait toute l'année, et où les oiseaux migrateurs pourraient se reposer avant de continuer leur vol saisonnier. Les randonneurs, eux, pourraient atteindre en quatre jours le camp de base de l'Himal Phedi.

Je n'étais pas certain que la situation actuelle du pays était favorable à un projet aussi ambitieux. « D'où, me demandais-je, puise-t-il sa force pour faire face à toutes ces incertitudes qui pèsent sur le pays ? » Sa détermination m'impressionnait alors même que je pensais que notre pays, en ayant pris les armes, avait déjà assassiné son rêve. Lui, seul contre tous, était prêt à surmonter les innombrables obstacles.

Après la première gorgée de café, je vis un chat s'approcher de ma table en miaulant. Un article au sujet de mon projet d'écriture avait été publié dans le *Nepal Magazine,* accompagné d'une photo de moi écrivant, en buvant un café et fumant une cigarette. L'article mentionnait un autre chat, celui de mon restaurant préféré. Celui-ci lui ressemblait et tout comme l'autre, il vint se lover confortablement sur mes genoux. À la table d'à côté, les fleurs commençaient juste à fleurir, c'étaient des poinsettias joliment disposées dans de petits pots en terre.

Drishya n'était toujours pas arrivé. Je finis mon café et recomposai son numéro.

— Cinq amis sont passés me voir, me dit-il d'une voix inquiète. J'arrive dès que possible.

Je me demandai qui pouvaient bien être ces amis.

— Commande quelque chose en m'attendant, dit-il avant de raccrocher.

Plus tard, je découvrirais que ces visiteurs étaient loin d'être ses amis. Le chat, loin des tracas quotidiens des humains, me regardait tranquillement alors que je buvais mon café .Il vivait sa vie de chat, dans le meilleur des mondes. Peu de chats avaient sa chance. Des touristes du monde entier fréquentaient ce restaurant. À cet instant même, l'un d'entre eux pointa son appareil photo vers moi pour prendre en photo le chat qui était sur mes genoux. Avais-je été dans son cadre ? Je devenais méfiant. Ces temps-ci un rien nous rendait suspicieux.

Mon portable sonna alors que j'en étais déjà à mon deuxième café. Les maoïstes avaient fait exploser un bus après avoir dévalisé les passagers. Ils s'étaient tous enfuis dans la forêt.

— Pas de mort, m'annonça un journaliste de mon quotidien. Je vais vous faxer le contenu, mais ça va prendre un peu de temps. Depuis le passage à tabac de la police avant-hier, la situation est très tendue ici, au chef-lieu du district. Ce matin, il y a eu des coups de feu tirés en l'air par les forces de l'ordre. Les lycéens continuent de lancer des pierres depuis l'enceinte de leur établissement, me précisa-t-il.

— Pourquoi n'achètes-tu pas un ordinateur ? Tu aurais pu m'envoyer tout ça par mèl ! Maintenant tu vas être obligé de passer par le bureau de communication pour m'envoyer tout ça !

— Si vous m'aviez accordé l'avance que je vous avais demandée, j'en aurais un, me rétorqua-t-il. Je raccrochai.

Drishya n'était toujours pas arrivé. Je commençais à croire qu'il n'arriverait jamais. J'étais fasciné par son rêve et je voulais en savoir plus. À quoi ressemblaient les villages autour du *Palpasa Café* ? J'imaginais de petites maisons aux murs en terre battue couleur ocre, leur toit en ardoise et leur porte de bois foncé, le sol tassé par les pluies. J'espérais qu'un jour il m'y emmènerait.

Je recomposai son numéro, une voix féminine me répondit :

— *Daï,* ils l'ont arrêté, ils l'ont emmené, cria-t-elle paniquée. Je reconnus la voix de Phoolan, la secrétaire de Drishya.

Immédiatement, je sentis l'angoisse m'envahir.

— Quoi ? Où ? criai-je à mon tour.

— Ils étaient cinq. Ils ont dit qu'ils avaient besoin de lui poser quelques questions. Ils se sont fait passer pour des policiers, mais ils n'étaient même pas en uniforme.

Elle pleurait.

« Oh non, pensai-je, ses prétendus amis l'avaient kidnappé. » Un frisson me parcourut.

— Que puis-je faire ? Il est parti avec aux pieds des chaussures dépareillées tellement ils l'ont bousculé. Il n'a même pas pris son portable.

La panique commençait à s'insinuer en moi. Comment Drishya avait-il pu se faire arrêter en plein jour ? Ses ravisseurs ne portaient pas d'uniforme, certes, rien dans leur apparence n'avait pu alerter les passants. J'appris plus tard que le groupe l'avait suivi à courte distance puis l'avait forcé à monter dans une voiture banalisée, garée proche de chez lui. Et tout ça n'avait attiré l'attention de personne.

Pendant ce temps, j'étais confortablement installé dans un restaurant sans me douter de quoi que ce soit. Je l'attendais tranquillement pour lui lire l'histoire de son rêve alors que lui, le personnage principal, était en train de se faire arrêter dans des conditions douteuses.

J'appelai immédiatement un général de l'armée que je connaissais pour tenter d'obtenir des informations. Il me répondit que « dans l'état actuel des choses », il ne pouvait pas m'aider. Je savais parfaitement qu'arrêter les gens sans mandat était devenu une pratique courante. C'était délicat d'insister, je savais aussi à quel point il était difficile d'avoir des informations une fois qu'ils avaient été arrêtés.

J'appelai néanmoins le chef de l'armée qui, me répondit-on, était en réunion.

— Contactez plutôt le porte-parole de l'armée, me conseilla un commandant.

J'aurais voulu que le serveur me laisse tranquille, mais c'était peine perdue. Il revint, insistant :

— Avez-vous déjà commandé ? me demanda-t-il.

— Que veux-tu que je commande ? répondis-je d'un ton exaspéré.

Mon téléphone sonna à nouveau. C'était le journaliste d'un autre district.

— Excusez-moi, mais je vais devoir vous dicter mon article, il n'y a personne au bureau central.

Décidément ! Je notai à la hâte ses informations sur une serviette en papier. La ligne était mauvaise, j'avais des difficultés à l'entendre.

*Ce matin, à environ huit kilomètres du village, les forces de l'ordre qui patrouillaient ont été prises en embuscade par les maoïstes et nous sommes toujours sans nouvelles.*

Rien de neuf ! Chaque jour, le journal publiait les mêmes histoires et demain un scénario identique ferait à nouveau la une. C'était toujours la même rengaine : l'armée coupée de tout contact, des embuscades, des explosions, l'exécution d'un journaliste, une épidémie, un mort sur le chemin de l'hôpital. Et nous dans tout ça, n'étions-nous là que pour publier, jour après jour le nombre de morts, impuissants ?

15

— C'est tout ? demandai-je au journaliste.

— Non *daï*, il y a autre chose aussi, dit-il.

Je pris une autre serviette.

*Sept enfants sont morts d'hypothermie, dans l'ouest du pays, suite à des chutes de neige qui ont provoqué une baisse de température record.*

Je relus ce que j'avais écrit sur mes papiers de fortune. C'était comme si ces mots avaient changé le bleu de l'encre en rouge sang. Je pliai les serviettes avant de les mettre dans ma poche. Mon café avait refroidi.

Dans la rue résonnaient les cris des étudiants brandissant des drapeaux rouges « Vive la démocratie ! » Comme ils refusaient de quitter les lieux, les policiers les avaient tabassés et des coups de feu avaient été tirés en l'air. C'est le même serveur insistant qui m'en fit le récit. Je commandai une soupe de tomate et des frites. Le son de la musique *'Om Mani Padmé Hum'* qui provenait du magasin de disques en bas commençait à faiblir. Le vent soufflait fort. « Vive la démocratie ! » avait été écrit en lettres capitales sur le bitume de la route, plus bas.

Lorsqu'on avait annoncé que la majorité des étudiants avait voté pour la démocratie au référendum organisé dans une assemblée générale universitaire, la police était entrée dans l'enceinte de l'université et avait piétiné les slogans révolutionnaires tracés à la craie. À présent les étudiants leur répondaient en se rebellant.

Les fleurs de la table d'à-côté ramenèrent mes pensées vers Drishya. Qui l'avait arrêté ? Où l'avaient-ils emmené ? Reviendrait-il indemne ? Qu'en serait-il si les ravisseurs annonçaient, tout simplement, qu'il avait été tué dans des affrontements ? Je devrais alors trouver les mots justes pour expliquer sa mort dans un article. Combien de mots faudrait-il consacrer à une telle nouvelle ? Ces dernières questions avaient-elles de l'importance ?

Tout cela n'avait aucun sens.

Mais qui étaient donc ces hommes ? Pourquoi l'avaient-ils arrêté ? Voulaient-ils le questionner sur une de ces dernières visites dans l'ouest du Népal ? Avaient-ils découvert que Siddhartha avait été son ami ? Existait-il quelque chose de suspect dans son projet qui l'aurait rendu coupable à leurs yeux ?

La vie nocturne de *Thamel* reprenait doucement. Le chat sauta sur la table et observa le cahier où j'avais pris des notes sur la vie de Drishya. Je commençai à feuilleter les pages en songeant à la Constitution de notre pays.

Chaque paragraphe, chaque ligne, chaque mot me rappelaient les droits fondamentaux qu'une Constitution devait à sa population. À présent, il était possible que le personnage de mon roman disparaisse sous mes yeux, par la seule faute des responsables de ce pays, incapables de maintenir ces droits.

Ils avaient d'abord déchiré, une à une, les pages de cette Constitution et étaient devenus ainsi, les pires délinquants au vu et au su de tous. Et maintenant ils avaient arrêté Drishya.

À travers son histoire, étais-je en train d'écrire une nouvelle page d'actualité ?

Devrais-je publier la nouvelle de son arrestation aujourd'hui ? Il était certain que Phoolan allait faire une déclaration publique appelant à sa libération. J'entendais déjà mes collègues suggérer : « On pourrait rassembler tous les noms de ces arrestations et les appels à leur libération dans le même article. »

Drishya ne serait alors plus qu'un simple nom ajouté à la longue liste des disparus.

Phoolan me rappela.

— *Daï,* vous devriez faire très attention aussi. Ces hommes ont embarqué des documents et des photos.

— Et alors ?

— Vous étiez sur une des photos.

❑❑

# 1

Une ombre passait et repassait, depuis un moment, devant la fenêtre de ma chambre.

Je pouvais distinguer la silhouette d'une femme. Était-ce la fille du propriétaire qui venait me provoquer ? Je me frottai les yeux. Soudain l'ombre disparut, réapparut, puis se dirigea vers la véranda. Se promenait-elle dans la fraîcheur du matin ? N'aurait-elle pas pu trouver un meilleur endroit pour faire sa petite marche matinale que sous ma fenêtre ? On aurait dit qu'elle portait quelque chose qui ressemblait à un ananas.

Alors que j'étais sur le point de sortir, je m'aperçus que j'étais nu. J'attrapai à la hâte une serviette que j'enroulai autour de la taille et me dirigeai vers la mer. Le son des vagues me parvenait à peine. La mer ici, avait cette façon très particulière de livrer sa houle durant la nuit pour retrouver le calme apaisant à l'aube.

Où était passée la fille du propriétaire de l'hôtel ? Je jetai un coup d'œil aux alentours et l'aperçus sous un cocotier. Elle essayait de faire tomber une noix de coco à l'aide d'un long bâton. J'eus envie de lui crier : « Ça te dirait de boire un lait de coco à la même paille ? » ; mais elle ne m'aurait pas entendu de toute façon.

Le temps que je regagne ma chambre, les journaux étaient

arrivés. Je les attrapai et me dirigeai vers les toilettes. C'est fou comme la banalité de ce moment pouvait être plus gaie en regardant les dessins humoristiques. Si les dessins n'étaient pas à la hauteur, je me contentais alors de mon ordinateur. Il y en aurait toujours un qui aurait eu l'idée de m'envoyer de bonnes blagues. C'était devenu une habitude.

Lorsque plus tard, alors que je m'habillais, je remarquai à nouveau la même ombre derrière les rideaux. Cette provocation m'agaçait. J'ouvris la porte, juste à temps pour voir la fille du propriétaire disparaitre dans la chambre d'un autre client. Il lui avait certainement commandé une noix de coco. Les effluves désagréables d'un cigare me parvenaient de la véranda, à l'étage en dessous.

Je payai ma note et saluai le propriétaire de l'hôtel. Sa fille était maintenant agrippée au tronc du cocotier, à quelques mètres du sol, en train d'essayer d'attraper une autre noix de coco. Je me demandai si je n'irais pas jeter un œil espiègle sous ses jupes quand je remarquai, déçu, qu'elle portait un pantalon. Dommage ! « Au revoir », me lança-t-elle de loin alors qu'une noix de coco tombait d'un bruit sourd.

Je ne répondis même pas. Un peu plus loin, un touriste envoyait un avion en papier sur son amie pour la taquiner.

Je décidai de me rendre à la célèbre église de Goa. Dehors, la file d'attente s'étirait sur plusieurs dizaines de mètres. Résigné, alors que je prenais place dans la longue file d'attente, je réalisai soudain que je me trouvais juste derrière Palpasa. Spontanément, comme un gamin, je lui couvris les yeux de mes deux mains.

— Qui est-ce ? demanda-t-elle en sursautant.

Ses amies se retournèrent et en me voyant sourirent, complices.

— Qui est-ce ? répéta-t-elle.

Je ne dis toujours rien. Mes doigts effleurèrent ses sourcils, aussi doux qu'un pétale délicat. Une de ses amies lui lança :

— Devine !

Franchement, je ne me rendais pas compte de ce que je faisais. Je me demandais pourquoi je m'étais empressé de lui couvrir les yeux.

— Oh, c'est vous ! dit-elle, en me lançant une tape amicale sur le torse. Vous ne deviez pas partir pour le Kerala ?

— Si j'étais parti, je ne serais pas là ! me moquai-je gentiment.

— Vous n'y allez pas ?

— Je suis encore en train d'y réfléchir.

— À quelle heure part votre train ? demanda-t-elle

— Il est déjà parti.

— Vous l'avez raté. Mais pourquoi ?

— C'est à cause de toi.

Elle me regarda, surprise.

— Moi ? Qu'ai-je fait ?

— Rien.

— Je ne comprends pas.

— En fait, je l'ai délibérément raté.

— Mais qu'est-ce qui s'est passé ? demanda-t-elle.

— Toute la nuit, j'ai pensé à toi.

Ses amies commençaient à glousser et chuchoter entre elles.

— Du coup, vous ne vous êtes pas réveillé et vous étiez en retard pour prendre votre train ? me demanda Palpasa

— En fait, je viens à peine de me réveiller.

— Vous êtes libre comme l'air, alors ? dit-elle.

— D'une certaine façon oui, répondis-je.

Elle me présenta à ses amies. L'une d'entre elles me dit :

— Voilà enfin quelqu'un qui peut lui tenir tête.

— Pourquoi ? Aucune de vous n'en est capable ? dis-je en plaisantant.

— Avec nous, elle a toujours raison.

En s'avançant vers moi, elles dirent :

— Bonne chance !

— Oh, vous alors ! s'exclama Palpasa.

Tout en riant de plus belle, ses amies s'éloignèrent.

— On dirait que tout le monde est contre moi. Qu'est-ce que je devrais faire à votre avis ?

— Réalise un film documentaire, dis-je.

— Sur votre vie ?

— Pourquoi pas ? Et moi je ferais ton portrait.

Elle rit.

— Quelle chance pour moi ! dit-elle.

— Quelle opportunité pour moi !

— On dirait que je suis bénie des dieux.

— Non, c'est juste une bonne opportunité pour moi, fis-je.

— Le destin me sourit, dit-elle.

— Tu crois que je suis opportuniste ?

— Et vous, vous croyez que je suis fataliste ?

J'éclatai de rire.

— On pourrait s'inventer autrement qu'en 'iste', non ? Notre rencontre est une agréable coïncidence, c'est tout.

— Dans ce cas, on est des 'hasardistes' alors !

Et elle s'esclaffa.

— Il faudrait que nos rencontres à venir soient toujours placées sous le signe du destin.

— Pourquoi dites-vous ça ?

— Tu vois, j'ai failli partir au Kerala.

— Et soudain vous avez pensé qu'on ne se reverrait jamais, n'est-ce pas ?

— Sans doute.

— Pourquoi ?

— Simplement parce-ce qu'hier, j'ai oublié de prendre ton numéro de téléphone.

— Ah mais c'est vrai ! Je suis désolée ! s'excusa-t-elle.

— Ne sois pas désolée, c'est moi qui aurais dû te le demander.

— Si j'ai bien compris, vous êtes en train de me dire que c'est pour ça que vous avez raté votre train.

— D'une certaine façon, oui.

— Que voulez-vous dire ?

— En fait, j'ai passé toute la soirée d'hier à chercher ton hôtel.

— Oh, je ne vous avais pas donné le nom de mon hôtel !

— Non, et je n'ai pas pensé à te le demander non plus.

— Vous avez toujours la tête ailleurs comme ça ?

— Depuis que je t'ai rencontré oui.

— N'importe quoi !

— Depuis que je t'ai rencontrée, j'ai perdu la tête.

— Ah bon ? dit-elle, tout en continuant à faire la queue.

— Depuis que je t'ai rencontrée, j'oublie tout.

— Vous êtes quand même cruel.

— Pourquoi tu dis ça ?

— Je vois déjà arriver le moment de la séparation.

Sans même nous en rendre compte, nous nous étions écartés de la file d'attente et nous étions à présent dans la cour de l'église alors que ses amies se dirigeaient vers nous. Elles venaient de terminer la visite. Nous faisions face à cette superbe église du XVIIème siècle et j'étais plus qu'emballé par cette rencontre imprévue.

— On se voit à Katmandou ? me demanda rapidement Palpasa en voyant arriver ses amies.

— Est-ce que ça veut dire qu'on se quitte déjà ?

— Je n'ai pas dit ça.

Une de ses amies nous interrompit :

— Excusez-moi, mais vous avez fini votre conversation, vous deux ?

— On vient à peine de commencer, dis-je.

Ses amies éclatèrent de rire.

Ce soir-là, tranquillement assis sur la véranda face à la mer, j'admirais un verre de vin à la main, le spectacle qui s'offrait à moi. Le soleil couchant telle une boule de feu colorait l'océan pendant que les mouettes guettaient les poissons imprudents. Je fus surpris de voir arriver Palpasa, seule. La mer changeait à chaque instant, comme sous l'effet d'un pinceau sur une toile. Elle commanda un verre de vin alors que je me demandais si je n'allais pas prendre un alcool un peu plus fort. J'avais besoin d'ivresse pour me détendre.

De l'autre côté, de la cour qui donnait sur ma chambre, les enceintes de l'hôtel crachaient les mots que Bob Marley adressait à ses fidèles admirateurs *'Get up, stand up, don't give up the fight.'* Elle aussi prenait de petites gorgées. Je sentais que j'étais en train de tomber amoureux et je craignais ces sentiments. Pourquoi la séduire ? Étais-je devenu fou ? J'étais irrésistiblement attiré par elle. « Quel imbécile ! » me dis-je en me pinçant le genou pour être certain que je ne rêvais pas.

Les paroles d'une autre chanson de Bob Marley résonnaient *'If you don't know your history, how can you know where you're coming from ?'* Puis celle d'avant repassait *'Get up, stand up, don't give up the fight'*. Ses chansons tournaient en boucle.

Palpasa s'évapora dans l'ombre des cocotiers. Longtemps après qu'elle soit partie, je pouvais encore sentir le parfum de ses cheveux. Je regrettai de ne pas lui avoir dit au revoir et je ne me rappelai même pas si elle m'avait salué ou non. Sur le moment je ne m'en étais pas rendu compte. Peut-être était-ce l'ambiance décontractée de la soirée, l'humeur du moment ou encore parce que j'avais bu un peu plus que d'habitude. Peut-être un peu tout à la fois. Parfois, ces choses arrivent dans les endroits qui nous sont étrangers, on devient alors un autre, une âme de passage. Je me demandais si j'allais revoir Palpasa à Goa.

J'ai commencé à faire les cent pas sur la véranda. Tout ce que j'avais envie de faire, c'était de descendre mettre une baffe à ce fumeur dont la fumée de cigare me remontait jusqu'aux narines. Et la fille du propriétaire, où était-elle ? La voir me redonnerait peut-être le sourire. Je regardai si elle n'était pas dans les cocotiers en train d'attraper des noix de coco. Les palmes dansaient au rythme d'un vent qui s'accentuait au fil des heures. La mer était à nouveau bruyante, elle reprenait son rythme nocturne. La musique retentissait toujours aussi forte des enceintes.

J'allumai mon ordinateur. J'avais trois nouveaux messages. Je n'avais pas envie de *chatter*. C'était sans doute des blagues sans aucun intérêt et je n'avais aucune envie d'y répondre

□□

# 2

En fait, nous nous étions rencontrés le jour d'avant pour la première fois au *Coconut Bar and Pineapple Restaurant*, une construction à l'architecture portugaise, qui, comme tout Goa s'était mis au diapason avec l'ambiance de Noël pour ses nombreux visiteurs. La salle était pleine, un groupe reprenait les chansons des Beatles. Au mur l'ombre de cocotiers donnait une ambiance tropicale. J'étais tranquillement assis, seul à une table, les pieds posés sur une autre chaise. Je venais d'envoyer un mèl à Tsering en lui disant que j'étais à l'affut d'une conquête.

— Et qui sera la pauvre victime ? répondit-il. Je lui avais dit de me retrouver le soir sur le *chat*.

À ma demande, le groupe jouait *'Norwegian Wood'*. J'aimais beaucoup le mélange de style occidental et oriental. Je pensais à Ravi Shankar qui avait enseigné la cithare à Georges Harrison. Un serveur s'était placé juste derrière moi, les yeux rivés sur l'écran de mon ordinateur, avec un petit sourire comme s'il avait découvert que je regardais des sites pornos. Il versa un peu plus de *fenny* dans mon verre. Comme je levai les yeux, j'aperçus l'ombre d'une silhouette que la lune projetait à travers les cocotiers sur le mur. Quelqu'un s'approchait de moi.

— *Excuse me !* m'interpella une jeune fille en me faisant signe de la main pour attirer mon attention. Est-ce que je peux prendre cette chaise ? me demanda-t-elle en pointant du doigt la chaise où reposaient mes pieds.

C'était ma dernière soirée à Goa. Je partais pour le Kerala pour le nouvel an.

La fille portait un jeans avec un t-shirt en V sur lequel était imprimé un coucher de soleil de Goa. Cela me rappelait ma promenade du matin, sur le sable fin de la plage d'Anjuna où les vagues venaient rafraîchir mes pieds nus. C'était comme si elle était arrivée avec la douceur d'une vague marine, ses longs cheveux brillants au vent. « Cette fille-là est pour moi », pensai-je.

— Et si je ne veux pas vous la donner ? demandai-je effrontément.

Elle me regarda, d'un air interrogateur. Elle avait des grands yeux clairs de rêveuse.

— *Sorry* ? dit-elle, comme si elle n'avait pas entendu ma remarque insolente.

Je pris une autre gorgée de *fenny*. À cet instant, le serveur apporta mon curry de poisson accompagné de riz. Il était impossible pour les Népalais de se passer de riz, peu importe où nous nous trouvions. Je me demandai si je pouvais manger avec les doigts, comme nous le faisions tous dans mon pays. Je décidai finalement qu'il valait mieux utiliser des couverts. La fille attendait toujours ma réponse.

— Oh, je suis désolé de vous faire attendre, dis-je en lui montrant ma fourchette.

— Bon, je peux la prendre maintenant ? demanda-t-elle alors

qu'elle se baissait déjà pour la saisir. J'en profitai pour jeter un œil sur ses jolies formes.

— Vous pouvez vous asseoir ici si vous voulez, dis-je.

— *Sorry*, fit-elle. Je ne vous demandais pas de partager votre table, je vous demandais simplement une chaise.

Elle avait la voix chaude et harmonieuse. Ses yeux m'attiraient irrésistiblement. Il fallait vraiment être un idiot pour rater cette occasion.

— D'ici, on voit mieux le groupe, insistai-je.

— Oui, mais de là-bas on l'entend mieux, répliqua-t-elle. Je réalisai tout de suite que cette fille avait de la répartie.

— Alors peut-être que je peux me joindre à vous ? demandai-je.

— Il y a déjà pas mal de monde à notre table.

Je décidai d'être plus clair :

— C'est à vous que je voudrais parler.

— Je n'ai pas le temps, dit-elle.

Je voulais la retenir par tous les moyens.

— J'ai de bonnes raisons de vouloir vous parler, dis-je.

— Je me demande bien quelles bonnes raisons vous pourriez avoir. Je ne vous connais même pas.

— Vous vous trompez. Nous nous connaissons.

— Oh allez, arrêtez. On vient de se rencontrer à l'instant.

Je plongeai mon regard dans le sien.

— En fait, nous nous sommes rencontrés il y a à peine quelques heures.

Je continuais, sans pouvoir m'arrêter, tout en la regardant dans les yeux :

— Que lisiez-vous sur la place d'Anjuna aujourd'hui ? lui demandai-je.

— Un livre sur la peinture, pourquoi ?

— C'est bien ce que je disais, nous nous connaissons.

— Ah bon ?

— Parce que c'est moi qui suis l'auteur de ce livre, dévoilai-je.

— Ce n'est pas possible ! s'exclama-t-elle en écarquillant les yeux.

— Vous ne me croyez pas ?

— Je ne sais pas comment je pourrais vous contredire, dit-elle. Il n'y a aucune photo de l'auteur dans ce livre.

— Regardez le nom de l'auteur.

— Oui, il me semble qu'il est népalais.

— Et d'après vous, j'ai l'air d'un Occidental ? dis-je en m'adressant à elle pour la première fois en népalais.

Surprise, elle recula. J'observai sa réaction et plongeai à nouveau mon regard dans le sien. Ses yeux étaient tels un morceau d'ananas juteux et les miens deux abeilles irrésistiblement attirées par le délicieux nectar fruité.

— Incroyable ! dit-elle finalement, visiblement impressionnée. Elle me dévisagea alors, comme pour se convaincre que mes traits ressemblaient à l'image qu'elle s'était faite de l'auteur.

— Maintenant que tu me connais, veux-tu t'asseoir deux minutes s'il-te-plait ? Je me suis mis à la tutoyer.

— Je veux ton avis sur le livre.

Elle s'assit comme une étudiante bien sage sur la chaise qu'elle voulait prendre tout à l'heure. Elle me fit : « *Namasté* » en joignant ses deux mains face à elle. J'ai tendu la main pour serrer la sienne. Sa poignée de main était douce et je sentais ses veines qui palpitaient. Ses lèvres charnues et brillantes comme des cerneaux de mandarine remuèrent pour me dire quelque chose. Sa silhouette sculpturale se détachait sur le mur. Elle se mouvait telle une vague bougeant au rythme de la mélopée d'une guitare. C'était comme un croquis tracé au crayon. Je l'ai longuement regardée. Cette ombre harmonieuse aux formes féminines bougeait comme un vent léger. Je ne suis pas mal fait de ma personne et je me suis dit que c'était une chance pour elle de pouvoir me contempler.

— Je m'appelle Palpasa, dit-elle

— *Hi,* dis-je, en lui offrant une nouvelle fois ma main.

— Je viens de finir mes études aux États-Unis. J'espère devenir réalisatrice de films documentaires.

— Ravi de te rencontrer, dis-je. Nous sommes plus ou moins dans le même domaine alors. Les deux sont artistiques, que ce soit la peinture ou la photo. La seule différence c'est le moyen d'expression.

— Je voudrais vous présenter à mes amis, dit-elle en se levant.

Elle continuait de me vouvoyer.

— Non, dis-je, s'il te plait, je ne veux pas que tu me présentes à qui que ce soit.

Elle s'assit à nouveau.

— Mais vous venez juste de vous présenter à moi, dit-elle.

— Parce que tu es spéciale.

— J'aime vraiment beaucoup vos peintures, dit-elle. Elles sont simples, avec un style très original qui me plait beaucoup.

— Je suis flatté, dis-je. Tu ne peux pas imaginer ce qu'un artiste comme moi peut ressentir en voyant une jeune fille, visiblement vivant en Occident, couchée sur la plage en maillot de bain en train de lire le livre qu'il a écrit.

— Qu'avez-vous ressenti exactement ?

— C'est difficile à exprimer, répondis-je.

Je n'étais pas certain de vouloir me dévoiler totalement.

— C'est la première fois que ce genre de chose m'arrive, avoua-t-elle.

— Quel genre de chose ?

— C'est la première fois que je rencontre l'auteur d'un livre que j'ai lu.

Comment pourrait-elle en rencontrer, puisque de toute façon c'était moi qui lui avais offert cette opportunité ?

— Lorsque tu lis un livre, tu imagines l'auteur ?

— Bien-sûr. Et avec les livres sur l'art, j'imagine les traits de l'artiste. Au fur et à mesure que je lis le livre, ses traits changent selon la peinture que je contemple. Page après page, ma curiosité s'éveille et je me demande à quoi ressemble l'auteur.

— Alors, et cet écrivain, tu l'imaginais comment ? demandai-je à nouveau.

— D'âge moyen, avec un chapeau, fumant la pipe, une guitare en bandoulière, murmurant au vent.

— Un peu romantique aussi ?

— Et je n'ai pas changé d'avis, continua-t-elle. Même si vous paraissez un peu plus jeune que ce que j'avais imaginé.

— En fait je suis très vieux, dis-je en essayant de prolonger notre conversation.

Le serveur était visiblement décidé à interrompre notre intimité, il revint vers nous. J'étais tellement contrarié que je lui aurais bien arraché quelques poils de sa barbichette ridicule.

— Je n'ai pas dit ça. Ce que je voulais dire, c'est que vous paraissez bien jeune pour avoir peint des tableaux d'une telle maturité, corrigea Palpasa.

— Merci, dis-je. Personne ne m'avait jamais dit ça.

— Vous essayez de me flatter à votre tour.

— Non, c'est toi qui me flattes.

— Vous n'avez pas l'air de quelqu'un qui attache tant d'importance à ce que les gens pensent.

— Tu te trompes, dis-je. Les artistes sont très sensibles aux critiques, d'autant plus quand ils rencontrent des gens comme toi qui apprécient leur art.

— Je suis une fille simple qui aime l'art, même si mes amis ne seraient pas d'accord avec ça. Ils disent que lorsque quelque chose m'intéresse, je deviens passionnée jusqu'à l'obsession. Mais moi, je me vois comme une fille pas compliquée qui aime les choses simples.

— C'est la première fois que j'ai eu envie de me présenter à quelqu'un qui a lu mon livre, dis-je.

Je voulais lui montrer que ce moment était unique pour qu'elle ne pense pas que je faisais le même coup à toutes les filles. Je voulais prendre mon temps et savourer l'instant, un peu comme quand on mange une pomme juteuse par petits bouts.

— Je vis une vie si simple que parfois je me demande si je ne devrais pas devenir une nonne bouddhiste. Il est possible que j'en devienne une, un de ces jours.

— Non, une fille comme toi ne doit pas vivre une vie de religieuse.

— Je veux acquérir la sagesse, dit-elle. Je veux apprendre à me connaître. Si le métier de réalisatrice de films documentaires ne me comble pas, j'irai dans un monastère et me tournerai vers une vie intérieure. En fait, la vie est une quête pour lui donner un sens, n'est-ce pas ?

— C'est la première fois que je rencontre quelqu'un qui veut devenir nonne, dis-je.

J'aurais voulu qu'elle change de sujet.

— J'aime vraiment beaucoup vos peintures, dit-elle.

— Qu'est-ce que tu aimes tant ? demandai-je.

— Plein de choses : le sujet, les traits, les couleurs, l'arrière-plan. Il y a dans les personnages une harmonie qui dévoile les rêves et les désirs de chacun d'entre eux. Comment les choisissez-vous ?

— Au gré des rencontres, tout comme je t'ai rencontrée.

— Non merci je ne veux pas être un sujet de peinture, dit-elle en faisant une grimace.

— Qui a dit que c'est ce que je voulais ?

— Non, j'ai juste dit ça comme ça !

— En fait, l'impression que tu m'as fait en si peu de temps va m'aider à créer le sujet de ma prochaine peinture.

— Impossible ! s'exclama-t-elle.

— Qu'est-ce qui est impossible ?

— D'avoir le dernier mot avec les artistes.

— Pourquoi, tu en connais beaucoup ici ?

— Je voulais dire, avec *un* seul artiste.

Elle semblait maintenant plus à l'aise. Ses mains s'animaient, ses bras étaient doux et ses pieds… Je les imaginai tendres et soyeux, prêt à être caressés.

Au restaurant, le groupe avait déjà joué plusieurs morceaux des Beatles. J'attendais *'Strawberry Fields Forever'* que j'avais discrètement demandé en écrivant le titre sur une serviette en papier et en la passant au serveur. La soirée s'écoulait au rythme des vagues nocturnes. Je pensais que vers minuit la houle diminuerait. Je partais le lendemain vers midi, j'avais donc le temps. Alors que je terminais mon diner, j'entendis le solo de guitare. C'était bien *'Strawberry Fields Forever'*.

— Ça va ? Il n'est pas trop tard pour toi ? demandai-je.

— Non, mais mes amis commencent à se poser des questions, dit-elle.

— Combien de temps restes-tu à Goa ? demandai-je.

— Encore quelques jours, dit-elle. Et vous ?

— Je pars pour le Kerala demain.

— Oh, dit-elle étonnée. Vous les artistes, les écrivains, vous avez la chance d'être libres.

— On ne peut pas s'exprimer librement si l'on n'est pas libre, dis-je.

— Vous préparez un autre livre ou une série de peintures ?

— Je ne planifie jamais à l'avance. Je voyage, je lis, je vis au gré des rencontres qui m'inspireront peut-être, et alors je commencerai à peindre.

— C'est pour ça que vos tableaux suggèrent autant l'évasion.

— Combien de pages de mon livre as-tu lu ? demandai-je.

— En fait je l'ai relu je ne sais pas combien de fois.

— Tu l'as lu plusieurs fois !

— Oui, ce livre a quelque chose de spécial. J'ai emmené une bonne dizaine de livres avec moi, mais aucun ne me captive autant que le vôtre.

— Arrête ou je vais m'écrouler sous tes compliments.

— J'espère que le prochain livre sera aussi bon que celui-ci. Ce livre a un lien direct avec ses lecteurs. Par exemple, je m'identifie complètement au personnage féminin de votre tableau *Pluie*. J'ai l'impression que ce personnage, c'est moi. Ça vous paraîtra peut-être étrange, mais plus je le regarde, plus c'est moi que je vois. D'une certaine manière, il symbolise mes désirs.

Je la regardai en exagérant ma curiosité.

— Peut-être que vos lecteurs ressentent la même chose, mais en tout cas pour moi, vos peintures me touchent profondément. Ce n'est pas la même chose pour la photographie, il y a une limite que la technique impose. Sur une toile, la créativité de l'artiste n'a aucune limite, son imagination peut s'exprimer infiniment plus, c'est lui seul qui créé de ce qu'il peint. Mais ça dépend sûrement de chacun.

— C'est vraiment encourageant de rencontrer une lectrice comme toi !

— Pour moi aussi, discuter avec vous me donne du courage pour la suite de mes projets, dit-elle.

— Avec ton goût prononcé pour l'art, je suis certain que tu deviendras une excellente cinéaste.

Son visage s'éclaira.

— Enfin, je rencontre quelqu'un qui croit en moi. Personne, pas même mes amis ou ma famille ne m'encouragent. Tout ce qu'ils souhaitent, c'est me voir mariée et confortablement installée aux États-Unis.

— C'est toi seule qui dois décider de ta vie, personne d'autre.

— Je suis d'accord avec vous.

— À mon avis si tu choisis une voie artistique, peu importe laquelle, c'est mieux de vivre en Orient plutôt qu'en Occident. L'Occident est certes plus développé, mais ils n'ont pas ces innombrables petites histoires liées aux tracas quotidiens de l'Orient, ils manquent de créativité. L'espace entre le problème et la solution laisse libre cours à l'imagination. Il règne dans ce désordre une magie propice à la créativité.

— Et vous voulez dire que c'est là-dedans qu'il y a des histoires, dit-elle.

— C'est exactement ça.

— Est-ce qu'on pourrait se revoir à Katmandou ?

— Je ne sais pas quand je serai de retour au Népal, dis-je.

— Peut-être avez-vous une adresse où je peux vous joindre ?

— Je n'ai pas d'adresse fixe, mentis-je.

— Vous vivez uniquement dans l'imagination de vos lecteurs alors, dit-elle en riant.

Un homme s'approcha de nous en manquant de la faire tomber. J'ai tout de suite vu qu'il était népalais. Il avait l'air contrarié ou peut-être était-ce simplement le fruit de mon imagination. Elle voulut me le présenter, mais il lui saisit le bras pour l'emmener vers sa table. Mon sang ne fit qu'un tour et je ne me rappelais plus très bien ce qui s'était passé ensuite. Elle était partie.

« Il faut que je règle le problème. », me dis-je en me dirigeant vers leur table. Comme s'ils avaient décidé de synchroniser leur mouvement au mien, ils se levèrent et quittèrent le restaurant au même moment. Finalement nous nous sommes tous retrouvés dehors en même temps. Je les suivis alors que le groupe jouait *'Strawberry Fields Forever'*.

Il était plus de minuit. Au carrefour où il y avait des cocotiers illuminés, il fallut qu'on se quitte. Elle me fit :

— Bon voyage au Kerala.

Je serrai sa main et dis :

— Grâce à toi, aujourd'hui je suis fier d'être peintre.

Ses amis étaient un peu plus loin et cela m'était égal, tout particulièrement du type qui avait réussi à gâcher l'ambiance.

Je repris le chemin du retour. Le parfum de ses cheveux m'accompagnait. Ce qui la rendait si spéciale à mes yeux, c'était la souplesse de ses cheveux et la profondeur de ses yeux, les courbes sublimes de son corps et sa façon de parler. J'étais tellement absorbé par ces pensées que je n'ai rien vu tout le long du chemin jusqu'à l'hôtel. Nous venions de nous quitter et je me demandais déjà pourquoi je n'étais pas resté plus longtemps. Après lui avoir serré la main, je l'avais frôlée de manière à ce que personne ne le sache, sauf elle. Elle n'avait rien fait pour s'éloigner.

De retour à l'hôtel, je n'ai pas eu envie allumer mon ordinateur. J'étais certain que Tsering m'aurait envoyé un message pour me demander : « *Alors, c'était comment ?* »

Je suis resté un long moment, dans la pénombre, devant la fenêtre, à contempler la mer. À la terrasse d'en bas, les silhouettes d'un couple de touristes s'étaient unies, face à la mer. Je regardai au loin. Le bruit des vagues augmentait. La fumée de cigare remontait de l'étage du dessous. Au large, les lumières des bateaux clignotaient telles les étoiles dans le ciel.

« Demain, je ferai mieux », me dis-je.

◻◻

# 3

*Cher écrivain,*

*Je m'adresse à vous comme à un écrivain parce que c'est à travers votre livre que je vous connais, tout comme je m'adresserai à vous comme à un peintre lorsque j'aurai visité votre galerie. J'imagine que vous devez en avoir une et je pourrais certainement trouver l'adresse dans votre livre. Mais pour le moment, il m'est plus doux de penser qu'elle est dans un pays imaginaire. Je me demande si votre galerie n'est pas située au sommet d'une montagne, dans les nuages. C'est la beauté de vos tableaux qui me fait penser cela. Sinon, comment serait-il possible de faire d'aussi belles peintures dans le chaos de Katmandou ? Si c'est vraiment là que vous peignez, alors, c'est que vous êtes un véritable créateur qui arrive à restituer la beauté des montagnes tout en restant dans la vallée de Katmandou.*

*Ce sont les montagnes qui rendent vos peintures si spéciales. Pourtant, elles sont à peine suggérées, mais immédiatement notre regard est attiré par elles. Leurs contours sont flous, un peu comme si leur réalité n'existait que dans la brume. On a l'impression que les divinités vivent dans vos tableaux. Comme les montagnes sont le sujet principal de vos peintures, je dirais qu'elles ont été représentées par des mains divines. Bien sûr, je sais que les divinités sont une* pure illusion, mais j'aime penser que tous les artistes portent en eux une part d'elles. Peut-être descendent-elles sur terre sous forme d'artistes, qui sait ?

Tout d'abord je vous demande pardon de vous laisser une simple lettre là où nous avions rendez-vous. J'imagine ce que vous devez ressentir en la trouvant. Vous m'avez parée de couleurs. Mes humeurs, comme les couleurs de votre palette, ne cessent de changer. J'ai du mal à vous imaginer. Je ne sais pas quoi faire. Pourquoi ne suis-je pas venue vous voir ? Il y a une raison. Ou peut-être pas.

Je suis votre fervente admiratrice, peut-être trop. Alors même que je vous écris cette lettre, votre livre est à mes côtés, sur l'oreiller. Il n'existe aucun autre livre qui m'ait ému à ce point. Mes amis sont fatigués de m'entendre parler de votre livre. Ils me prennent pour une folle et ne comprennent pas ce type d'attachement. Ils me comparent à un insecte collé sur une feuille de papier. Mais je suis prête à devenir n'importe quoi pour ce livre.

Je suis une fille simple. Selon vous, je suis votre miroir. Peut-être que c'est vrai. J'ai compris le sens de vos mots et je ne dirai pas le contraire. Et pourtant, parfois je me sens comme inanimée. J'ai l'impression de ne pas m'appartenir. C'est difficile à expliquer. Ça ne veut pas dire non plus que j'appartienne à quelqu'un d'autre. Ce n'est pas tout à fait ça non plus. Comment pourrait-on appartenir à quelqu'un alors qu'on ne se sent pas exister ? Peut-être qu'en disant cela, je parais pessimiste, mais je ne le suis pas. Vous rappelez-vous que nous avons ri au sujet des 'hasardistes' ? Je suis une optimiste et le resterai.

Vous rencontrer a été le plus beau moment de ma vie. J'ai rencontré l'auteur du livre que je lis et relis inlassablement. Je ne vous aurais jamais rencontré si vous ne vous étiez pas présenté. J'étais simplement venue vous demander une chaise et je ne me doutais pas que vous m'attendiez avec vos pinceaux pour m'habiller de *mille couleurs. Vous auriez pu rester un simple inconnu si nous nous étions rencontrés dans d'autres circonstances, sans même nous parler. Vous auriez très bien pu ne pas me dévoiler votre identité.*

*Pourquoi ai-je pris la décision de ne pas vous revoir ? Je me le demande encore. Pourquoi ai-je fait ça ? Lorsque nous nous sommes rencontrés, je me suis sentie très proche de vous en écoutant vos mots sur l'art et la manière de l'exprimer. C'était tellement subtil et si plein de sens. J'étais incapable d'exprimer ce que je ressentais alors que vous, en quelques mots, vous avez su le faire si facilement. Je crois que c'est la différence entre l'artiste et l'amateur d'art, entre l'écrivain et le lecteur. Les écrivains touchent leurs lecteurs en plein cœur en leur ouvrant la porte sur un nouvel horizon. C'est un peu ce que je ressens maintenant. Les mots peuvent être le miroir de l'âme. Peut-être qu'à travers cette lettre vous me reconnaissez. Ils ne sont pas votre miroir, ils sont le reflet de mon âme. Peut-être que tout simplement, les mots sont l'image de nous-mêmes.*

*Il est possible que vous m'ayez perçue comme une peinture et c'est ce que je crains parce que, vous n'auriez alors, vu qu'une image de moi-même sans toucher ma véritable nature. Vous ne m'auriez pas vu telle que je suis réellement, mais simplement comme un personnage dans le tableau de vos pensées.*

*J'imagine que dans sa vie, un écrivain doit recevoir beaucoup de lettres de ses lecteurs. Mais il est rare qu'un écrivain surgisse dans la vie d'un lecteur. Je ne crois pas que je puisse jamais rencontrer un écrivain de la même manière que je vous ai rencontré, vous. Même si j'en rencontrais un autre, je ne pense pas que je pourrais me confier à lui autant qu'à vous. Vous êtes unique parce que vous êtes exactement telle que vous le laissez penser en écrivant. Vous écrivez exactement comme vous parlez et vous parlez exactement comme vous êtes. Vous vivez totalement en accord avec ce que vous êtes et pensez que les autres peuvent en faire autant. C'est peut-être là que je n'ai pas été à la hauteur. Peut-être que je n'ai pas eu la même sincérité envers vous que celle que vous m'avez témoignée. Je voulais* être pour vous plus qu'une simple lectrice. Peut-être est-ce pour cette raison que je ne suis pas venue aujourd'hui.

J'ai l'impression de vous connaître depuis toujours, alors que ça ne fait que deux jours que nous nous sommes rencontrés. Ça fait longtemps que j'ai ouvert, pour la première fois, votre livre. Il est intemporel et néanmoins il me semble contemporain. Il ne décrit rien de précis, ne soulève aucune question sur qui, quand, comment ou pourquoi. Il offre à ses lecteurs la possibilité de se laisser porter par les mots comme une feuille se laisse porter par le courant de l'eau. J'ai le sentiment que chacune de vos œuvres et chacun des titres reflètent un trait de votre caractère. À travers eux, je vous connais. Il existe déjà entre nous, une intimité que vous avez créée avec la couleur et les mots. Malgré tout, je suis surprise de découvrir que votre personnalité est exactement telle que j'avais imaginée. La similitude entre l'imaginaire et le réel m'a immédiatement séduite. Même si je vous avais rencontré sans avoir lu votre livre, j'aurais été séduite de la même manière. Pour moi, lire vos mots, contempler vos tableaux ou écouter vos paroles me touche de la même manière.

Je ne sais pas pourquoi, mais j'ai l'impression que la fille de votre tableau 'Pluie', c'est moi. Je ne peux pas vraiment expliquer pourquoi. Parce que je ressens cette vérité au plus profond de moi, mais je ne sais pas l'exprimer avec des mots. Je suis persuadée que c'est ce qui se passe en ce moment. Et tout ça, c'est grâce à vous et à vos mots. Je me rappelle très bien ce que vous m'avez dit. Vous avez perdu la tête et raté votre train pour le Kerala à cause de moi, mais que grâce à moi vous découvriez quelque chose de nouveau en vous. Je vous crois. Comment ne pas être émue alors que vos mots venaient tout droit de votre cœur ? Je ne crois pas que vous ayez choisi ces mots juste pour m'impressionner, mais si cela est le cas, je n'en serais pas moins touchée.

Le fait que je sois venue à Goa pour Noël, que vous m'ayez vue en train de lire votre livre à la plage d'Anjuna, que nous nous soyons trouvés dans le même restaurant ce soir-là, qu'il manquait une chaise et que je sois venue vous en demander une ; tout ça, n'est qu'un concours de circonstances. J'aurais très bien pu ne pas venir à Goa ou vous non plus. Ou vous auriez pu marcher sur cette plage à un autre moment. J'aurais pu lire un autre livre que le vôtre ou vous auriez pu passer à côté de moi sans voir ni moi, ni le livre.

Je me demande pourquoi vous ne m'avez pas approchée à ce moment-là. Si le soir, au restaurant, il ne nous avait pas manqué une chaise, on ne se serait jamais rencontré. Je ne dis pas que notre rencontre était inévitable. Pourquoi est-ce que je vous raconte tout ça ? Parce que, franchement, depuis que je vous ai rencontré je ne suis plus la même. J'ai beaucoup plus confiance en moi. Je me sens plus forte. Mon désir de créer a redoublé. J'ai trouvé un nouvel élan pour réaliser d'anciens projets. Peut-être n'est-ce pas exactement vous qui m'avez donné tout cela, mais vous m'avez aidée à aller au plus profond de moi-même pour le trouver. Je ne me doutais pas qu'une telle force m'habitait et vous avez été celui qui m'a inspirée pour la découvrir. C'est un peu si jusqu'ici, j'avais été dans la brume et que tout à coup, le voile disparaissait. Je deviens enfin moi-même. Grâce à vous.

Et malgré tout, j'ai décidé de vous abandonner. D'un côté, je vous suis tellement reconnaissante et de l'autre côté je vous trahis. Vous voyez, les choses ne sont pas encore si claires pour moi, une contradiction m'habite. À la fois, grâce à vous j'ai découvert cette force nouvelle, mais à cause de vous des incertitudes se sont installées en moi. La brume s'est levée, mais de nouveaux nuages pointent déjà à l'horizon. Vous êtes l'artisan de mes incertitudes. Alors que je voudrais vous remercier, je commence à vous en vouloir. Suis-je vraiment, comme vous me l'avez dit, une lectrice idéale ? Je commence à ne plus le croire. Je crains, en partageant mes doutes avec vous d'entraîner mon auteur préféré dans une situation délicate. Mais je crois que vous pouvez comprendre le conflit qui m'habite. Et je suppose aussi que c'est une nouveauté pour vous de recevoir une lettre pleine de contradictions d'une simple lectrice comme moi.

*J'ai beaucoup réfléchi, après vous avoir quitté. Je me demande si je ne suis pas allée un peu trop loin. Me suis-je livrée trop vite ? Est-ce que cela peut perturber la relation entre un écrivain et sa lectrice ? Je vous aime vraiment, mais ne suis-je pas en train de gâcher les chances de me faire aimer par vous ? Est-ce que mon excès va atténuer mon amour pour votre livre ?*

*Alors que toutes ces questions tournaient dans ma 'jolie petite tête', comme vous dites, j'ai pris la décision de ne pas vous revoir, en tout cas pour le moment. Je veux garder une distance avec l'artiste dont j'admire tant le travail. J'ai décidé d'être votre lectrice et fidèle admiratrice pour toujours. Ai-je pris la bonne décision ? Elle était facile à prendre, mais moins facile à tenir. Pour la première fois de ma vie, je souffre véritablement.*

*Vous êtes différent des autres. C'est pour cela que je vous dis tout. Mais je crains que ma sincérité ne vous blesse.*

*Dans votre livre, il y a une peinture d'une longue feuille jaunie en train de tomber. Cette feuille tombe et pourtant quand on la regarde, elle est toujours immobile. Elle est juste en train de tomber. Tout à l'heure, en feuilletant votre livre, je suis tombée sur cette chute immobile. J'ai l'impression d'être dans la même situation. Votre rencontre a provoqué ma chute et elle est sans fin. Vous m'avez transformée en feuille, celle de votre peinture qui n'en finit plus de tomber. Comme votre feuille en suspension, je suis obligée de me retenir à chaque seconde. Je veux réussir à tenir debout toute seule, ancrée sur le sol. Je veux m'arrêter quelque part, c'est tout.*

*Avec toutes mes tendres pensées,*
*Votre chère lectrice*

❑❑

# 4

Alors que je regardais les touristes se diriger vers la plage, j'aperçus Palpasa, sous un cocotier, à côté du portail. On aurait dit qu'elle attendait quelqu'un à la sortie de l'hôtel, un livre à la main. Elle avait un air sérieux, le regard dans le vide, sans enthousiasme, pitoyable.

Je descendis rapidement et allai vers elle. Elle n'avait pas bougé d'un millimètre. Elle se tenait debout. Elle portait une chemise bordeaux rentrée dans son pantalon. Je ne trouvais pas qu'elle ressemblait à la feuille jaunie qui tombe de mon tableau. Elle ressemblait plutôt à une feuille longiligne et rougeoyante déposée devant mon hôtel.

Dès qu'elle m'aperçut, ses yeux se mirent à briller et ses lèvres à frémir.

— Je suis désolée, dit-elle poliment.

— Non au contraire, c'est de ma faute.

En me fixant droit dans les yeux, elle dit :

— Pourquoi ?

— De t'avoir laissé imaginer certaines choses.

— Alors, tout ce que vous m'avez dit n'était pas vrai ?

demanda-t-elle.

— Ce n'est pas ça, mais j'ai peur que cela n'ait impliqué autre chose.

— C'est-à-dire ?

— Eh bien, tu sais … les mêmes raisons qui t'ont poussée à m'écrire cette lettre.

— Je l'ai écrite dans un moment de faiblesse.

— Personne ne m'avait jamais écrit une si belle et si longue lettre, dis-je. Je l'ai lue et relue, toute la nuit.

— De la même manière que j'ai lu et relu votre livre ? me demanda-t-elle alors que son visage s'illuminait soudain.

— Tu écris merveilleusement bien, dis-je.

— Je suis désolée de ne pas être venue au rendez-vous, dit-elle.

— Au moins, tu as expliqué tes raisons.

— Est-ce que j'ai été claire dans ma lettre?

— Oui, tes contradictions sont claires comme de l'eau de roche.

— En d'autres termes, il est clair que je ne suis pas claire.

— Il y a toujours une force dans les conflits intérieurs. C'est ce qui pousse les humains à trouver les solutions et donner un sens à leur vie.

— Vous ai-je blessé ? demanda-t-elle.

— Tes mots m'ont touché.

— Ce que je demandais c'est si je vous ai fait mal.

— Mais non, tu as plutôt soulagé ma douleur et m'a donné un nouvel élan.

— Je ne comprends pas comment.

— À travers les mots que tu as utilisés dans ta lettre. Ils étaient doux et réconfortants. Tu as su comprendre mes pensées profondes et tu as soulagé une vieille blessure.

— Je ne suis pas certaine de pouvoir comprendre ce que tu veux dire.

— Souvent l'abeille a peur de faire souffrir la fleur qu'elle butine.

— Vous croyez qu'une simple petite abeille a conscience de ça ?

Nous avons ri. Elle avait essayé de se retenir, mais finalement avait cédé à l'envie de rire.

Les ombres des cocotiers suivaient la course du soleil. Les touristes arrivaient et partaient de l'hôtel. Le temps passait alors qu'elle était toujours là, debout. Elle commençait enfin à se détendre, son visage s'éclairait doucement. Je me sentais irrésistiblement attirée par elle. Je me sentais bien.

— Cette visite à Goa est en train de prendre une tournure tout à fait exceptionnelle pour moi, dis-je. Je viens de recevoir la plus belle lettre de ma vie.

— Vous avez une belle façon de voir les choses.

— C'est toi qui m'as montré la voie.

— N'importe quoi ! fit-elle.

— Tout aurait pu être fade.

— Vous voulez dire, ce voyage ?

— Non, ma vie.

— N'importe quoi ! dit-elle en rougissant, les lèvres tremblantes.

— Il y a tout de même quelque chose qui me tracasse, osai-je.

— Quoi donc ?

— Je n'arrive pas à décider ce que je trouve de plus beau : toi ou la lettre ?

— Ma lettre était vraiment si belle ?

— J'aime autant lire tes mots qu'être avec toi.

— Ça veut dire que je sais bien tromper les gens.

— Non, je suis sûr de moi.

— Ça veut dire que vous ne l'étiez pas avant ?

— Si, mais moins que maintenant.

— C'est-à-dire ?

— Par exemple, je n'aurais jamais pensé être capable de parler à une fille aussi jolie que toi.

— N'importe quoi !

— Mais je l'ai fait.

— Vous avez fait plus que de me parler, vous m'avez volée.

— Ah bon, que t'ai-je donc pris ?

— Mon âme.

— Je suis donc un voleur ?

— Oui, un voleur d'âme.

— Je voulais plus que ton âme, je te voulais tout entière.

— C'est ce que vous êtes en train de prendre en ce moment, dit-elle en souriant.

— Tu veux dire que je suis en train de te voler malgré tes barrières de protection ?

— C'est à peu près ça, même si je suis capable de me protéger.

— J'espère que je ne te fais pas peur.

— Est-ce que vous pouvez me protéger de mes désirs ? Ce sont eux qui me font peur parfois.

— C'est-à-dire ?

— Et bien par exemple, celui de vouloir vous voir.

— Il n'y a pas de mal à me voir.

— Mais vous avez bien lu ma lettre.

— Oui, alors pourquoi es-tu venue ?

Elle me retourna la question :

— Je n'aurais pas dû venir ?

— Tu aurais pu t'en empêcher, mais tu ne l'as pas fait.

— Si seulement j'avais pu, soupira-t-elle.

Et puis on a ri à nouveau.

Je l'ai entraînée vers les restaurants. Il faisait beau. La lumière était parfaite. Ici sous les tropiques, les saisons n'existaient pas. Le paysage restait le même toute l'année ; il était immuable, seuls ses personnages changeaient. Il y avait beaucoup de monde et savoir que dans cette foule il y avait ma lectrice et moi-même me remplit de joie.

Je regardai discrètement son visage. Elle était un peu éteinte. Tout à l'heure, elle était aussi lumineuse et épanouie qu'une fleur. Mais quand j'ai voulu savoir ce qu'elle voulait commander, elle s'est renfermée de plus belle. Je ne sais pas quand elle va fleurir à nouveau. La voilà à nouveau épanouie ! Je ne sais pas ce qui se passe dans sa tête.

Elle commanda un jus d'orange.

— J'ai cru que je ne te reverrais plus jamais, dis-je.

— Le monde est petit.

— Et rond, plaisantai-je. Nos chemins se seraient sans doute croisés un jour, qui sait ?

— C'est quand même moi qui suis venue à votre hôtel.

— Peut-être que tu t'étais perdue.

— Non, c'était bien là que je voulais aller, dit-elle.

— Je suis surpris.

— Pourquoi ?

— Que tu sois arrivée jusqu'à moi. Qu'est-ce qui t'as poussée à venir me retrouver ?

— Votre livre. Je n'étais pas certaine que nous nous reverrions et je voulais une dédicace, dit-elle en posant le livre sur la table.

Incrédule, je fixai Palpasa.

— Tu n'es donc venue que pour un autographe.

— Oui, qu'est-ce que vous pensiez ?

— Pourquoi ne pas me l'avoir demandé plus tôt ? Puis d'un ton mordant, j'ajoutai :

— Si tu n'es venue que pour ça, dans ce cas tu dois être impatiente de continuer ta route.

— J'ai tout mon temps. C'est plutôt vous qui semblez pressé.

— Depuis le soir où je t'ai rencontré, le temps n'a plus aucun sens pour moi.

— Je crois au contraire que vous choisissez la manière de l'utiliser.

— Si c'était le cas, je n'aurais pas raté le train pour le Kerala.

— En tout cas, faites-en sorte de ne pas rater celui pour Katmandou.

— Justement, il n'y a pas de train pour Katmandou.

— Alors, celui qui vous emmènera à votre prochaine destination.

— En fait, j'avais l'impression que j'étais arrivé à bon port.

— C'est-ce que j'avais cru aussi, mais il se trouve que la voie de chemin de fer a été interrompue.

— Ou peut-être que quelqu'un a déjà réservé l'unique place de ce train ?

— Non, dit-elle. C'est juste que je me demande si ce train ne veut pas partir trop tôt, avant même que la ligne soit construite.

Elle se leva et me tendit le livre. J'écrivis : *'À ma chère lectrice'* et le signai. Ces mots sonnaient faux, car ce n'était pas moi qui lui avais offert ce livre. Je me retrouvai seul à chanter *'Bhuli gayé pap lagla …'*

Puis elle partit. Une vague de chaleur me parvint de l'endroit même où elle venait de sortir.

En partant, elle m'avait dit en anglais :

— *You will always stay in my heart. Best of luck wherever you go.* Bon voyage !

Longtemps après son départ, ses derniers mots résonnaient encore à mes oreilles : « Et surtout, ne ratez pas le train ! »

« Ce train-là, je viens de le rater », me dis-je en la regardant s'éloigner jusqu'à ce qu'elle disparaisse. La feuille avait repris sa chute. Elle voulait s'arrêter quelque part.

◼◼

# 5

Un soleil radieux brillait sur Katmandou alors que la chaleur de ce mois de mai était déjà à peine supportable. Les rues étaient couvertes d'un tapis bleu lilas de fleurs de jacaranda. Une petite brise avait suffi pour qu'une pluie de fleurs de jacaranda recouvre ma *Coccinelle*, garée au bord du trottoir. Je regardai les enfants tibétains s'amuser au pied de deux arbres avec les fleurs, en soufflant les pétales au vent. Ils riaient et s'amusaient en les mettant dans le T-shirt les uns des autres, tout comme ils l'auraient fait avec des boules de neige. Une fille, en jeans délavé, regardait cette scène alors même que cette pluie de pétales d'un bleu pâle tombait sur sa longue chevelure couverte par un foulard. Elle ne se rendait peut-être pas compte qu'elle était sous cette pluie de fleurs, mais elle avait dû sentir cette caresse florale en passant sous les arbres.

Une moto s'arrêta sur la route, à côté de la fille. Elle enleva son foulard violet qui lui couvrait les cheveux tout en secouant la tête pour faire tomber les pétales, comme font les bergers sous les flocons de neige au col de Yari.

Au pied de l'arbre, j'appelai Tsering. Je savais qu'il était en train de travailler sur une série de clichés dont le sujet était : *'La fleur de jacaranda et l'amour'*. Je voulais lui dire de venir photographier cet endroit magique. Il devait être quelque part dans l'est de la vallée.

— Je ne peux pas venir maintenant, me répondit-il.

Dans la journée, comme il y avait peu de circulation il n'y avait pas ce nuage de pollution qui couvrait habituellement la ville. Un couple arriva en voiture et se gara juste sous l'arbre. Je n'aurais pas dû les regarder, car leurs gestes amoureux me mirent mal à l'aise. Ils se rapprochèrent l'un de l'autre, caché par l'arbre et un mur où était affichée la publicité de *Fair and Lovely*. Le garçon en profita pour mettre un pétale de fleur de jacaranda sur la bouche puis sur la joue de la fille, comme un artiste mettrait de petites touches de peinture sur son tableau. La bouche du garçon se transforma en pinceau et le visage de la fille devint rouge. Le coup de pinceau lui faisait visiblement de l'effet. Elle se mit à trembler de la tête aux pieds. J'étais le spectateur d'un tableau qui changeait de couleur à chaque instant.

Mon portable n'aurait pas dû sonner à ce moment-là. Rien d'autre dans cette scène que les fleurs, les lèvres des amoureux et mes yeux n'avait sa place. J'aurais voulu devenir, en un coup de baguette magique, une branche de cet arbre sur lequel j'étais adossé ou encore changer mes vêtements en tenue de camouflage, pour me fondre dans ce paysage. Rien n'aurait dû venir troubler ce moment unique. Mais mon portable a sonné.

Si j'avais répondu, j'aurais gâché leur moment si privilégié. Ils auraient été surpris et se seraient enfuis, tout en pestant contre moi. Il n'y aurait sans doute, pour eux, pas de plus belle occasion de vivre un moment comme celui-ci, où les routes de Katmandou étaient désertes et où la pluie de jacaranda rendait l'atmosphère si romantique. Ils devraient alors, attendre l'année prochaine, mais qui sait d'ici là, ce qu'il adviendrait de leur amour. Dans cette période d'instabilité et d'agitation politique, à n'importe quelle heure, une bombe pouvait exploser et tuer l'un d'eux. Ou encore, l'un ou l'autre pouvait tomber dans une embuscade, à la sortie de la ville. Tout pouvait arriver et les priver ainsi d'une nouvelle occasion aussi parfaite.

Les yeux de la jeune fille étaient maintenant fermés. L'homme soulevait délicatement, un à un, les pétales de ses cheveux. Elle était comme l'arbre en fleur offrant ses pétales au printemps.

Les enfants n'auraient pas dû les espionner. Soudain, la jeune fille entendit l'un d'eux glousser, ouvrit les yeux et en voyant les enfants qui la regardaient, rougit, gênée. Je me cachai derrière un arbre pour qu'ils ne me voient pas. Mes pieds étaient sur un tapis d'herbes et de fleurs de jacaranda.

Je m'écartai un peu et toujours caché, je répondis au téléphone. C'était Tsering.

— Il faut que tu voies ça, c'est peut-être le dernier jour de la saison des jacarandas, lui soufflai-je.

— Désolé, Drishya. Mais j'attends la lumière parfaite pour des photos d'oiseaux migrateurs. Je ne veux pas rater le soleil couchant. On ne peut pas trouver mieux que ça pour un magazine de voyage, mon pote. Un bébé oiseau migrateur à Katmandou ! ajouta-t-il.

J'imaginai Tsering, perché sur un arbre, à quelques mètres du sol, attendant l'occasion pour saisir un cliché d'oisillon dans son nid durant l'absence de sa mère.

Je démarrai et empruntai l'allée sous les jacarandas en direction de la route nationale. Alors que j'approchais de la ville, j'aperçus un poste de contrôle de l'armée à la frontière de la capitale. Un camion rempli de volaille attendait. Je m'arrêtai juste derrière.

Dans le camion, au-dessus de la cabine du conducteur, il y avait une ribambelle d'écoliers en uniforme qui ne cessaient d'éternuer. Ils observaient les policiers armés.

— Regarde ! C'est là, Katmandou ! cria un adolescent en montrant la ville comme s'il avait vu un singe.

— Oui, c'est Katmandou ! fit un autre en éternuant à nouveau.

Un coq sursauta en même temps que lui, puis reprit sa place dans sa cage en bambou parmi la volaille.

Le soleil brillait sur la vallée de Katmandou. L'air était limpide et on voyait les montagnes se dresser autour de la capitale, tels les gardiens d'un temple. À peine quelques rares nuages troublaient le bleu du ciel au nord, sur la chaîne du Langtang. Comme toujours, la seule route entre la colline ensoleillée de Nagarjun et Chandra Giri était bondée de voitures.

— Hé ! Regardez la grenouille ! cria un adolescent, en me montrant du doigt.

Les autres renchérirent :

— Oh la grenouille, la grenouille !

Ils me regardaient de derrière les barres métalliques du camion, sans crainte des policiers qui eux, se trouvaient de l'autre côté. En sortant de ma voiture, je compris que c'était l'étrange forme de ma *Coccinelle* qui les avait étonnés.

— D'où venez-vous ? demandai-je.

— De l'école.

— Du village, corrigea tout de suite un autre.

— Celui qui est au pied de Dhanchuli Himal, ajouta un autre.

Je restai bouche bée. J'étais arrivé du même village, il y a quinze ans. Je sentis, soudain, les larmes envahir mes yeux. Quand j'étais entré dans la vallée de Katmandou la première fois, j'étais comme eux. Je n'avais jamais vu autant de files de voitures dans ma vie. C'était pour la conférence de *SAARC,* les contrôles étaient très stricts et les postes de contrôle nombreux. Le camion dans lequel j'étais transportait du riz, mais j'avais eu la chance d'être assis à côté du chauffeur. Le trajet avait duré une journée entière. Et à Kalanki, il avait été impossible de trouver un taxi. Du coup, quand j'étais arrivé à l'école, il était trop tard pour les formalités de l'inscription et je n'avais pas pu avoir de chambre au foyer. Je me souviendrai toujours de cette première nuit à Katmandou où je m'étais endormi dans la chambre du gardien.

Alors que l'un d'eux était sur le point de me parler, le moteur du camion démarra, dans un bruit assourdissant. L'un d'entre eux éternua d'un grand coup et les volailles firent à nouveau un bond. Je ne savais pas quoi faire. Je les regardai, perplexe. L'un d'eux m'a fait *bye bye* et les autres l'ont imité.

Je me rappelai ce jour, où j'avais quitté mon village. J'avais couru à travers les champs de riz tout jaune, les grains tombaient. Je m'étais heurté à un troupeau de vaches déjà redescendues des pâturages. Un veau m'avait bousculé et fait tomber dans un arbuste de jujubier plein d'épines. J'avais entendu de loin un villageois crier : « Regardez, le fils de notre instituteur part à la *boarding-school.* »

Un peu plus bas, dans les champs, mon ami d'enfance m'avait attendu. En me tendant un bouquet de poinsettias en guise de cadeau d'au revoir, il m'avait dit : « Pense à nous à Katmandou. » Il m'avait accompagné jusqu'au pont suspendu. Il avait pleuré puis avait furtivement essuyé ses larmes. J'avais voulu le consoler et avais sorti de mon sac deux bananes que je lui avais offertes.

Maman me les avait données pour la route.

— Je reviendrai pour les fêtes de *Dashaïn*, lui avais-je promis. On s'amusera sur les balançoires. L'année prochaine, on leur dira de mettre une balançoire à huit places, d'accord ?

— Tu m'apprendras l'anglais quand tu reviendras, m'avait répondu Resham.

Il me semblait que c'était hier.

\*

Plus tard, sur la route, je cherchai du regard le camion de la volaille et des écoliers. En vain.

Alors que je m'apprêtais à traverser la nationale, une voiture me coupa la route. Ensuite un gamin surgit essayant de rattraper une jante de roue qu'une camionnette à vive allure avait perdue.

Il était déjà tard lorsque j'arrivai chez moi. J'avais faim. Je réchauffai du pain et des saucisses, coupai quelques tranches de fromage de yak et fis un œuf sur le plat avec une sauce tomate. Finalement, je m'assis et allumai mon ordinateur.

Une fille de seize ans apparut sur le forum du *chat*.

— Salut *sweet sixteen*, écrivis-je. J'ai deux fois ton âge.

La réponse me parvint immédiatement :

— Pas de problème, j'aime les gens mûrs.

Elle me dit que son nom était Lara, mais il me sembla qu'elle était népalaise. Ça n'avait pas d'importance. J'allais tenter le coup. Elle m'avait l'air intéressante. Je passerais bien un moment avec elle. Peut-être qu'elle aussi était comme une feuille en train de tomber. Peut-être qu'elle aussi aurait besoin d'un endroit où atterrir. Elle ne pourrait pas trouver un meilleur endroit que mes genoux ! Pas vrai, Tsering ? L'imbécile était probablement déjà en train de dormir à cette heure-ci, en ronflant comme une cheminée. Sa femme était partie faire un pèlerinage au Mont Kaïlsah et lui savourait quelques jours de pure tranquillité.

J'entamai la conversation en lui disant que j'étais Sherpa et que je revenais d'une expédition au Mont Everest.

— As-tu rencontré le yéti ? me demanda-t-elle.

— Oui quand il m'a vu il s'est enfui.

— Ah bon, pourquoi ?

— Parce que j'étais sur un yak.

— Donc, tu as grimpé sur un yak et pas exactement sur l'Everest, rétorqua-t-elle.

— J'ai grimpé l'Everest sur un yak.

— Donc ce n'est pas toi, mais le yak qui est monté jusqu'à l'Everest alors que toi, tu étais juste assis sur son dos comme une vulgaire bouteille d'oxygène.

Mon portable sonna. C'était Tsering qui avait envoyé un texto pour prendre de mes nouvelles. Je lui répondis que j'étais occupé à *chatter*. J'espérais qu'il ne m'inviterait pas à le rejoindre pour diner, à cette heure-ci. Il m'envoya juste un autre texto :

— Avec qui ?

— Une ado, répondis-je.

— Félicitations, disait son dernier message. Tu as rajeuni !

Je ne répondis pas. « S'il voulait parler, il n'avait qu'à se connecter. », pensai-je. Il était sans doute fatigué après sa longue journée à photographier les oiseaux.

Je repris ma conversation avec l'adolescente :

— As-tu déjà entendu parler de l'ascension de l'Everest par un yak monté par un homme ?

— Non, c'est la première fois que j'entends ça, dit-elle. Tu devrais peut-être t'inscrire au *Livre Guinness* des records.

— J'y pense.

— Et qu'est-ce que tu as vu depuis le toit du monde ?

— Contrairement à ce que tu dois penser, je n'ai vu aucune montagne sur le plateau tibétain, aucun avion sur la ligne Katmandou-Lhasa. Mais par contre j'ai vu une ribambelle de belles filles ravissantes et parmi elles, il y en avait une qui s'appelait Lara.

— Humm … quel romantique ! On devrait se voir, écrivit-elle en retour.

— Bien sûr ! répondis-je sans hésiter.

— Quand ?

— Quand tu veux.

— Qu'est-ce que tu dirais de maintenant ? fit-elle.

Je me demandais si elle plaisantait.

— Il n'est pas un peu tard, il fait déjà nuit, écrivis-je.

— Tu sors seulement la journée ?

— Non, mais …

— Alors quel est le problème ? insista-t-elle.

— D'accord. Je peux te poser une question ?

— Vas-y.

— Es-tu vierge ? ai-je demandé sans détour.

— Est-ce que c'est important ? répondit-elle par cette autre question.

— Pas vraiment. Je demandais comme ça.

— Je t'ai bien eu ! était écrit en népalais en guise de réponse, suivi de *Ha ha ha ha...*

C'était quelqu'un qui me connaissait et qui me faisait ce coup avec un pseudonyme.

— Qui est-ce ? demandai-je. Viens en direct si tu as le courage !

Oh non, c'était Tsering !

Piqué au vif par ma naïveté, je quittai immédiatement le site. Toujours vexé, j'éteignis l'ordinateur et mis un CD. J'aurais voulu m'endormir au son d'une jolie musique, mais je n'avais pas fait le bon choix. Encore en colère je fouillai dans ma collection et mis Narayan Gopal : *'Bholi uthi kaha jané...'*

Juste à ce moment-là, le téléphone sonna :

— Tu veux boire un coup ? me demanda Tsering.

Je l'insultai de tous les mots de la terre.

Je lui en voulais toujours quand je suis allé me coucher. Et puis, tout à coup, j'éclatai de rire en pensant à toutes ces idées saugrenues que j'avais eues. D'abord celle de me faire passer pour un Sherpa, puis celle de raconter cette histoire ridicule de yak sur l'Everest et pour finir, celle de lui demander si elle était toujours vierge. De chez lui, Tsering avait dû s'amuser comme un petit fou.

J'avais raison. Il rappela :

— Alors c'était bien le *chat* ?

— Pas mal.

— J'ai fait quelque chose de génial aujourd'hui.

— Quoi donc ?

— J'ai fait péter un ballon qui volait dans le ciel, dit-il avant de raccrocher.

— T'es vraiment trop nul !

❑❑

# 6

Hier je n'étais pas venu à la galerie. J'avais enfin fini de lire un livre. J'avais eu du mal à le terminer tellement il était mauvais. Rien de nouveau, ni le sujet ni l'histoire. J'aurais mieux fait d'aller voir un film, d'aller au restaurant ou encore d'aller admirer les vues sur l'Himalaya depuis Nagarkot ou Kakani. Je préférais Kakani parce que c'était plus proche des montagnes et qu'il y avait plus de vent. Lorsque je suis là-bas, face à l'immensité de l'Himalaya, je me sens grandi, vivant, et si loin de Katmandou. Mes pensées peuvent s'envoler plus facilement, elles sont libres de voler par- delà les rivières, les monts et les vallées, comme les oiseaux.

Pour me consoler du roman qui m'avait un peu contrarié, je me mis à jouer avec les couleurs toute la nuit. Je me demandai pourquoi j'avais acheté ce livre. La première chose que je fis au réveil fut de le jeter sur la pile de vieux journaux, dehors. Je me sentis tout de suite mieux. J'avais pris la résolution de ne plus lire de roman népalais, au moins pendant quelques mois.

Je bus un grand verre d'eau froide et un jus de mandarine puis préparai le café. Je grillai quelques tranches de pain. Où était passée la confiture de fraise ? J'épluchai puis coupai quelques pommes de terre, puis les fis sauter dans la poêle avec un peu de cumin. Je fis ensuite frire quelques saucisses. Après le petit-déjeuner, je nettoyai la table. Je regardai alors le tableau accroché sur le mur de la salle à manger. Il y avait quelque chose qui ne me plaisait pas dans cette peinture. Je ne devais pas être au mieux de ma forme quand je l'avais peinte. C'était peut-être pour ça que je ne lui avais pas encore trouvé de titre, et d'ailleurs, je me demandais ce que j'allais en faire.

Je sortis prendre les journaux que le livreur avait coincés dans l'arbre à côté de la porte. J'allai directement aux toilettes. Les gros titres étaient déprimants, mais les dessins humoristiques étaient drôles. À peine sorti de la douche, le téléphone sonna, mais je n'eus pas le temps de décrocher. Je me dis que si c'était important, ils rappelleraient sur mon portable. Tout de suite après, j'entendis le *beep* m'indiquant que je venais de recevoir un mèl. Il n'y avait aucune raison de se presser dans ce pays. Tout le monde savait que le temps du pays s'était arrêté à l'horloge située devant le palais royal.

Plus tard, Phoolan me rappela. Un diplomate français voulait voir mes tableaux et voulait savoir à quel moment je serais à la galerie. Je lui dis de le rappeler pour lui proposer un rendez-vous qui lui conviendrait et raccrochai. De retour à la cuisine, je me fis quelques tartines. Il fallait que j'aille acheter un peu de pain frais. Peut-être bien que ce soir j'irai faire un tour à la boulangerie de *Thamel* en passant par Thapathali et Durbar Square. Il faisait doux en ce moment et les rues seraient peut-être couvertes des jolies fleurs bleues de jacaranda.

J'avais voulu faire une série de tableaux sur le thème de la fleur de jacaranda, mais j'avais été arrêté dans mon élan, dès mes premiers coups de pinceaux. J'avais commencé à peindre la silhouette d'une jeune fille, sur le chemin de l'école, qui longeait une ruelle remplie de ces merveilleuses fleurs. À peine le tableau commencé, l'inspiration m'avait manqué pour définir une couleur précise pour créer l'atmosphère. J'avais encore du mal à choisir la lumière que je souhaitais pour mes peintures. Parfois les traits étaient sans expression. Parfois la lumière ne collait pas très bien avec ces traits. J'avais besoin de revoir cette route.

L'aquarelle me semblait plus facile, mais je préférais la peinture à l'huile, pour mes tableaux. Elle exigeait beaucoup plus de persévérance, mais elle me donnait aussi l'opportunité de donner plus de profondeur à mes sujets, et en tant qu'artiste, c'était un bel exercice. Je puisais mon inspiration dans les scènes de la vie locale et les recréais sur mes toiles. J'étais fasciné par ces scènes de vie qui, pour moi, représentaient l'instant et les lieux où je vivais.

J'avais envie de suivre des cours dans une école de Beaux-Arts. J'avais toujours rêvé d'étudier à Paris. Si j'arrivais à vendre quelques tableaux à un bon prix, j'aurais de quoi survivre quelques temps là-bas. Le souci là-bas, c'était que le logement et les frais de scolarité coûtaient très cher. Je pourrais toujours me rabattre sur l'école d'art de Mumbai ou celle de Shanti Niketan dans l'ouest du Bengale, mais si je peux, je choisirai sans hésiter l'Europe. Là-bas les galeries et les musées sont de véritables institutions, ouverts à tous. Je pourrais passer des mois, juste à les découvrir, en explorer les coins et les recoins. La seule chose dont j'aurais besoin en Europe serait une passion sans limite pour l'art.

Où pourrais-je trouver l'inspiration ? Je ne sais pas pourquoi, mais depuis quelque temps, je me sentais un peu seul.

Je ne fréquentais pas beaucoup les artistes locaux. Je n'avais jamais trouvé à travers eux une inspiration quelconque. Je n'allais que rarement à leurs expositions que je trouvais, en général, peu intéressantes et où les amateurs d'art se déplaçaient d'un tableau à l'autre, avec un air guindé. Je n'ai jamais entendu quiconque parler d'art, dans ces expositions. Et puis je n'aimais pas cette manie d'inviter des personnalités aux vernissages. Peut-être que c'était pour leur propre publicité. Ça ne pouvait pas être pour vendre, c'était tellement rare que ce genre de personnalité achète un tableau.

Je pensais plutôt que les artistes devraient encourager les jeunes comme Palpasa à venir voir leur travail. Si cette nouvelle génération développait un intérêt pour l'art, demain ils deviendraient les premiers acheteurs. Ils apprendraient ainsi à apprécier l'art avec un œil averti. C'est eux qui inventeraient l'art de demain.

Il y a quelques mois, une jeune Hollandaise était venue dans ma galerie. Elle y avait passé presque toute la journée et avant de partir, elle m'avait fait remarquer, d'un ton bienveillant : « Tes peintures sont très belles, mais elles ne dégagent aucune chaleur. *They are cold, you see !* Dans la plupart d'entre elles, les couleurs ne donnent pas de profondeur dans le sujet. »

J'avais été abasourdi. C'était la première fois que quelqu'un se permettait de faire une critique aussi peu flatteuse sur mon travail. C'était un peu comme si je venais de recevoir une douche froide. Jusqu'ici, ceux qui m'avaient dit qu'ils ne comprenaient pas très bien ma peinture étaient visiblement des gens qui ne connaissaient pas la peinture. Je n'avais jamais attaché beaucoup d'importance à leurs critiques. Mais tout dans la personnalité et le comportement de cette femme me disait qu'elle savait de quoi elle parlait. Je ne pouvais pas prendre sa critique à la légère. J'avais été tellement troublé par son commentaire que j'avais été incapable de lui dire quoique ce soit lorsqu'elle avait soulevé son sac et s'était dirigée vers la sortie. Alors qu'elle était déjà au rez-de-chaussée, prête à franchir la porte, je l'avais interpellée :

— Pouvez-vous me dire pourquoi mes peintures sont froides selon vous ?

Son visage s'était éclairé d'un beau sourire dans la pénombre qui régnait dans ce coin de la pièce.

— C'est à vous de trouver, c'est vous l'artiste, avait-elle dit avant de sortir, me laissant dérouté.

J'étais retourné vers mes tableaux que j'avais observés longtemps, très longtemps. J'étais assommé. C'était un peu comme si j'avais reçu une gifle. En même temps, j'avais été heureux qu'elle m'incite à réfléchir sur mon travail. Elle venait de m'imposer une remise en question de mon art.

J'ai bu du vin jusqu'au milieu de la nuit, en réfléchissant, seul. J'ai trouvé un cigare cubain dans une vieille boîte qu'un touriste m'avait donnée. Je l'ai allumé et pris une bouffée à pleins poumons. Le vin a commencé à faire son effet et ses mots ont tourné en boucle dans ma tête. L'odeur du cigare m'a fait penser à l'odeur du pin.

Plus tard, Phoolan m'a dit que la Hollandaise était revenue à la galerie, le lendemain. Elle y était restée près de trois heures, plantée devant deux toiles en particulier. Elle était venue encore une fois le jour d'après et avait obligée Phoolan à garder la galerie ouverte deux heures de plus, rien que pour elle. Après avoir examiné longuement les tableaux en silence, elle avait simplement informé Phoolan qu'elle quittait le Népal, le lendemain. Ensuite, elle avait pris ma carte de visite et fait quelques photos des peintures. J'étais fou de joie en sachant qu'elle s'intéressait tant à mon travail.

Je n'avais jamais été capable d'organiser une exposition pour mes peintures seules. Pour un artiste, faire une exposition, seul, est un peu comme publier un livre pour un écrivain, monter sur scène pour un chanteur ou encore écrire un article à la une pour un journaliste. Je rêvais d'exposer mes tableaux, pas seulement à Katmandou, mais aussi à Delhi et pourquoi pas, même à Paris, un de ces jours. Je voulais qu'ils soient exposés au *National Gallery of Art* de Londres et au *Metropolitan Museum of Art* de New York. Exposer au *Louvre* serait l'apothéose.

Mais mes tableaux ne dégageaient aucune chaleur d'après cette Hollandaise. Ils n'attireraient jamais l'attention des critiques internationales. J'ai compris alors que j'avais encore bien des choses à apprendre. Cette femme venait de me lancer un défi bien difficile.

Les jours passaient alors qu'un tableau des collines rougissantes de Chandragiri prenait forme sous mes pinceaux. L'incapacité à résoudre l'énigme au sujet de mes tableaux me rendait irritable. Peu à peu je cessai de sortir, me livrant à la déprime et vivant reclus. Dans mon désespoir, mon intérêt pour la peinture disparut, à tel point que je n'éprouvais plus aucun désir de peindre. Lorsque je regardais par la fenêtre, je ne voyais plus, dans le ciel, que des vautours à l'affût de leur proie.

Pendant cette période, Phoolan me téléphonait plusieurs fois, inquiète de mon silence. Elle prenait régulièrement de mes nouvelles et se contentait de mes quelques mots dans le vague avant de raccrocher. Je déclinais de nombreuses invitations, la plupart étaient pour des expositions auxquelles je n'avais aucune envie de me rendre. Je lisais ensuite les articles dans les journaux, au sujet de ces expositions. Les journalistes mentionnaient telle ou telle exposition, sans jamais s'aventurer dans un commentaire critique. C'était affligeant !

Je ne fréquentais même plus le peu d'amis que j'avais. Eux de leur côté, croyaient que j'étais occupé et ne me contactaient pas non plus. Au bout d'un moment ils n'ont même plus pris la peine de m'envoyer des mèls. Cela faisait un moment que je n'avais pas eu de nouvelles de Tsering non plus, mais je ne voulais pas l'importuner. Il devait être en train de finaliser son projet de livre de photos.

Un beau jour, en voyant l'état de saleté de la cuisine et en sentant l'odeur d'œufs pourris, je décidai de faire un grand ménage de printemps. Cela me fit un bien fou, c'était un peu comme de remettre de l'ordre dans mes idées. Alors que je finissais le ménage, le téléphone sonna. C'était Phoolan, sa voix me parut pleine d'entrain.

— *Sir*, il y a une lettre pour vous.

— Je t'ai déjà dit de ne pas m'appeler *Sir*, dis-je.

— Désolée Sir. Heu, je veux dire … *daï*, je n'ai pas osé l'ouvrir parce que j'ai bien vu qu'elle vous était adressée personnellement.

— Je la lirai plus tard.

— Quand pensez-vous venir à la galerie ? demanda-t-elle. Il y a eu plusieurs demandes de clients qui voudraient vous rencontrer, *Sir*. Oh désolée, j'ai encore dit *Sir* !

Je la sentais à présent un peu maladroite. Elle s'inquiétait peut-être parce que ça faisait des mois que je n'avais pas payé son salaire. Je commençais d'ailleurs à être mal à l'aise et me demandais si elle continuait d'aller à l'école le matin.

J'avais ramené Phoolan de son village natal du district de *Dang* à Katmandou, en promettant à ses parents que je me chargerais de lui faire suivre des études à l'université. Elle avait, depuis, obtenu son diplôme avec mention *très bien* en anglais. Je voulais que sa communauté *Tharu* soit fière d'elle. Elle avait trouvé une chambre à la cité universitaire et travaillait la journée, dans ma galerie. Je me demandais ce qu'elle pensait de ma vie de bohème.

— La lettre doit être de la Hollandaise, dit-elle.

— Comment le sais-tu ?

— L'enveloppe est estampillée des Pays-Bas.

J'étais à la fois intrigué et inquiet du contenu de cette lettre. J'avais le cœur serré plus tard en conduisant vers la galerie. À un carrefour, il y avait des feux de circulation flambants neufs qui avaient été financés par des Japonais. Ils étaient supposés faciliter la circulation, mais la majorité des gens n'y prêtait pas attention. Quel était donc ce fameux politicien qui avait promis que le Népal serait un jour aussi développé que le Japon ? Peut-être qu'à ce moment-là alors, ces feux serviront à quelque chose. Les anciens feux qui se trouvaient devant Singha Durbar, eux, étaient en panne. Alors que j'approchais la galerie, une jeep me frôla en klaxonnant. Je la suivis. Phoolan m'attendait devant la porte de la galerie.

— Je pensais que vous étiez malade, fit-elle en m'observant.

— Où est la lettre ? demandai-je.

Elle la tenait dans ses mains, comme si elle attendait de me la donner.

Elle provenait de la femme hollandaise. Je commençai à la lire :

*Cher artiste népalais,*

*Depuis que je suis revenue à Amsterdam, je suis troublée. J'ai beaucoup réfléchi. J'ai visité de nombreuses galeries d'art ici. J'ai regardé pas mal de peintures. Tes peintures sont superbes, mais elles sont froides. Je te l'avais dit et tu voulais en connaître la raison. Je me suis rendue compte que le problème venait de ton mur où les peintures sont accrochées. La couleur verte du mur ne met pas en valeur les paysages de tes tableaux.*

*J'espère que tu m'excuseras et que tu changeras la couleur du mur.*

*Je viendrai certainement revoir ta galerie la prochaine fois.*

Au bas de la page, elle avait signé : *Christina.*

Elle avait joint à sa lettre une photo d'une galerie à Amsterdam et un petit livre sur la peinture.

Je la remerciai en silence.

❏❏

# 7

J'entrai dans une maison qui semblait avoir été construite à l'époque des *Malla*. Devant la façade se trouvait un petit jardin où se dressait, dans un coin, une magnifique statue de Bouddha. Il régnait dans ce jardin une paix totale. J'eus envie de réciter '*Om mani padmé hum*'. Alors que je me promenais dans ce lieu magique, je m'arrêtai devant la statue et fixai les yeux de Bouddha. Je ne sais comment était le vrai Bouddha, mais les yeux de cette statue avaient une telle intensité qu'ils me fascinaient. Les artistes sont curieux. Ils aiment créer un autre monde. Ils construisent un autre univers et y mettent leurs personnages. Ce Bouddha avait une façon très particulière de regarder droit dans les yeux. Si je faisais une statue de Bouddha, il était possible que son regard soit différent. Peut-être qu'on y trouverait de la confusion dans ses yeux. De toute façon, je n'étais pas capable d'en créer un. Mais si je le faisais, ce serait un vagabond. Non, je ne le ferai pas. Je crois qu'il faut le laisser tel quel, avec les yeux de la sagesse.

Je m'avançai vers une petite porte délabrée tout en gardant le regard vers les yeux de la statue, et rentrai dans la maison. Tout était silencieux. Sous le plafond bas, je gravis les escaliers à pas de loup, dans la pénombre. À l'étage, je découvris mon *Shangri-La*, un vaste salon où se trouvaient, bien rangés sur de vieilles étagères, des centaines de livres. Un véritable havre de paix. Il y avait tellement de livres qu'il aurait fallu un catalogue pour trouver celui que l'on cherchait.

Dans un coin de la pièce se trouvait une vieille dame, elle portait des lunettes.

— *Namasté* madame, dis-je, en joignant les deux mains.

Elle leva les yeux en m'offrant un sourire bienveillant. Elle avait les cheveux blancs et son visage était ridé. Elle dégageait un calme qui inspirait le respect.

— On m'a dit que je pouvais trouver des livres anciens, dis-je.

— Peut-être, dit-elle. Fais comme chez toi, regarde.

Elle se remit à faire des cordelettes pour les mèches de ses lampes à huile. Une vieille radio, qui avait tout d'une antiquité, était posée sur la table. On aurait dit qu'elle datait de la deuxième guerre mondiale. Ces radios avaient été amenées à Katmandou dans ces années-là. Il fallait tourner l'interrupteur et attendre trois bonnes minutes avant que le son ne sorte. À côté, se trouvait un téléphone de la même époque. J'eus l'impression de me trouver dans un musée. Un long arbre généalogique était accroché au mur.

Les livres étaient soigneusement rangés par catégorie : histoire, géographie, culture, philosophie, politique et autres. Alors que je regardais, émerveillé, les rangées de livres, la vieille dame se leva aidée de son bâton et appuya sur un interrupteur. Une ampoule nue au plafond éclaira à peine plus la pièce.

Je cherchais un livre qui parlait de la technique traditionnelle népalaise pour montrer le lien entre la lumière et la couleur. J'étais curieux de connaître le lien entre le mur de ma galerie et mes peintures. Je voulais savoir si des artistes anciens avaient déjà parlé de l'effet de la lumière sur la peinture népalaise. Un ami m'avait donné cette adresse.

— Tous les livres sont anciens, dit la vieille dame.

— On dirait que dans les bibliothèques de cette ville, il y a toujours un millier de livres, sauf celui que l'on cherche, dis-je.

— J'imagine que c'est pour cette raison que les gens viennent ici.

— Votre collection est impressionnante, dis-je.

— Oui sans doute, je ne m'en rends pas bien compte, mais c'est ce que les gens disent, dit-elle en souriant.

Je pris un livre où la couverture manquait et commençai à le feuilleter. Pendant ce temps, la vieille dame appuya sur le bouton d'un vieux magnétophone. Une chanson de l'époque de mes grands-parents emplit la pièce :

*Jham jham pani paryo asadh ko rat*
*bari bata bajna thalé makaika pat…'*

Je tenais dans les mains le journal intime d'un Anglais. La page était datée du 17 juillet 1957.

*J'ai pris un avion Dakota de Patna à Katmandou. Lorsqu'il s'est approché de la vallée de Katmandou, j'ai vu le sommet d'une montagne. C'était une belle journée, le soleil brillait et le ciel était clair. C'était la première fois que je voyais Katmandou et la beauté de ce que je découvrais m'enchantait. J'ai vu une vallée verdoyante entourée de montagnes. Au fond de cette vallée, j'ai aperçu un groupe de maisons. Le reste n'était que champs et forêts. C'était comme un paradis sur terre.*

*Alors que je descendais au Royal Hôtel, j'ai tout de suite deviné qu'il n'y avait pas d'autre hôtel dans toute la vallée. Pas même un autre restaurant alentours. Au Yeti Bar, j'ai rencontré Boris*

Lissanevitch, le propriétaire russe, avec qui j'ai longuement discuté. Il m'a expliqué les modes de vie, les coutumes et les traditions locales de la vallée. J'ai appris que l'élite népalaise venait de temps à autre dîner à l'hôtel. J'étais étonné de voir que Boris connaissait tous ces gens, mais je me suis vite rendu compte qu'ils n'étaient pas nombreux. À tel point qu'il était facile de se rappeler des noms de ceux qui possédaient déjà un téléphone dans leur maison.

Au bar, Boris m'a présenté quelques Sherpas. Je les ai questionnés sur la montagne que j'avais aperçue de l'avion, mais ils n'ont pas pu l'identifier. Peut-être que je n'ai pas su leur décrire en détail ce que j'avais vu. Ils disaient que ça faisait à peine cinq ans que les touristes venaient dans la région. Aucun d'eux ne savaient encore, ni les noms, ni les altitudes des sommets environnants. Ils m'ont dit de revenir l'année suivante, ils se renseigneraient et m'emmèneraient au sommet.

Les Népalais de cette région ont construit l'aéroport avant la route, ils ont pris l'avion avant le bus. J'avais entendu dire qu'ici il y a plus de temples que de maisons et plus de dieux que d'humains. Je crois que c'est vrai. Dans la nuit, par la fenêtre, j'entends le doux son d'hymnes religieux venant de loin alors que le reste de la ville est silencieux. J'ai l'impression d'être dans un immense temple à ciel ouvert, où les fidèles murmurent les chants en allumant les lampes à huile. Avoir pu admirer cette montagne est déjà, en quelque sorte, une bénédiction des dieux. J'ai même vu le sommet comme une divinité. Il y a la grandeur de l'Himalaya et à ses pieds, tous ces fidèles chantant les hymnes religieux, baignés par la clarté des lampes à huile.

La vieille dame s'approcha de moi en m'offrant une tasse de thé.

— C'est gentil, mais vous n'auriez pas dû, dis-je.

Elle me sourit chaleureusement.

— Voyons, ce n'est rien.

— Vous vivez seule dans cette maison ? demandai-je.

— J'ai une jeune fille qui m'aide. Ma petite fille elle, est sortie.

— Vous avez une petite-fille ?

— Oui, quand elle est ici elle a toujours le nez plongé dans les livres, dit-elle. Et quand elle sort, on ne sait jamais quand elle sera de retour.

— Et vos enfants ?

— Ils sont tous aux États-Unis.

— Vous y êtes déjà allée ?

— Qui voudrait aller dans un pays où on mange de la vache ?

— Alors vous restez ici, seule ?

— Les divinités et les temples me tiennent compagnie.

— Vous ne vous ennuyez pas trop ?

— J'ai souvent de la visite, des gens comme toi qui viennent lire, dit-elle. Certains sont comme mes fils, d'autres comme mes petits-fils.

— Oui, je comprends.

— C'est juste une façon de voir les choses, dit-elle. Quand on est proche des gens, ils deviennent notre propre famille. Sinon ils restent anonymes.

— Oui, c'est vrai.

— Comment est le thé ?

— Il est très bon, merci.

— Oui, c'est aussi une façon de voir les choses.

— Non, je le pense vraiment.

— Il n'est pas trop sucré ?

— Il est parfait.

— Combien d'enfants as-tu ?

— Je ne suis pas encore marié. Et vous, vous en avez combien ? demandai-je.

— J'ai un fils, une belle-fille et une petite fille.

— La famille idéale.

— Oui, mais ils n'habitent pas ici, je ne les vois jamais.

— Oui, c'est vrai.

— J'espère que tu n'as pas l'intention de partir aux États-Unis.

— Vous disiez à l'instant qu'ici, il y a les temples et les divinités.

— Tu te rends donc aux temples aussi ? Crois-tu aux divinités ? demanda-t-elle.

— Voyez-vous, madame, je suis un peintre. Pour moi, l'inspiration, le choix des sujets, et les couleurs se trouvent dans mon pays.

— Ma petite fille dit la même chose.

— Oh, alors, elle aussi est peintre ? demandai-je.

— Je ne sais pas trop, elle se promène toujours avec une caméra sur l'épaule. Une fois elle m'a montrée à la télévision, moi-même en train de faire des cordelettes.

— Vous êtes passée à la télévision alors !

— Je ne sais pas trop, c'est un truc qu'on met dedans et tout à coup, l'image apparaît.

— Oui, je vois !

— Allez, continue à faire ce que tu dois faire. Je radote.

— Non au contraire, dis-je. J'adore vous écouter.

Elle me sourit.

— Tu es bien gentil.

— Non, je le pense vraiment.

— Merci, ça me fait plaisir de parler avec toi.

— Vous deviez être très belle dans votre jeunesse.

— Oh, je ne sais pas. À cette époque, on ne se prenait pas en photo.

— Oui, bien sûr.

— As-tu déjà rencontré ma petite fille ?

— Non, pourquoi ? demandai-je.

— Je crois que je lui ressemblais beaucoup lorsque j'étais jeune.

— C'est normal, elle est votre petite fille.

— C'est plus qu'une ressemblance physique, elle se comporte exactement comme je le faisais à cette époque.

— Ça doit vous faire plaisir.

— Oui, bien sûr, dit-elle. Ses parents la poussent sans arrêt pour qu'elle retourne aux États-Unis, mais elle est décidée à rester vivre ici.

— Comment pourrait-elle s'éloigner d'une grand-mère comme vous ?

— Non, ce n'est pas pour moi qu'elle veut rester vivre ici, c'est parce qu'elle dit qu'ici c'est son pays, ses racines.

Alors que la vieille dame reprenait son occupation, j'en profitai pour faire un tour dans la maison en passant d'une pièce à l'autre. Il y avait du parquet partout et les murs en briques semblaient tout droit sortis d'une autre époque. Quelques statues de divinités étaient soigneusement disposées dans de petites niches au-dessus desquelles étaient accrochées au mur, des photos ou des peintures défraîchies. Partout où se posait mon regard, je ne voyais que beauté. Il se dégageait de cet endroit une sérénité extraordinaire. Les portes des chambres donnant sur la cour intérieure de la maison étaient ouvertes. Des draps blancs immaculés recouvraient les lits, à côté desquels était posée sur une table en acajou, une jolie lampe. Sur chacun des lits, une serviette blanche était pliée. On aurait dit que le temps s'était arrêté.

Tout dans cette maison respirait la quiétude. J'avais l'impression qu'elle était d'une autre époque. Malgré cela, toutes les commodités étaient modernes. Il y avait là, un délicieux mélange d'autrefois et d'aujourd'hui. J'aurais pu y passer des heures, à errer, tant l'atmosphère qui y régnait était magique. De nouvelles pensées surgissaient sans arrêt dans mon esprit. En regardant les fenêtres et les portes en bois sculpté, j'imaginais les mains d'artistes qui les avaient façonnées.

Puis, je regardai par la fenêtre. Tout ce que je voyais n'était que le chaos qui régnait dans la ville où les bâtiments en béton se construisaient. Ce que je vis me parut vulgaire.

Je redescendis au salon où la vieille dame rembobinait la cassette dans le vieux magnétophone. Elle appuya sur le bouton et les premières notes de la même chanson résonnèrent :

*Jham jham pani paryo asadh ko rat
bari bata bajna thalé makaika pat …'*

— Vous aimez bien cette chanson, n'est-ce pas ? demandai-je.

— Ça me rappelle ma jeunesse parce qu'on dansait beaucoup sur cette musique quand j'étais jeune !

— Comment dansiez-vous ?

— Oh, je suis bien trop vieille maintenant pour ça.

— Allez, essayez, juste une fois. J'ai envie de vous voir danser.

— Les vieilles dames comme moi ne dansent pas.

— Ah bon, pourquoi pas ? Qui a dit ça ? C'est écrit dans les *Vedas* ?

— Les divinités dans les niches vont rire.

— J'aimerais bien voir les divinités en train de rire.

— Non, ce que je veux dire c'est que les divinités vont se moquer de moi.

— Vous-même êtes un peu comme une déesse alors n'ayez pas peur.

— Je vais te dire, en fait je m'appelle *Devi*. C'est un prêtre brahmane qui m'a donné ce nom.

— Et bien il devait être un sage, ce qui explique pourquoi, avec vous j'ai l'impression d'être en présence d'une déesse.

— On ne peut pas aller chez une vraie déesse.

— Si, là je crois que je suis chez une vraie déesse et je suis arrivé le premier.

— Que tu es malin !

— Et je suis un peu têtu aussi, dis-je. Je ne partirai pas d'ici avant de vous avoir vu danser.

— Tu es aussi têtu que ma petite fille, dit-elle.

— Et comme vous me l'avez si bien dit, elle vous ressemble comme deux gouttes d'eau.

La vieille dame se leva d'un coup et rembobina à nouveau la cassette pour écouter la même chanson. Elle jeta son bâton, arrangea son sari et, aussi légère qu'une fleur de printemps, se mit à danser. Elle se mouvait comme la lenteur des feuilles, volant au doux son de la mélodie du vent. Elle me prit les mains. Je voulus faire deux ou trois pas, mais j'étais trop maladroit et j'étais gêné. Comme le bruit de la pluie sur la feuille de maïs, elle me donna une petite tape sur la joue et me fit tourner. J'aurais dû apprendre à danser aussi.

Je fis semblant de tourner et je la regardai alors qu'elle dansait sur le rythme de la musique.

— Ha ha ha ha ha !

Un rire interrompit notre danse. C'était Palpasa. Elle se tenait sur le pas de la porte et nous regardait. Elle était, visiblement, à la fois étonnée et enchantée de me trouver là. Je n'arrivai pas à croire que j'étais arrivé chez elle, après tous ces mois. Je n'oublierai jamais ce moment où j'ai réalisé qu'elle était la petite fille de la vieille dame. Cette dernière, embarrassée d'avoir été surprise dans sa danse, se couvrit les yeux de ses mains, tout comme une gamine l'aurait fait en se rendant compte que sa robe avait un trou.

□□

# 8

Sur le mur au-dessus de la table où j'étais assis, un poster en noir et blanc des Blues Brothers était accroché. On les voyait fumer une cigarette. Une douce musique de blues venant du bar rendait l'atmosphère agréable. Il y avait toujours dans ce bar de *Thamel* une foule de touristes, mais depuis les nouvelles alarmantes que les médias diffusaient sur notre pays, la fréquentation avait chuté. Les épis de maïs et de piments rouges accrochés au plafond dansaient avec la brise du soir. Alors que Palpasa arrivait, on venait de m'apporter mon plat de *Chicken sizzler fumé* et je m'apprêtais à commencer mon diner.

— C'est la première fois que j'ai vu danser ma grand-mère, dit-elle.

— Dommage que je n'ai pas pu en faire autant avec toi, dis-je.

— Elle n'arrête pas de me parler de vous.

— Je voudrais tant que celle qui me plait en fasse autant.

— Alors à votre avis, pourquoi suis-je là ?

Un rire bruyant éclata à la table d'à côté. Ils venaient de terminer un trek autour des Annapurnas et regardaient les photos qu'ils avaient prises. Il me sembla qu'ils avaient ramené l'air glacial du col de *Thorong*. Alors qu'ils étaient penchés sur une nouvelle photo, ils éclatèrent à nouveau d'un fou rire. En jetant un œil sur la photo, j'avais cru voir quelqu'un qui tombait dans la neige, mais je n'en étais pas sûr.

Je réalisai soudain que Palpasa était toujours debout.

— Es-tu venue emprunter une chaise ? demandai-je.

— La dernière fois que j'en ai demandé une, c'était à Goa, répondit-elle en s'asseyant.

— Tu regrettes ?

— Non, mais cette fois-là m'a coûté cher.

Je coupai mon poulet fumant et en mis la moitié avec des frites et des pâtes sur une autre assiette. Je commandai un verre de vin pour Palpasa, sans la regarder, pour lui faire croire que j'étais contrarié. Elle aussi regardait ailleurs, le regard dans le vide, l'air fatigué. Finalement, je jetai un coup d'œil discret vers elle, elle était encore plus belle que dans mon souvenir. Je me sentais bien, proche d'elle. C'était un peu comme si je retrouvais une bonne copine après une longue séparation. On avait plein de choses à se dire, mais pour la faire parler, je devais y aller pas à pas.

— Ma grand-mère vous admire beaucoup, dit-elle.

— Pourquoi ? Elle a vu mes tableaux ?

— Non, mais vous l'avez fait danser.

— C'est elle qui a dansé toute seule.

— Si elle dansait seule, j'aurais eu l'occasion de la voir avant.

— Peut-être que tu n'as jamais voulu la voir.

— Elle a dit que c'était vous qui aviez insisté.

— Oui c'est vrai, c'est dommage que seules les vieilles personnes m'écoutent.

— Mais vous, vous écoutez les jeunes ?

— Non, visiblement j'ai un problème avec les jeunes, ils ne me comprennent pas, dis-je.

Je commençai à manger. Elle me regardait avec insistance, sans faire attention à son assiette. Ses yeux étaient doux et pleins d'amour, comme des quartiers de mandarine juteux.

— Tu jeûnes aujourd'hui ? demandai-je.

— Je vous regarde pour apprendre à en faire autant.

— Le repas est en train de refroidir.

— C'est vous qui l'avez refroidi.

— Mais il y a encore de la fumée.

— C'est mon cœur qui a froid.

— Ce n'est pas moi qui ai mis de la glace.

— Vous voir séparer ma part de la vôtre m'a fait l'effet de glace.

— C'est pourtant avec amour que je t'ai servie.

— Il m'avait semblé le contraire.

— Tu voulais manger dans mon assiette ?

— Auriez-vous osé me nourrir avec votre propre fourchette ?

— Je crois qu'il est encore un peu tôt pour ça.

— Trop tôt pour quoi ?

Comme pour la provoquer, je repris ce que j'avais mis dans son assiette et je le remis dans la mienne, puis commençai à manger. Elle me regarda interloquée, le feu aux joues. Ses lèvres commençaient à trembler de colère, ses yeux me foudroyaient. Sans un mot, je continuai à manger et finis mon repas.

— Je devrais peut-être m'en aller, qu'en pensez-vous ? demanda-t-elle, furieuse.

— Je ne t'ai pas demandé de partir.

— Il ne reste plus rien pour moi puisque vous avez tout mangé.

— Qu'est-ce qui t'empêche de commander autre chose pour toi ?

— C'est vrai. Après tout, je ne suis pas venue ici pour manger le repas d'un autre, dit-elle en faisant signe pour appeler le serveur du restaurant.

— C'est bien ce qui me semblait, dis-je en finissant mon verre de vin.

À la table derrière se trouvait un couple de jeune Népalais animé par une conversation passionnée. La femme était en colère et haussait la voix tandis que l'homme tentait de la calmer. Seule Palpasa voyait la scène derrière moi. Je ne tournai pas la tête. J'entendais d'autres voix se mêler à la conversation. Elles m'aidaient à deviner le scénario. J'imaginai des adolescents.

— Est-ce que tu m'aimes ? demandait le jeune homme.

— Je te déteste, lui siffla-t-elle.

— Bon alors ça va, tu me rassures.

— Ah bon ! Pourquoi ?

— Si tu pensais autrement, là il y aurait un problème, expliqua le garçon. Parce que l'amour et la haine sont les deux facettes de la même médaille.

Je regardai Palpasa, elle semblait absorbée par son assiette de *momos* et avait l'air d'en savourer chaque bouchée. Il était clair qu'elle voulait me montrer que son repas était de loin bien meilleur que celui que j'avais mangé.

— Moi aussi, j'aime les *momos*, dis-je.

— En général je n'aime pas trop, mais ceux-là sont vraiment exceptionnels, dit-elle en prenant un autre *momo*, comme si c'était ce qu'elle avait mangé de meilleur au monde.

— J'en prendrais bien un, dis-je

— Vous pouvez appeler le serveur.

— Pour lui demander une fourchette ?

— Non, pour demander une autre assiette de *momos*.

— Je ne peux pas manger dans ton assiette ? demandai-je.

— Enfin, ce que je voulais dire …

— D'accord j'ai compris, dis-je en lui coupant la parole.

Je fis signe au serveur de m'amener une assiette. Lorsqu'il l'a posa sur la table, je la poussai vers Palpasa. Mais elle continua à manger comme si je n'existais pas.

— Voilà ! dis-je.

— Qu'est-ce qu'il y a ? fit-elle sans me regarder, comme si elle n'avait rien compris. Je lui montrai du regard l'assiette que j'avais placée près d'elle.

— Mais ce n'est pas moi qui ai commandé ça.

— Je sais, c'est moi qui l'ai demandé.

— Que voulez-vous que je fasse avec cette assiette, demanda-t-elle en mettant un autre *momo* dans sa bouche.

— Certaines personnes sont vraiment égoïstes, dis-je.

— Ah bon ? fit-elle la bouche pleine.

— Pour une fois, j'avais cru que quelqu'un m'aimait dans ce monde.

— Ah bon ! Qu'est-ce qui vous a fait penser ça ?

— Je ne dis pas ça parce que ce quelqu'un aurait pu me donner à manger.

— Alors, pourquoi ?

— Parce que j'avais pensé que ce quelqu'un aurait pu le faire avec ses propres doigts.

— Ah !

— Aujourd'hui j'ai vu …

— Qu'est-ce que vous avez vu ?

— J'ai vu quelqu'un manger, dis-je.

— Et vous n'aviez jamais vu ça avant ?

— Si bien sûr, j'ai déjà vu des gens manger, mais pas comme cette personne-là.

— C'est-à-dire ?

— Comme si on allait lui voler son assiette.

— Ah bon ! Ah je vois, vous vouliez partager mon assiette de *momos* ? Quel dommage, je viens de manger le dernier. J'avais la tête ailleurs, désolée.

— Où avais-tu la tête ?

— Et bien, je me demandais si vous auriez eu envie d'un *momo.*

— Je ne suis pas venu ici pour manger le repas d'un autre, dis-je.

— Oui, il me semblait bien aussi.

— Je devrais peut-être m'en aller maintenant ?

— Je ne vous ai pas demandé de partir.

— J'ai eu l'impression que c'est ce que tu voulais, dis-je.

— On dirait qu'il y a des gens qui prennent un malin plaisir à s'imaginer des choses qui n'existent pas.

— Certainement pas moi, dis-je.

À côté de nous, les randonneurs riaient toujours comme des fous et n'arrivaient plus à s'arrêter. À chaque photo, ils riaient de plus belle, comme s'ils n'avaient jamais eu d'occasion de rire autant auparavant, et qu'ils n'en auraient plus jamais non plus. Leurs rires étaient exagérés. Je regardai du coin de l'œil la photo qui les avait fait hurler de rire. Sur la photo, un homme tombait dans la neige en photographiant un autre qui, lui aussi tombait dans la neige. Il m'avait semblé que c'était dans la descente de Muktinath.

— Grand-mère m'a demandé de vous amener chez elle, dit-elle.

— Pourquoi ? Elle a envie de danser ?

— Elle voudrait vous inviter à déjeuner.

— Et qui va cuisiner ?

— Elle a dit que c'est elle qui allait préparer le repas.

— J'ai peur que tu manges aussi ma part.

— Je ne suis pas si gourmande.

— Ce n'est pas ce que j'ai vu aujourd'hui.

— Est-ce que j'ai mangé votre part ?

— Non, mais ce n'était pas loin.

— Et alors ?

— En fait, comme j'ai mangé ta part j'ai peur que tu te venges sur moi.

— Grand-mère a dit que vous aviez de la réparti.

— Pas autant que sa petite-fille.

— Elle me connaît bien.

— Elle m'a dit que tu lui ressemblais beaucoup.

— C'est vrai, j'aime les choses simples. Je suis franche et droite comme elle.

— Mais aujourd'hui il m'a semblé la voir un peu tordue quand elle dansait.

— Peut-être, mais moi je n'ai jamais été tordue.

— Ah bon et quand tu nous as regardé danser en cachette, c'était pas un peu tordu ça ?

— Et vous il paraît que vous êtes aussi droit qu'un bambou quand vous dansez, c'est ce qu'elle m'a dit.

— C'est parce que, comme toi, je suis franc et droit. Ta grand-mère m'a dit que tu dansais très bien.

— N'importe quoi !

— Je te jure c'est ce qu'elle m'a dit.

— Elle exagère.

— Elle m'a dit que la minute où tu entrais en scène, l'ambiance était assurée.

— C'est ridicule !

— Elle m'a aussi dit que tu dansais comme une divinité.

— Je ne vous crois pas.

— Elle m'a même dit qu'elle cherchait un mari idéal pour sa petite fille, ajoutai-je.

— Allez, ça suffit maintenant !

— Quelqu'un comme toi irait parfaitement, m'a-t-elle dit.

— Vous êtes incroyable, allez, arrêtez !

— Elle m'a aussi dit que…

Elle m'interrompit alors que j'étais sur le point de lui dire encore de belles choses.

— Ça suffit maintenant, quand est-ce que vous viendrez pour lui faire plaisir ?

— Le jour où sa petite-fille dansera.

— C'est impossible, dit-elle

— Qu'est-ce qui est impossible ? Que je vienne chez toi ?

— Non, que je danse.

— Dans ce cas, de mon côté aussi c'est impossible.

— Vous ne viendrez pas ?

— Si, mais je ne danserai pas.

— Personne ne vous a demandé de danser.

— Je veux dire de danser avec toi.

— Vous pouvez danser avec ma grand-mère.

— Et si je ne viens pas ? la provoquai-je.

— Et bien tant mieux, répliqua-t-elle. Je ne serai pas obligée de danser.

◻◻

# 9

Lorsque les murs de la galerie ont été repeints, j'ai organisé une petite soirée pour fêter l'événement. Palpasa arriva en premier. Elle était éblouissante dans son jeans couleur marron et une *kurta* en soie. Elle avait apporté une bouteille de vin français.

— *Hi !* fit-elle en balayant de ses yeux la galerie. C'est vraiment superbe !

En fait, c'était la première fois qu'elle venait dans ma galerie. Certaines peintures qui étaient dans mon livre étaient accrochées au mur. Immédiatement, elle s'avança vers ces tableaux. J'ai tout de suite vu à son visage qu'elle était émue. Elle me tendit la bouteille de vin et me dit :

— J'ai de la chance d'être la première invitée de la soirée.

Pour la taquiner, je dis :

— Ah bon, je croyais que tu étais là pour accueillir les invités !

Je vis qu'elle avait remarqué ma nouvelle chemise en jeans et affectueusement elle me pinça le bras pour me souhaiter bonne chance. J'aurais voulu qu'elle me pince un peu plus fort.

Phoolan avait dressé le bar dans un coin de la galerie. Je posai la bouteille de vin.

— Qu'est-ce qui vous ferait plaisir, *hajour* ? demanda Phoolan à Palpasa.

Elle était en train de regarder la peinture intitulée '*Pluie*'. Sans détourner la tête, elle lui répondit sur le même ton pour se moquer :

— Ce que vous voudrez, *hajour*.

J'avais expliqué plusieurs fois à Phoolan qu'il n'était pas nécessaire d'utiliser des termes comme *hajour* mais c'était plus fort qu'elle. Je crois qu'elle avait pris cette habitude à l'université, certainement pas dans son village natal. Si un jour elle commençait à utiliser des termes du genre *bakshiyosh, shiyosh hajour*, il faudrait que j'aille dire deux mots à ses amis qui avaient une mauvaise influence sur elle.

Palpasa était absorbée à la fois par mes tableaux et par son portable qu'elle surveillait, à l'affut d'un message. Je la vis taper un texto, peut-être envoyait-elle une blague à des amis. Puis elle se dirigea vers la toile de la feuille morte.

Tsering arriva, accompagné de sa femme Kripa. Comme toujours, à peine arrivé, il commença à se plaindre du manque de places de parking dans la ville. Lorsque finalement il s'intéressa aux tableaux, Palpasa était toujours devant la même toile, absorbée par la feuille qui tombait.

— Quand est-ce que tu prends l'avion ? demandai-je à Tsering.

— Je n'ai pas encore décidé.

— Ah bon, pourquoi ?

— Il faut payer le billet d'avion même pour participer à l'exposition de photos, et je n'ai pas envie de payer.

— Réponse caractéristique du Népalais, dis-je. Participer à une exposition peut ouvrir des portes. Tu peux, non seulement vendre quelques photos, mais aussi faire des rencontres avec des galeristes ou même des agents internationaux.

— Je n'ai pas besoin de tout ça. Si j'avais voulu devenir riche, je n'aurais pas vendu mon agence de trek pour prendre des photos.

Au même moment Kishore, le chanteur, arriva. C'était rare de le voir sans sa guitare à la main.

Il m'avait dit, quelques jours plus tôt :

— Je vais bientôt sortir mon nouvel album et vous devez venir au lancement.

Puis, le lendemain :

— Je suis en train de réaliser un clip-vidéo, me laisserez-vous utiliser votre galerie ?

— Est-ce que la chanson est en rapport avec la peinture ? avais-je demandé.

— Je ne savais pas qu'on pouvait faire une chanson sur la peinture, avait-il répliqué. Non, c'est sur l'amour.

— Sur l'amour ?

— Oui, j'ai déjà le titre : '*The first love before the second.*'

J'avais éclaté de rire en me tournant légèrement pour qu'il ne me voie pas. Avant même qu'il ne vienne voir la galerie, il m'avait dit qu'il aimait l'endroit et avait ajouté :

— Si je tourne le clip-vidéo dans votre galerie, les gens penseront que le chanteur vit dans une belle maison. C'est cool !

Un autre jour, il était venu à la galerie pendant que je peignais et m'avait lancé :

— Je voudrais que vous apparaissiez dans mon clip-vidéo.

— Moi ? Dans un clip-vidéo ?

— J'ai besoin d'un acteur de genre.

— Est-ce que je devrai chanter ?

— Non, juste faire semblant, avait-il répondu. J'avais trouvé ça drôle.

— Et ta copine, elle va chanter où alors, avais-je demandé.

— Elle ne sera pas à l'écran, on va seulement utiliser sa photo. Après tout c'est un solo, pas un duo.

Kishore avait aussi amené une bouteille de vin. J'étais surpris, mais il devait avoir sa petite idée derrière la tête. Phoolan la posa sur le bar. Je présentai Kishore à Palpasa.

— Je te présente un ami, Kishore. Il est chanteur.

— C'est vrai, je vais bientôt sortir mon premier album : '*The first love before the second*'.

Alors que Palpasa riait, son portable sonna. Elle avait choisi comme sonnerie une vieille chanson népalaise. Elle appuya sur le bouton vert et dit :

— Allo ?

— Pourquoi riez-vous ? demanda Kishore à Palpasa.

— Non, c'est le titre de l'album qui est..., dit-elle en appuyant sur le bouton rouge.

— La chanson est en fait très triste, dit-il. Ça parle d'un cœur brisé suite à une rupture. Vous devez venir pour le lancement de l'album.

Au même moment deux invités entrèrent, je m'avançai vers eux pour les accueillir. Ils avaient apporté un bouquet de fleurs dont le parfum était très agréable. Je le mis sur la table, près de mon ordinateur.

— Voici mes amis !

Alors que je faisais les présentations, à peine quelques instants plus tard quatre autres de mes amis arrivèrent. Le plus âgé s'appelait Rupak. Il avait dix ans de plus que moi. Il remarqua immédiatement le changement de couleur des murs.

— Superbe ! Je me demandais si j'étais au bon endroit, fit-il en me complimentant.

J'aperçus Palpasa qui avait l'air étonné de recevoir autant d'appels ce jour-là. Elle répondit :

— Allo ?

— Bravo ! continua Rupak. La nouvelle couleur met vraiment tes tableaux en valeur, très bon choix.

— C'est grâce à une Hollandaise qui était venue à la galerie, dis-je. Palpasa qui avait raccroché me regarda d'un air étonné.

— Alors c'est pour cette occasion que tu nous as invités ? me demanda un ami.

— Oui, qu'en penses-tu ?

— Ça change, c'est vraiment très bien.

Tout à coup, tout le monde se mit à regarder les murs au lieu des tableaux. D'un coin de la galerie parvenaient les premières notes de la musique de Nusrat Fateh Ali Khan. J'aidai Phoolan à disposer les amuse-gueule sur les plateaux. Je voulus lui donner un coup de main, mais elle insista :

— Non non, fit-elle. Je m'en occupe.

— Tu n'es pas obligée. Tu es la secrétaire, tu sais.

— Oui, mais aujourd'hui je suis la secrétaire de la soirée, fit-elle.

Kishore me lança, d'un ton moqueur :

— Vous faites partie de la vieille génération. On devine tout de suite à quelle génération les gens appartiennent aux musiques qu'ils écoutent.

Tout le monde rit, sauf Palpasa. Elle s'était écartée du groupe et se tenait à nouveau devant le tableau *La feuille*, seule, absorbée dans ses pensées.

— Tu aurais dû amener ton album, on aurait pu le mettre et faire partie de la nouvelle génération, dis-je.

Roupak se tourna vers Kishore :

— Vous êtes donc chanteur ?

— Oui, répondit-il. Je vais bientôt sortir mon premier album. Vous aussi vous devez venir au lancement.

— Et nous, tu ne nous invites pas ? demanda la femme de Kapil. Est-ce que c'est de la pop ?

Kishore dit :

— Le titre veut tout dire. L'album s'appelle : *'The first love before the second'*. C'est un mélange de chansons pop, rap, reggae avec un peu de blues. Il y a même un morceau plus cool et le dernier de l'album est instrumental.

— Eh ben, il ne manque plus qu'un hymne religieux, dit Roupak pour le taquiner.

— J'y ai pensé, mais personne n'écoute plus ces chants religieux de nos jours.

— *'Shriman... Narayan... Narayan ...'*, fredonna la femme de Kapil.

— Celle-là est bien trop rapide pour un chant religieux, dit Khishore. Ne connaissez-vous pas une autre chanson avec un rythme plus lent ?

L'ambiance était maintenant festive, les gens s'amusaient et riaient. Je me servis un nouveau verre de vin, puis m'approchai de Palpasa pour lui en proposer.

— Veux-tu un peu de vin ? lui demandai-je, en tendant la bouteille vers son verre.

Son regard était fixé sur le tableau '*Langtang 1995*'. Elle se tourna vers moi pour me tendre son verre. En approchant la bouteille, nos doigts se touchèrent. Je commençai à verser le vin, j'aurais voulu que le temps s'arrête, que son verre ne se remplisse jamais. Peut-être éprouvait-elle la même chose, car tout à coup, elle réalisa que le verre débordait et que le liquide coulait sur ses chaussures. On s'est regardé un instant, gênés l'un et l'autre. Ses joues étaient devenues aussi rouges que le vin.

C'est elle qui brisa ce silence embarrassant, en me taquinant :

— Vos joues sont aussi rouges que de bons raisins à presser.

— Et bien, mets ton verre dessous, dis-je en plaisantant à mon tour.

— En fait, je préfère ce qu'on peut croquer comme les pommes. J'en mange une bien rouge, tous les jours.

— Seulement une ? Tu pourrais en manger plusieurs.

Kapil nous rejoint et nous interrompit :

— Dis-moi, Drishya, pourquoi 1995 sur le tableau intitulé '*Langtang*' ?

— Tu veux savoir ce que la date signifie ?

— Je veux dire : le Langtang n'est-il pas le même, quelle que soit la date ?

Alors que Palpasa me regardait, j'expliquai :

— Il faut comprendre l'impression des couleurs et les traits. Il faut aller au-delà de ce qu'elle représente et ressentir l'atmosphère qui s'en dégage. Dans ma collection 'Langtang', les tableaux se ressemblent peut-être, mais ils t'apparaitront tous bien différents selon l'humeur et la sensibilité avec laquelle tu les regardes. Je ne suis pas certain que celui-ci soit vraiment fidèle à ce que le Langtang était à ce moment-là. C'est l'atmosphère que j'ai perçue et que j'ai essayé de reproduire.

La femme de Kapil s'approcha de nous. Elle ne s'intéressait pas vraiment à la peinture. Rupak lui, contemplait un de mes derniers tableaux, visiblement enthousiaste.

— J'avoue que je ne comprends pas grand-chose à l'art, ça me laisse assez indifférente.

— Il n'y a rien à comprendre, dis-je. Il suffit d'ouvrir un peu son esprit en même temps que son cœur.

— C'est la même chose pour moi, dit Kishore en s'approchant de nous. Il y a un paquet de gens qui ne comprennent pas mes chansons, ma famille non plus d'ailleurs. Je ne leur en veux pas.

— Peut-être qu'ils ne comprennent rien parce que tu mélanges toutes sortes de langues dans tes chansons, dit Tsering.

— Ne m'en voulez pas de vous demander cela, dit Kishore. Mais vous, lorsque vous parlez, n'utilisez-vous jamais des mots qui ne sont pas en népalais ?

— Si, bien sûr que si, j'utilise parfois quelques mots de sherpa ici ou là.

— C'est exactement ce que je fais. Pourquoi est-ce que je ne pourrais pas mettre un peu d'anglais dans mes chansons ? C'est ce que tout le monde fait de nos jours.

— C'est bien là le problème de la musique d'aujourd'hui, lança Rupak. On ne sait plus si les chanteurs chantent ou parlent.

— Ouais, ajouta Tsering, les chanteurs ne chantent plus. Parfois ils parlent, d'autres fois ils hurlent, braillent ou pleurent même.

Alors que tout le monde riait, Kishore lui, se tenait tout penaud, ne sachant quoi dire.

— Mais mon ami, lui, chante vraiment bien, dis-je en lui adressant une tape amicale dans le dos.

— Tu l'as déjà écouté, toi ? demanda Kripa, serrée contre Tsering son mari.

— Oui, je l'ai écouté pendant la répétition, répondis-je.

— Ah bon, où ça, *daï* ? me demanda Kishore.

— Dans l'escalier, lorsque tu fredonnais, répondis-je.

— Oui, il était certainement en train de se débarrasser d'un chat dans la gorge, plaisanta Tsering.

Je pris le plateau d'amuse-gueule des mains de Phoolan pour faire le tour de mes amis. Je sentis soudain la fatigue m'envahir et saisis un tabouret pour me reposer. Les invités commençaient eux aussi, petit à petit, à s'asseoir alors que Rupak et Palpasa conversaient tranquillement dans un coin de la galerie. Je levai mon verre pour détourner leur regard, en lançant : « À votre santé ! » Du coin de l'œil, je vis Kishore qui regardait Phoolan. J'avais remarqué qu'il la trouvait à son goût, mais elle n'était pas prête à s'engager dans une relation avant d'avoir terminé ses études. Il l'avait sollicitée à maintes reprises, mais avait finalement abandonné.

Me tournant vers eux, je dis :

— C'est une Hollandaise qui un jour, est venue à la galerie et m'a fait comprendre certaines choses au sujet de mes tableaux. Au début, je n'avais pas bien compris ce qu'elle voulait dire. Ensuite, j'ai réalisé que la couleur des murs dévalorisait mes peintures.

— Tu ne l'as pas invitée aujourd'hui ? demanda Rupak.

— Si elle avait été à Katmandou, je l'aurais invitée, mais elle est rentrée chez elle.

— Ah, c'est pour ça que tu sembles perdu dans tes pensées.

— Que veux-tu dire ?

— Que tu parais loin, très loin, aussi loin que les Pays-Bas.

Tout le monde rit, sauf Palpasa. Quel casse-pied ce Kapil ! Parfois il pouvait vraiment semer la zizanie pour pas grand-chose.

— Je l'ai écoutée parce qu'elle est critique d'art, dis-je en tentant de me justifier. Il n'y a rien d'autre à dire.

— Elle t'a suffisamment impressionné pour que tu suives son conseil. En tout cas, elle a vu juste. Grâce à elle, la galerie renaît et tes tableaux sont vraiment mis en valeur comme ils le méritent.

— Je me demande bien comment la couleur d'un mur peut mettre en valeur des peintures, demanda Kishore.

— C'est en tout cas ce que tente de nous expliquer notre ami, dit Tsering.

Phoolan se joignit à nous et dit :

— En tout cas, je suis infiniment reconnaissante à cette Hollandaise. Lorsqu'elle est rentrée dans son pays, après avoir visité la galerie, Sir était désespéré. Il n'a pas mis les pieds à la galerie pendant des mois. Mais au final, c'est elle qui l'a sorti de sa dépression.

Je lui lançai un coup d'œil désapprobateur. Elle continuait de plus belle, sans se rendre compte qu'elle mettait de l'huile sur le feu.

— Finalement lorsqu'elle lui a envoyé une lettre pour lui suggérer de changer la couleur des murs, il a tout à coup retrouvé sa joie de vivre.

Je tentai de me justifier :

— Les Occidentaux savent comment mettre en valeur les tableaux. Ils ont bien compris le lien entre les peintures et la portée de l'environnement dans lequel elles sont exposées. Par exemple si les murs sont bleus, ils détournent le regard du ciel qui est représenté sur la toile. Dans la collection '*Langtang*' dont vient de parler Kapil, le ciel a une grande importance, c'est lui qui incite notre imaginaire à s'envoler. Et bien, si les murs étaient bleus, les peintures ne dégageraient pas le même charme.

Rupak leva son verre et lança :

— À ta santé, Drishya. Ça fait dix ans que je te connais et tu n'en as jamais fait qu'à ta tête, sans écouter qui que ce soit. C'est la première fois que tu acceptes un conseil. Bravo ! Je parie que cette Hollandaise est ravissante, intéressante, passionnante et passionnée … finit-il dans un éclat de rire.

Il prenait un malin plaisir à me taquiner.

— Au fait, Drishya, c'est quand même pas la même fille du *chat* de l'autre soir ? plaisanta Tsering.

Je ne vis pas Palpasa quitter la galerie, mais le temps que je me retourne, elle avait disparu. Seul Tsering, se rendit compte que son départ m'avait rendu triste. La soirée continuait et l'ambiance reprit de plus belle quand Kishore commença à fredonner ses chansons. Palpasa était partie sans même me dire au revoir, son départ me laissait un goût d'inachevé. Kishore commença à chanter 'The first love before the second'. Il n'avait pas amené sa guitare, mais cela importait peu ; il jouait d'une guitare imaginaire et bien que je n'aie bu que trois verres de vin, j'eus l'impression que ses doigts pinçaient les cordes de mon cœur.

❏❏

# 10

J'entendis le bruit d'un froissement d'ailes, comme si un oiseau essayait péniblement de s'envoler. Ce battement d'ailes me réveilla en sursaut, au milieu de la nuit. En dehors de ce frôlement d'ailes, tout était silencieux dans la ville. Je me levai et regardai par la fenêtre. Il se dégageait dans l'obscurité de la nuit une atmosphère sinistre, comme un mauvais présage.

Le téléphone sonna. Une voix paniquée me hurla :

— Tu as entendu ?

Je n'arrivais pas à reconnaître à qui appartenait cette voix et un malaise, soudain, m'envahit.

— T'as rien entendu, espèce d'abruti ? La voix hurlait, terrifiée. Il y a eu une catastrophe. Tout est fini et toi, tu dors encore !

Ces paroles me sortirent, subitement, de ma torpeur et un frisson me parcourut. Un silence pesant s'installa à peine quelques instants. Alors que je raccrochai, j'entendis le bruit d'un hélicoptère. C'était la première fois que j'entendais un hélicoptère, en plein milieu de la nuit, à Katmandou.

J'allumai la télévision.

Le téléphone sonna à nouveau. J'entendis :

— C'est la catastrophe !

— Que se passe-t-il ? demandai-je. Qu'est-il arrivé de si dramatique ?

C'était Tsering. Il avait eu du mal à me joindre, les réseaux de communications avaient été suspendus quelques heures.

— Mets la *BBC*.

La *BBC* et *CNN* ne parlaient que de Katmandou. Les chaînes indiennes aussi. Je n'arrivais pas à comprendre quoique ce soit mais je sentis qu'il s'était passé quelque chose de grave. J'eus l'impression que le sol se dérobait sous mes pieds sans savoir encore pourquoi. Tout à coup, j'entendis des cris, des hurlements provenant du quartier. Je sortis, terrifié.

Toute la famille royale avait déjà été assassinée. L'hélicoptère que j'avais entendu venait de ramener à Katmandou le frère du roi qui avait échappé au massacre, en étant loin du palais. C'est tout ce que j'avais pu glané de cette foule effrayée. Comment était-ce arrivé ? Quand ? Qui avait tué la famille royale ? Toutes ces questions restaient sans réponse. Je quittai ce climat terrifiant et rentrai chez moi. Le Népal était à la une de tous les journaux télévisés de la planète. Le téléphone n'arrêtait pas de sonner à tel point qu'au bout d'un moment, j'ai arrêté de répondre. Ce devait être la première fois dans l'histoire de *Népal-Telecom* qu'il y avait eu autant de communications.

Toutes les rues, les places et les carrefours étaient bondés de monde. Tous les habitants étaient sortis de chez eux. Un nuage d'incertitudes planait au-dessus de nos têtes. La radio et la télévision faisaient tourner en boucle des chants funèbres. Aucun bulletin officiel concernant les meurtres n'avait été diffusé, nous laissant dans la plus grande confusion. La foule était plongée dans l'incompréhension la plus totale. Les gens se jetaient sur les journaux en espérant découvrir des explications. Dans leurs yeux se lisait un mélange de chagrin, de peur et de colère. Des petits groupes de gens se formaient à tous les coins de rue. Les plus jeunes commençaient à entonner de violents slogans.

Une camionnette apparut, venant de la ruelle en face. J'entendis quelqu'un crier : « Fracassez-la ! Fracassez-la ! » En voyant ce déchainement de haine, le conducteur avait rapidement fait demi-tour et accéléré de plus belle, frôlant sur son passage quelques piétons. Il y avait un grand nombre de policiers dans les rues, mais qui, ce jour-là, semblaient en grève. Il ne pouvaient pas faire grand-chose pour contenir cette foule qui se déchainait. La situation devenait critique.

Lorsque, enfin, les médias nationaux annoncèrent la nouvelle, la voix du peuple surgit des rues de la capitale telle une plainte douloureuse, un cri assourdissant. La vallée entière se trouvait à la porte de l'anarchie la plus totale. Alors que je me trouvais près de la statue du roi Mahendra, une pierre m'atteignit à l'oreille. Je sentis que le sang coulait. J'avais accosté une bande de jeunes simplement pour leur demander :

— Pourquoi pensez-vous que c'est une conspiration ?

C'était idiot de ma part, ce n'était pas le bon moment pour poser ce genre de question, surtout dans cette cohue indescriptible.

Très vite apparurent, partout dans les rues, des hommes au crâne rasé, des jeunes pour la plupart. C'était devenu risqué de sortir pour ceux qui n'avaient pas suivi ce rite de deuil. Ils pouvaient être accusés à tout instant de ne pas respecter le deuil de la famille royale. Dans tous les quartiers de la ville, des affiches offrant ce service gratuit avaient été placardées. Il ne fallait pas sortir en voiture sans afficher les photos de la famille royale. Un long cortège mené par des hommes au crâne rasé se forma et avança en direction de Durbar Marg. Rien qu'en regardant cette foule s'avancer, on pouvait s'attendre à des incidents. Les meneurs brandissaient la photo des cinq membres de la famille royale assassinés. Non loin de là, un pneu avait été enflammé et la fumée se propageait lentement dans le ciel tourmenté.

Tous les magasins avaient été fermés. Je m'adossai contre un arbre en tendant l'oreille pour tenter de saisir les commentaires venant d'un poste de radio lointain. En quittant les lieux, j'entendis les policiers qui tentaient de disperser la foule. Près de Ratna Park, les forces de l'ordre avaient commencé à recourir à leur matraque pour convaincre les plus rebelles. Lorsque la foule se dispersa enfin, il ne resta au sol, seuls témoins de ce chaos, que quelques sandales éparpillées.

Le couvre-feu fut maintenu quelques jours encore. Tout comme après un tremblement de terre, les murs continuaient à tomber. La situation était devenue instable et le Népal ne serait plus jamais le même. De ce chaos le pays renaîtrait.

Dans les deux jours qui suivirent le massacre, un premier cortège funéraire fut organisé pour les membres de la famille royale, que la population pu suivre avec beaucoup d'émotion. Plus tard, le fils du roi lui, mourut sur son lit d'hôpital alors qu'il venait à peine d'être proclamé roi du Népal comme le veut la tradition. Son corps fut d'abord transporté de Chhauni Hospital dans un camion, en passant directement par la Ring Road, pour arriver à Pashupathinath. De là, partit une deuxième procession funéraire en direction de Arya Ghat. Pour empêcher de nouveaux débordements, un nouveau couvre-feu avait été imposé. Il pleuvait des cordes lorsque, seuls quelques militaires firent leurs adieux au seul roi de l'histoire du Népal, qui avait été couronné sur son lit de mort. Le dernier rituel de la crémation fut complété à la hâte.

Pendant que cette dernière procession funéraire défilait en toute discrétion, échappant à la vigilance des forces de l'ordre, je me dirigeai vers une ruelle. Les policiers étaient bombardés de cailloux que la population leur lançait. Des renforts avaient été déployés. Des émeutiers, ici et là, avaient été arrêtés. D'autres s'étaient fait matraquer. Des coups de fusil avaient été tirés en l'air, en guise de sommation pour ceux qui refusaient de quitter les lieux. Des sirènes de police hurlaient dans tous les coins de la ville. Quelques ambulances fonçaient dans les rues. Alors qu'une brique avait été lancée sur un policier, elle m'atteignit ensuite dans le dos. Je rampai sous la grille à moitié fermée d'un magasin. Lorsque la camionnette de la police passa à côté de moi, je m'allongeai vite par terre, en faisant semblant d'être trop saoul pour bouger. Puis, je m'assis sur l'escalier pour, enfin me reposer. Il faisait frais pour une soirée de juin.

Le frère du roi assassiné fut, à son tour, couronné au Palais de Basantapur, à *Durbar Square*. La cérémonie avait été retransmise en direct par les chaines nationales. *'Seuls par le couronnement et le trône, l'unité du peuple est possible'*, clamaient les médias. Les figures politiques du pays faisaient le *darshan-bhet* déposant une pièce, aux pieds du nouveau roi. Ce dernier avait une expression sombre qui reflétait la tragédie du massacre de ce vendredi, alors qu'il avançait vers le palais Narayanhithi, sur un char. L'armée royale patrouillait afin que personne ne puisse manifester. Les gendarmes à cheval surveillaient scrupuleusement aussi bien les artères principales que chaque ruelle.

Je rencontrai un alpiniste sherpa que je connaissais depuis deux ans. Ang Phurba venait juste de rentrer d'une expédition au Ama Dablam qui avait échouée. Son visage était brûlé par le soleil. Il était accompagné de cinq alpinistes étrangers. Ils tentaient vainement de trouver un taxi. Ang Phurba me dit :

— J'ai fait un cauchemar au camp de base.

Il continua :

— Comme le mauvais temps persistait, on a décidé d'abandonner.

Les étrangers écoutaient attentivement. L'un d'eux avait une vilaine entaille sur le nez et, en la pointant du doigt, me dit :

— Je n'ai pas pu aller au sommet, mais je ramène quand même un souvenir à mes amis.

Un peu plus loin, je tombai sur un Espagnol que je connaissais, qui arrivait de *Thamel*, et courait en direction de Durbar Marg. Il était venu une fois à la galerie et voulait acheter un tableau intitulé *'Un hiver dans les montagnes'*. Finalement, il était parti sans l'acheter en disant qu'il reviendrait. À présent, il paraissait complètement paniqué :

— Qu'est-ce qu'il t'arrive ? demandai-je

— Mon avion part dans très peu de temps, hurla-t-il. Mais je ne trouve pas de taxi. Il faut à tout prix que je parte. Un endroit pris d'assaut par les journalistes internationaux n'est, en général, pas un endroit idéal pour un touriste.

Puis il disparut aussi vite qu'il était apparu. Il me fit penser à Spiderman.

La *BBC*, *CNN* et toutes les chaines du monde entier avaient envoyé leurs journalistes par dizaines. C'était comme si le pays était en guerre. Jamais les médias internationaux ne s'étaient autant intéressés au Népal. À Durbar Marg, d'innombrables caméras filmaient des dizaines de journalistes en train de communiquer les dernières nouvelles, en direct. Les paraboles satellites poussaient comme des champignons. Quelques journalistes, fraîchement arrivés, n'étaient même pas passés par leur hôtel. Ils écrivaient leur papier sur un coin de trottoir, à la hâte. D'autres encore, envoyaient des photos de leur ordinateur portable. Il fallait être dans les temps. L'hôtel *Yak & Yéti* était pris d'assaut par les journalistes en quête de nouvelles.

Les touristes, eux, partaient alors que les journalistes continuaient d'arriver. Je me demandais si à Katmandou il n'y avait pas plus de journalistes que de touristes.

À l'entrée sud du palais, une file interminable de gens attendait pour déposer fleurs et guirlandes au roi et à la reine. Tout près de moi, deux vieux, pendant qu'ils étaient filmés, éclatèrent en sanglot. Ils pleurèrent comme des enfants. Le visage des femmes portant fleurs et encens dans leurs mains portait la trace d'un immense chagrin. Partout la douleur était palpable.

Je décidai de rentrer chez moi. Dans ma tête se profilaient de vagues idées pour deux tableaux que j'intitulerais '*Jeth 19*'.

Alors que j'arrivais près de l'entrée, je vis un homme adossé à un pêcher. Il portait une casquette et des lunettes foncées. En me voyant arriver, il se redressa. Il avait une barbe de plusieurs jours, il était grand, mince, les joues creusées. Il portait un sac qui paraissait lourd. J'eus l'impression de le connaître.

— *Namasté*, fit il en joignant ses deux mains. Voyant que je ne le reconnaissais pas, il dit :

— Drishya, c'est moi Siddhartha.

Je sentis la terre se dérober sous mes pieds. Pétrifié, je ne pus dire un mot. Je baissai les yeux tandis qu'il continuait de me regarder. Finalement je dis :

— Entre.

Mon invité avait le même âge que moi. Lorsqu'il entra, il s'arrêta devant un croquis accroché sur le mur du salon. C'était un croquis de l'école où j'étais allé ; celle où les portes ne fermaient jamais correctement, où le toit fuyait pendant les pluies de la mousson, où les fenêtres laissaient entrer les courants d'air et où les bancs étaient toujours mal alignés. J'eus les larmes aux yeux. Dans la cour de l'école, la poussière volait au vent continuellement. J'avais dessiné ce croquis à l'époque où j'étudiais, juste avant de partir pour Katmandou. Je me souvins que pendant que je l'avais dessiné, quelques enfants jouaient aux dés, d'autres aux billes. D'autres encore jouaient au football avec un ballon fait de chiffons en chantant 'Gaunchha geet népali, jyotiko pankha ouchali'.

Tout en pointant du doigt le croquis, je dis :

— Il y a eu une explosion là, récemment. Tu as dû lire ça dans les journaux. Une élève de sixième est morte sur le coup. Un autre a eu la jambe cassée.

Je lui montrai exactement où la bombe avait explosé. Il fixait le dessin en silence.

— En six ans, deux instituteurs sont morts, ai-je ajouté. Il n'en reste plus qu'un.

— Où voulez-vous en venir ? demanda-t-il.

— Ça montre la situation actuelle de ce pays.

— Comment ça ?

— Cette école ne possédait rien, même pas de vitres aux fenêtres. C'était juste une petite maison en pierre et maintenant il n'en reste plus rien. Quand je regarde ce dessin, ça me fait penser à la douleur que porte ce pays.

— Peut-être que j'ai une part de responsabilité, dit-il après quelques instants de silence. Mais le vrai responsable, c'est le système pourri.

— Qu'est-ce que tu essaies de me faire comprendre ? dis-je brusquement.

— Je suis un résistant, dit-il sans détour, puis :

— Je suis venu chez vous trouver refuge.

❑❑

# 11

La voix de Siddhartha me réveilla alors que je m'étais endormi sur le canapé :

— À votre avis, comment s'est produit cet accident ?

Je ne compris pas tout de suite de quoi il parlait. Sa présence dans la maison me troublait. Je me rappelais les jeunes années passées ensemble au collège, et j'avais peine à croire ce qu'il était devenu. À présent il me faisait peur. Il s'était engagé dans la résistance et avait, ainsi, choisi la violence. D'un côté, en lui offrant un refuge, je me mettais dans une situation délicate avec les autorités. De l'autre côté, si je lui refusais cet abri, je pourrais m'attirer des ennuis avec ses camarades. Je ne voyais pas d'issue.

Il se planta à nouveau devant le dessin de mon ancienne école et le regarda longuement. Puis, il alla à la cuisine et prépara du thé :

— Quel accident ? demandai-je.

— Il n'y en a qu'un seul en ce moment dans la tête des gens, dit-il.

— Le massacre du palais ?

Il but une gorgée de thé, reposa la tasse sur la table et me servit un verre d'eau. Je remplis ensuite deux verres de jus d'orange et lui en tendis un qu'il posa sur la table en écartant les journaux.

— Je ne sais que penser, dis-je.

— C'est parce que vous venez à peine de vous réveiller que votre esprit est encore embrumé.

— Non, ce qui s'est passé est tellement inimaginable que je n'arrive pas à l'analyser.

Il termina son thé et prit un journal qu'il commença à feuilleter.

À ce moment-là, le téléphone sonna. C'était mon propriétaire qui appelait des États-Unis pour prendre des nouvelles. Je lui dis que tout allait bien dans sa maison. Il me demanda ensuite comment les choses se passaient pour moi. Je lui répondis que j'allais bien aussi. Puis il en vint à l'évènement qui bouleversait le pays, le massacre de la famille royale. Je lui racontai le peu de choses que je savais.

— Je sais déjà tout par internet, me dit-il impatient. Il voulait avoir mon ressenti, savoir ce que j'en pensais.

— Je ne sais pas trop pour le moment, Docteur Sahib, dis-je.

J'entendis la voix de sa fille qui me criait :

— Avez-vous retrouvé mon chien ?

J'étais abasourdi. Tout ce qu'elle voulait savoir depuis les États-Unis, c'était si j'avais retrouvé son chien ! Je lui avais déjà envoyé un mèl pour lui dire qu'il avait disparu. En vérité, je l'avais laissé à Tsering avant de partir pour Goa. Il devait le garder et c'est là qu'il avait disparu. Il avait mis une annonce dans le journal promettant une récompense à celui qui le trouverait. Personne n'avait répondu. Elle avait ramené ce dogue tibétain de Manang, mais elle n'avait pas pu l'emmener avec elle aux États-Unis. Avant

113

de partir, elle m'avait expliqué des dizaines de fois ses habitudes. Elle avait même fêté son anniversaire avec une semaine d'avance, puis ils sont partis aux États-Unis.

Alors que je n'avais même pas assez de temps pour moi, comment aurais-pu en avoir pour garder son chien ? J'aimais bien les chiens, mais ça ne voulait pas dire que j'en voulais un. Il avait disparu, et alors ? Tsering aussi était embêté, mais pourquoi s'en préoccupait-elle en vivant si loin ? Elle me demanda comment était la fleur de *kenwara*. J'avais d'autres soucis liés à mon pays que ses fleurs. Mais elle ne pouvait pas comprendre tout ça. Elle me dit qu'elle était triste que la Princesse Shruti soit morte. Lorsque la famille habitait encore au Népal, elle me parlait souvent de cette princesse et je l'écoutais toujours avec intérêt. Je savais que la Princesse Shruti aimait peindre et qu'elle inaugurait souvent des expositions, avec beaucoup d'enthousiasme. Peut-être qu'au lieu de l'amener au *Chhauni Hospital*, si on l'avait amenée à *Bir Hospital*, on aurait pu la sauver. Il resterait, aujourd'hui encore, une descendante de la lignée du roi Birendra. En voyant une photo d'elle avec ses deux enfants, j'eus les larmes aux yeux. Sa mort m'avait particulièrement touché. Elle était morte bien trop jeune.

La ligne fut coupée. Je me tournai vers Siddharta.

— C'était le propriétaire de la maison, expliquai-je. Ils ont gagné la carte verte à la loterie organisée par les États-Unis et sont tous partis s'installer là-bas. Même de là-bas, ils trouvent encore le moyen de m'empoisonner la vie. Ils ne cessent de m'appeler à tout bout de champ, en me demandant des nouvelles de leur maison, de leur chien et je ne sais quoi d'autre.

Siddhartha ne fit aucun commentaire. Au bout d'un moment, je dis :

— Je me sens coupable. Alors que je devrais être content de revoir un vieil ami, je crains de m'attirer des ennuis en t'offrant l'hospitalité.

Il réfléchit puis déclara :

— Ce massacre n'est pas arrivé par hasard. Si on regarde le contexte politique, on s'aperçoit qu'il y avait de nombreux signes qui annonçaient qu'une catastrophe allait arriver. Je pense que ce drame a été planifié pour fragiliser le pays.

— En ayant rejoint la résistance, tu y as contribué toi-même.

— Réfléchissez un instant, dit-il. Pourquoi aurait-on souhaité la mort d'un roi qui refusait de déployer son armée, qui cherchait des solutions aux revendications de la population et qui voulait un compromis avec les parties de l'opposition ?

Je ne comprenais pas bien son point de vue.

— Mais vous, dans le parti révolutionnaire, vous étiez prêt à combattre l'armée, n'est-ce pas ? Ne me dis pas, à présent, que vous approuviez un roi contre lequel vous vous êtes insurgés en créant le mouvement républicain.

— On doit prendre en compte tous les paramètres pour pouvoir juger les uns et les autres, dit-il.

Devant mes yeux se trouvait un tableau au mur représentant une fille de *Thimi* portant un sari noir ourlé d'une fine broderie rouge. À côté d'elle se tenait un homme portant un chapeau népalais typique. Une fleur était glissée sur son oreille droite. On voyait qu'ils se préparaient pour une fête. Ce tableau évoquait l'ambiance des festivals, au fil des saisons. Je ne sais pas pourquoi j'y avais mis tant de rouge. À présent, tout ce rouge m'apparaissait comme du sang qui allait couler.

La sonnerie du téléphone retentit à nouveau.

— Monsieur le peintre. C'était à nouveau mon propriétaire. La ligne a été coupée.

Je détestais qu'on m'appelle 'monsieur le peintre', un peu comme si j'avais été celui qui peint les murs. Je me demandais comment il avait fait pour avoir un doctorat en socioéconomie, et comment il avait réussi à devenir professeur. Je me demandais aussi comment il avait pu travailler aussi longtemps dans un poste de conseiller, auprès du gouvernement.

— Cela fait un moment que vous ne m'avez pas envoyé de mèl, dit-il.

Comme si nous avions l'habitude d'échanger des mèls régulièrement ! Son incapacité à comprendre la vie des autres m'agaçait. J'habitais leur maison, mais ça ne voulait pas dire que je devais constamment leur envoyer des nouvelles du pays pour les remercier. J'avais du travail par-dessus la tête et lui s'attendait à ce que je le tienne au courant du moindre changement dans le pays. Pourquoi avait-il quitté ce pays s'il s'intéressait tant à ce qu'il s'y passait ? Et pendant qu'il habitait ici, qu'avait-il fait pour améliorer la situation ? Je pense que c'est à cause de cette façon de penser et ce genre de comportement que le pays en était arrivé là. Est-ce que tout à coup, il réalisait qu'il n'avait rien fait du tout et se sentait coupable ?

— Nous sommes partis vivre aux États-Unis c'est vrai, mais ma femme n'est pas heureuse ici, admit-il. J'ai trouvé un travail, je suis responsable d'un magasin. Tout va bien, mais j'ai le mal du pays.

J'entendis la voix de sa femme qui avait pris le téléphone :

— Je vous en prie, prenez grand soin de mes autels à prières.

— Oui, bien sûr, dis-je, alors que je n'y avais pas une seule fois jeté un œil et que la nuit parfois, j'entendais les rats grouiller dans ce coin. Ça tombait bien, le rat était l'animal de compagnie des divinités.

Une fois notre conversation terminée, je raccrochai. Il faisait froid. J'allai à la cuisine et me préparai une tasse de café.

— Je voudrais revoir une peinture, dit Siddhartha.

— Laquelle ?

— Celle que vous aviez faite de moi. Vous ne vous rappelez plus ?

Je fouillai dans ma mémoire. Il y a très longtemps, je lui avais demandé de poser, durant deux jours, à la galerie. Je voulais faire son portrait. À cette époque, il était à la tête d'un mouvement politique étudiant à l'université. Il participait souvent à des débats avec enthousiasme. Au début, je ne lui parlais pas beaucoup, car la politique n'était pas ma tasse de thé. Mais sa capacité à animer des discussions avec ses amis avec tant de ferveur m'avait intrigué. Siddhartha faisait partie des nouveaux élèves et il avait attiré mon attention. À travers son portrait, je voulais représenter le formidable enthousiasme de la jeunesse népalaise pour inventer un nouveau Népal. Je l'avais intitulé : *'Ce que nous voulons'*.

Ce tableau qui symbolisait la voix de la nouvelle génération déterminée à changer son pays, s'était vendu à une exposition de groupe à laquelle j'avais participé. Un homme l'avait acheté, juste avant la fermeture. Cet acheteur ne vivait plus au Népal. Comment ce pays pourrait-il évoluer si ceux qui, comme lui, comprenaient les enjeux de ce pays, le quittait ? J'avais entendu dire qu'il enseignait maintenant dans une université, en Angleterre. J'avais égaré la carte de visite qu'il m'avait laissée, mais j'avais appris qu'il avait emmené le tableau avec lui. Cela m'avait fait plaisir. Il était marié à une étrangère. Plus jeune, cette jeune fille était venue au Népal, dans le cadre de ses études, finir sa thèse. Ils s'étaient connus à cette époque, étaient tombés amoureux l'un de l'autre et lorsqu'ils avaient décidé de quitter le Népal, ils avaient déjà deux enfants. Ils étaient venus à la galerie avec leurs filles. Elles étaient grandes pour leur âge, avec de beaux cheveux noirs et la peau claire. La femme m'avait posé quelques questions sur le contexte politique du pays, elle voulait saisir ce qui se cachait derrière le portrait que j'avais peint. Je m'étais défendu de faire de la politique : « Non non, je ne suis pas marxiste. » Je lui avais dit que j'étais un simple admirateur de la beauté.

Alors que je regardais Siddhartha, je dis :

— J'aurais dû ajouter une touche plus grave.

— Vous aviez dit que vous peigniez le tableau qui symbolisait l'espoir, dit-il.

— C'est ce que je croyais. Si j'avais su ce que je sais maintenant, j'y aurais apporté une touche tragique.

— Mais vous me voyiez comme le dirigeant d'un mouvement politique étudiant, déterminé au changement.

— Et alors ? dis-je en haussant les épaules.

— Comment cela aurait-il pu être tragique ?

— J'aurais pu te peindre en train de mourir, dis-je.

— Alors ça aurait été le portrait d'un autre, pas moi.

— Et si je te dis que je ne crois pas à votre mouvement ? Que je ne crois pas que vous soyez porteur d'espoir pour le futur ? dis-je.

118

— Et bien vous auriez tort, dit-il. Si vous regardiez les choses objectivement, vous verriez que ce mouvement porte en lui un élan d'espoir formidable.

— Est-ce que je me suis trompé dans ma représentation ?

— Vous avez fait ça à la hâte, vous m'avez peint tel que vous me voyiez, avec votre enthousiasme du moment, dit-il. Mais vous n'avez pas su saisir la profondeur de mes convictions.

— Tu n'as rien dit à ce moment-là.

— Vous ne m'avez jamais rien demandé non plus, dit-il

— J'ai peint ton visage tel qu'il était.

— C'est là que vous vous trompez, dit-il. Vous n'avez pas su saisir la réalité de ce que j'étais, vous en êtes resté à l'illusion des apparences. Vous avez peint le visage, sans aller jusqu'au cœur.

— Y avait-il vraiment une différence ? dis-je, irrité.

— Vous m'avez peint comme un héros, un individu un peu romantique. Vous n'avez pas vu que je représentais bien autre chose.

— Tu manquais d'assurance, dis-je. Je ne referais pas la peinture. Pour moi, celle que j'avais faite était fidèle à ce que j'ai vu, à ce moment-là.

— Ce n'était pas moi qui vous avais décidé de le faire.

— C'est vrai. Et d'ailleurs, au final tu es devenu un autre personnage que celui que j'avais voulu représenter.

Il ria et dit en se moquant :

— Alors vous n'aviez rien compris. J'ai toujours été prêt à me battre pour mes convictions.

— Je ne t'avais jamais imaginé comme un personnage rebelle.

— C'est exactement ce que j'essaie de vous expliquer, dit-il. Vous avez peint une image qui vous convenait, que vous aimiez sans même chercher à comprendre ma vraie nature.

— Je croyais que tu voulais des changements positifs. Je pensais aussi que tu voulais mener des actions pacifiques, sans jamais utiliser la violence, dis-je.

— Au lieu de m'avoir figé dans l'instant, vous auriez dû appréhender ma véritable nature, ça aurait rendu le personnage plus vrai et vous n'auriez pas de mal à concilier celui que j'étais avec celui que je suis devenu.

— Les personnages imaginaires ne font pas de bons sujets pour les tableaux, dis-je.

— Nous voilà enfin au cœur du sujet, cher artiste, dit-il. Si vous voulez que vos personnages vivent sur la toile, vous ne devez pas avoir peur de leur évolution.

— Alors, ce que tu vis est juste une transition, demandai-je. Une étape avant de te réaliser totalement ?

— Vous voulez certainement dire, avant de me détruire ? dit-il d'un ton sarcastique.

— On peut dire les choses comme ça.

— Il faut avoir une vision globale, dit-il. La destruction pour la reconstruction.

— Faut-il à tout prix détruire pour reconstruire ?

Il dit :

— L'important est de savoir ce qu'il faut détruire. Les bases de ce pays sont pourries. Pour les reconstruire, il faut bâtir non seulement de nouveaux piliers, mais aussi une nouvelle fondation et c'est ce que nous faisons.

— Mais ici, c'est le peuple qui est en train de mourir.

— La plupart des gens tués sont des partisans de l'ancien régime, des informateurs et ceux qui se trouvaient entre les deux régimes. Vous êtes quelqu'un d'intelligent, vous êtes capable de comprendre ça. Mais il faut comprendre comment ce conflit a pris une telle ampleur. N'est-ce pas l'armée qui a, en premier, ouvert le feu ? N'est-ce pas eux qui ont arrêté, torturé et tué nos camarades qui n'étaient pas armés ?

— Étiez-vous obligés de répondre par la violence ?

— Il n'y avait pas d'autre choix, dit-il. La seule solution pour nous, les opprimés, étaient de prendre les armes. Elles nous offrent un certain pouvoir. L'histoire dit que la voix du peuple sans les armes n'a jamais été entendue.

— Mais notre société est en train d'éclater en mille morceaux, dans la douleur.

— Les gens réclament la justice, pas la paix, dit-il. Ils ne peuvent plus supporter l'injustice au nom de la paix. Quand il y a de la justice, la paix en découle naturellement. Le roi Birendra a voulu faire de cette patrie un pays de paix au lieu d'y faire d'abord régner la justice. Ce n'était pas suffisant.

Je restai silencieux.

— Nous ne demandons pas un pays en paix, nous demandons un pays où la justice sera respectée, reprit-il.

— Alors, au nom de la reconstruction du pays et d'une justice bafouée, on crée de nouvelles injustices ?

— Vous devriez savoir faire la différence entre justice et injustice.

— Tu crois vraiment que je n'en suis pas capable ?

— Si j'avais pu mener les actions que je voulais vraiment, aucun des évènements de votre ancienne école, ni du massacre du palais royal ne serait arrivé.

— Tu dis n'importe quoi. Qu'est-ce que l'histoire du palais royal a à faire là-dedans ?

— Vous voyez votre ancienne école comme un reflet de la nation, dit-il. Selon moi, c'est le massacre du palais qui en est son véritable reflet. Ce drame est le miroir de la situation de ce pays. Toutes les institutions sont livrées à elles-mêmes, les familles vivent dans la détresse. Nous devons voir, au travers de cette tragédie, le désespoir d'une nation entière. Voilà la vérité.

— Mais dans le cas précis de ce drame, les coups de feu ont été tirés en état de démence.

— Même si cette version est la vraie, une question demeure : qu'est-ce qui a conduit le prince à commettre ces meurtres ? Pourquoi l'a-t-on laissé devenir fou avec pour seules distractions de la drogue, de l'alcool, et des armes, alors qu'il aurait pu avoir tout ce dont il rêvait.

— Il est clair que le roi n'a rien vu venir. Je commence à croire que vous n'êtes pas en mesure de comprendre, dit-il, visiblement exaspéré. Vous me parlez d'un seul homme alors que moi, je vous parle d'une institution.

— Peut-être, mais les institutions sont composées d'hommes et de femmes, argumentai-je. Je crois à la liberté de ces individus.

Je voyais bien qu'il n'approuvait pas du tout ma logique.

— Vous attachez trop d'importance à l'individu. C'est pour ça que vous n'arrivez pas à avoir une vision plus globale. Nous sommes en train de nous battre pour reconstruire le pays.

— J'essaie de comprendre, dis-je. Mais quand je vois comment votre mouvement met en action son plan de reconstruction, j'ai bien du mal.

Il dit :

— Je suis venu trouver refuge chez vous parce que je pensais que vous pouviez comprendre mes convictions. Vous êtes l'artiste qui m'a encouragé sur cette voie.

— Quelle voie ?

— Celle du mouvement révolutionnaire, dit-il. Et depuis, je vis sur le fil du rasoir.

— J'ai eu tort de te peindre comme un meneur politique, dis-je.

— Maintenant vous avez peur de votre propre ombre.

— J'aurais dû te représenter comme un simple étudiant.

— Vous croyez que dans ce cas, je n'aurais pas fait de politique ?

— Tu aurais pu être avocat.

— J'aurais renforcé ma capacité à argumenter dans les débats.

— Tu aurais pu être journaliste.

— Je vous aurais certainement heurté en montrant les dures réalités de ce pays.

— Tu aurais pu être musicien.

— J'aurais sans doute entraîné le peuple avec des chants

révolutionnaires.

— Et si je t'avais peint en paysan ?

— J'aurais rejoint le mouvement en brandissant ma faucille.

— Si je t'avais envoyé en Arabie Saoudite ou en Corée du Sud pour travailler ?

— J'aurais ramené tous les Népalais qui vivent là-bas pour rejoindre le mouvement.

— Si je t'avais envoyé aux États-Unis, j'aurais été tranquille.

— Qu'est-ce qui vous fait croire que j'aurais perdu mes convictions là-bas ? Je pourrais constituer des groupes pour combattre l'injustice n'importe où sur la planète, dit-il.

— Savoir que tu as pris les armes me met en colère, dis-je.

— Ce que je suis devenu aujourd'hui est de votre faute. Alors que je me préparais à une carrière de professeur en économie, j'ai tout à coup vu, dans cette peinture, la force qui me pousserait à combattre les injustices de mon peuple et à devenir ainsi un bon citoyen.

— Tu te trompes, dis-je. Seul le futur dira si tu es devenu un bon citoyen ou non. Je dirais que tout ce que tu es devenu, c'est une arme pour assassiner les gens du peuple. Tout ce que je vois en toi, c'est de la frustration et de l'amertume.

— Vous, en tant qu'artiste, n'avez-vous pas le désir de changer notre société, à travers vos tableaux ?

— En peignant, mon but n'est pas de changer la société, dis-je. L'art n'a rien à voir avec la politique. La peinture est un peu comme la musique, hors des préoccupations du quotidien. C'est quelque chose qui touche en même temps l'âme et le cœur. Les traits et des couleurs suffisent à eux-mêmes. Ils sont, pour moi, un moyen d'exprimer la beauté. Je ne fais pas de politique.

— La beauté existe aussi dans les vérités cruelles de la vie, dit-il. Tout ce que vos couleurs expriment est pure fantaisie.

— Si les peintres font de la politique par leurs tableaux, il n'y aura plus de différence entre la politique et l'art, dis-je. Les deux ne doivent pas se mélanger, ils doivent rester bien distincts. Il existe suffisamment de domaines, en dehors de la politique, qui donnent la pleine mesure de ce que vit notre société. L'art ne peut exister que par lui-même, il ne peut être libre que s'il est affranchi de tout.

— Dans ce cas, j'aimerais vous emmener à la campagne, dit-il. Je voudrais que vous puissiez voir de vos propres yeux ce qu'est devenu le pays. Vous réaliseriez peut-être que vos peintures n'ont aucun sens. Peut-être comprendriez-vous alors que vous vous êtes perdu dans le labyrinthe de cette culture, ses musiques et ses danses, un monde de couleurs purement fantaisiste.

Je m'assis, contrarié. Je refis du café et lui en proposai, mais il refusa. Il se tenait toujours debout. Il était têtu et impitoyable. Je tirai les rideaux pour voir le jardin. Les dernières fleurs de jacarandas tombaient sous le vent, annonçant le changement de saison. La mousson allait bientôt arriver. Pendant les deux ou trois mois à venir, Katmandou vivrait au rythme des pluies torrentielles et dans la boue. Viendraient ensuite les vents froids de l'automne qui souffleraient sur les citadins et leur ouvriraient peut-être les yeux. Les fêtes seraient célébrées dans les rues inondées de la ville. Si je partais à la campagne avec Siddhartha, je raterais ce festival de couleurs, de musiques, mais plus que tout, je ne verrais pas tous ces gens se réjouir du changement de saison dans la ville.

Siddhartha voulait que je constate, de mes propres yeux, le changement que son mouvement politique avait apporté. Etait-ce vraiment du changement ou plutôt de la destruction ?

— Où penses-tu m'emmener ? demandai-je.

— Si vous étiez véritablement un artiste, vous devineriez de vous-même où et pourquoi, dit-il, d'un ton provocateur. Même si vous n'approuvez pas mon camp politique, je sens qu'il est de mon devoir de vous montrer ma voie parce que vous êtes quelqu'un de créatif et je crois que vous pouvez encore changer de point de vue.

— Et si je ne viens pas ?

— Ce serait dommage pour vous. Vous seriez alors noyé dans votre univers antirévolutionnaire et personne ne pourrait vous aider.

❏❏

# 12

La jeune fille était en train de remplir son *doko* de mandarines. Quelques mandariniers, plantés dans la rizière, étaient à peine plus grands qu'elle. Les pieds dans la terre, parfois elle se confondait avec les plus petits arbres eux-mêmes. Elle semblait totalement absorbée par sa tâche. En tirant sur une branche, elle avait perdu l'équilibre et était tombée dans le champ de fleurs de moutarde. Toutes les mandarines de son panier s'étaient éparpillées au sol.

Elle se remit debout en balayant les fleurs collées à sa jupe. Un peu plus haut se trouvait son frère. Il avait presque terminé de remplir son panier. Elle devait se dépêcher pour finir sa tâche, à son tour. Elle devrait ensuite aider à la cuisine et à la vaisselle. Avant que le soleil se couche, il fallait allumer les lampes à kérosène à la maison.

Cette nuit-là, nous étions restés chez elle. C'était elle qui nous avait préparé le diner et installé des lits dans un coin. Son frère lui, faisait ses devoirs d'école, à la faible lueur de la lampe à kérosène. Siddhartha et ses amis parlèrent longuement avec le père de ces enfants. Je me tournais et retournais dans mon sac de couchage, incapable de trouver le sommeil. J'entendais Siddhartha, tantôt hausser la voix, tantôt chuchoter. Il expliquait à cet homme l'histoire du pays et les raisons pour lesquelles sa fille devait rejoindre le mouvement révolutionnaire. Selon lui, elle devait participer à la lutte du peuple. Ils avaient réussi à rassembler déjà une quinzaine de jeunes, mais le père hésitait encore à laisser partir sa fille. Ils lui avaient laissé un jour pour réfléchir, pour qu'il se décide.

Alors que je regardais la fille cueillir les mandarines, Siddhartha était toujours en train de convaincre le père sur le seuil de la porte. Ce serait peut-être la dernière fois que cette jeune fille cueillerait des mandarines dans les champs paisibles de fleurs de moutarde où elle avait grandi.

— Si je laisse partir ma fille, je me retrouverai seul avec mon fils, avait-il imploré Siddhartha, la veille.

— Tous les résistants deviendront vos fils et vos filles, avait-il répliqué.

— C'est vrai que je n'ai pas pu offrir à mes enfants une éducation, je le regrette tant, avait dit le vieil homme.

— Ne vous inquiétez pas *ba*, lorsqu'elle aura rejoint le mouvement elle sera instruite.

Je la regardai sur la colline. La jeune fille paraissait aussi douce qu'un pétale de fleur. Son visage était lumineux, éclairé par le soleil de tous les jours. Dans son corps coulaient l'eau vive des torrents et le jus sucré de mandarine. Elle avait grandi sous les caresses du soleil et avait été bercée par le doux murmure du vent. Elle portait le même uniforme qu'elle mettait tous les jours, pour aller à l'école : une chemise bleu clair et une jupe bleu-marine. Elle respirait la beauté et l'innocence.

Le soleil était descendu sur les mandariniers. La jeune fille devait ressentir un curieux mélange de peur et de curiosité. Son cœur devait aussi se serrer à l'idée de quitter son père et son frère. Elle savait que si elle rejoignait le mouvement, elle serait accompagnée dans la forêt d'autres filles comme elle. Malgré tout, la crainte se lisait sur son visage. Ce n'était pas à elle de choisir, c'était à son père de prendre la décision. Je continuai de la regarder. Elle cueillait toujours des mandarines. Son panier était presque rempli.

La veille, après un long soupir, le père avait questionné Siddhartha et ses amis :

— Et vous, pourquoi avez-vous rejoint le mouvement révolutionnaire ?

— C'est pour vous *ba*. Siddhartha le caressait dans le sens du poil. Ici, chez vous, vous n'avez pas d'électricité, pas de téléphone, pas de télévision. Vous n'avez ni marché pour vendre ces mandarines, ni route. Combien de temps encore devrons-nous vivre en regardant les avions qui transportent les riches ?

— C'est le karma.

— C'est là que nous avons tort, répliqua Siddhartha. Au nom du destin, nous devrions accepter notre misère.

Le vieil homme insista :

— Nous sommes nés et avons grandi ici, sur ces collines. Comment pourrions-nous connaître, nous les paysans, autre chose ?

Siddhartha répondit :

— Ici, il n'y a pas d'hôpital. Pour atteindre un dispensaire minable, il faut marcher une journée entière et encore, là-bas il n'y a pas de médecin. L'école primaire n'a qu'un seul instituteur et il n'est même pas compétent. Comment pourrait-il enseigner, seul, à tous les enfants des villages ? Si nous ne nous élevons pas contre cette condition misérable, toute notre vie nous resterons paysans et nos enfants n'auront aucun avenir meilleur.

— Oui, tu as raison.

— Les riches, les hommes de pouvoir, les industriels et la bourgeoisie ont tout, continua Siddhartha. Ils ont accès à tous les soins médicaux qu'ils veulent, peuvent s'amuser autant qu'ils veulent et payer les meilleures études à leurs enfants. Ils ont de belles voitures et peuvent se vautrer dans le luxe. Et nous, qu'avons-nous ?

— N'importe qui peut avoir toutes ces choses s'il devient riche, dit le vieil homme. C'est simplement parce que nous sommes pauvres que nous n'avons rien. C'est ainsi.

Siddharatha refusait de baisser les bras.

— Mais qui a fait de nous des pauvres ? Avant, il n'y avait pas de riches, mais quelques-uns se sont emparés du système en favorisant uniquement leur famille et leurs amis.

Le vieil homme se sentait perdu.

— Tant que le système ne sera pas dans les mains du peuple, nous n'aurons jamais rien, dit Siddhartha, sentant que le vieil homme penchait doucement de son côté. Votre fille n'a pas pu continuer l'école alors que les enfants de cette élite suivent les meilleures études à l'étranger. Ce sont eux qui deviendront médecins, ingénieurs, membres des commissions de planification, politiciens. Ils feront en sorte d'avoir pour eux ce qui leur convient, sans jamais se soucier du peuple. Et vous, vous marierez votre fille qui restera paysanne toute sa vie. Comment voulez-vous qu'à son tour, elle ait la chance d'envoyer ses enfants dans de bonnes écoles ? C'est ainsi que de génération en génération, les paysans resteront à travailler durement leurs terres, sans perspective d'avenir meilleur, tant que cette élite sera au pouvoir.

De l'endroit où je me trouvais, derrière un arbre, ni la fille, ni le garçon ne pouvait me voir. Ils ne se doutaient pas que je les regardais. Je voulais figer son image dans mon esprit, car il était probable que, demain, elle ne soit plus la même jeune fille. Elle aurait peut-être un fusil à l'épaule. Participerait-elle au pillage d'un poste de police un jour, tout comme le font les terroristes ? J'avais du mal à l'imaginer révolutionnaire, terroriste, martyr. Comment pouvait-elle s'imaginer, un instant, se retrouver dans une telle situation alors qu'elle était en train de cueillir des mandarines, une à une et de remplir son panier ? Demain, elle pourrait être abattue d'une balle dans la tête. Son corps couvert de sang serait alors transporté dans un panier comme le sien, loin de son père et son frère.

J'entendis le frère demander à sa sœur :

— Tu vas partir, *didi* ?

— Je ferai ce que *ba* me dira de faire, répondit-elle.

— Si tu partais, quand reviendrais-tu ?

— Je ne sais pas.

— J'espère qu'ils te donneront des vacances pour *Dashaïn* et *Tihar*.

— Peut-être.

— Il paraît qu'il faut se servir d'un fusil. Il faut aussi fabriquer des bombes et on m'a dit que les bombes font un bruit très fort quand elles explosent. C'est vrai *didi* ?

Elle dit :

— Je ne sais même pas à quoi ressemble une arme, je n'en ai jamais vue.

— Je veux avoir un fusil ! déclama le garçon.

— Tu en as déjà vu un vrai ?

— Une fois, j'ai vu le fusil d'un chasseur. Je l'ai vu tirer sur un oiseau. Incroyable ! C'était il y a longtemps, sur le chemin de l'école. Maintenant, il paraît qu'ils ont confisqué tous les fusils On n'en voit plus.

— C'est pour ça qu'il y a autant d'oiseaux dans le ciel maintenant.

— J'adore le goût de la colombe ! dit le garçon.

— Moi, je n'aime pas qu'on tue les oiseaux, dit-elle.

Je réalisai en les écoutant qu'ils n'avaient pas vu les armes que Siddhartha et ses amis portaient. En les voyant moi-même, je m'étais demandé pourquoi Siddhartha m'avait amené ici. Pourquoi voulait-il me montrer tout ça ? Pourquoi voulait-il que je voie comment une jeune fille aussi belle et naïve se transforme en révolutionnaire, au péril de sa vie ? Lui et ses camarades essayaient de mettre dans les douces mains de cette jeune fille un fusil ? Ils tentaient aussi d'enrôler d'autres jeunes du village. Ils étaient en train de vider le village de ses jeunes gens dans la force de l'âge, et les voir à l'œuvre me mettait en colère.

La fille perdit à nouveau l'équilibre et tomba dans le champ de fleurs de moutarde. Cette fois, elle poussa un cri de douleur, mais son frère ne l'entendit pas. Je ne voulais pas l'aider, car cela aurait mis fin à ma douce observation. Je restai là, sans faire quoique ce soit, figé et mal à l'aise.

— Si tu pars, n'oublie pas de revenir nous voir ici, de temps en temps, dit son frère.

Lorsqu'il s'aperçut que personne ne lui répondait, il se retourna vers les champs verts où le blé poussait tout à côté des plants de chou-fleur en terrasse. Où avait disparu sa sœur ? Il ne put la voir avant qu'elle ne se lève en frottant sa blessure au genou. Puis elle se mit à ramasser les mandarines éparpillées.

— Ramène-moi un pistolet quand tu reviendras à la maison, dit-il. Je veux apprendre à m'en servir.

— Mais qu'est-ce que tu racontes, qu'est-ce que tu veux ? demanda-t-elle.

— Un pistolet.

— Tu ferais mieux d'aller à l'école ! le gronda-t-elle.

— Et toi alors, pourquoi tu pars ? Parce que tu n'étudies pas ?

— Peut-être.

— Et bien, dans ce cas, j'arrête l'école, dit-il.

Lorsque le panier du garçon fut rempli, il prit le chemin du retour accompagné de sa sœur. En prenant soin de ne pas être vu, je les suivais sur les sentiers étroits et usés, modelés à l'argile, qui séparaient les champs en terrasse. Le village était magnifique. Je sentais la fraîcheur de la terre tout en contemplant les champs de fleurs de moutarde, où quelques mandarines avaient arraché des pétales en tombant. Je sentais l'air pur, les papillons virevoltaient autour de moi. Une fine couche de brume se formait dans la douceur du soir. Je regardais les champs en terrasses vert tendre, où les brins dansaient au son d'une brise légère ; une allée recouverte de feuilles mortes que les pieds de paysans travaillant inlassablement avaient façonnée ; le cours d'eau qui, à la saison des pluies, gonflait et venait nourrir les champs, balayant sur son passage la sueur des paysans.

Un groupe d'adolescents retournait chez eux. Ils portaient

sur leur dos des paniers bien plus grands qu'eux. J'avais gardé la distance.

— Alors Sanu, toi aussi tu pars ? demanda une de ses copines.

Lorsqu'elle s'arrêta pour répondre, je m'arrêtai aussi pour ne pas être vu.

— Moi, je n'ai pas envie de partir, dit une autre fille.

— Et bien moi, j'y vais, dit encore une autre.

— Combien de temps on va encore porter les paniers comme ça ? dit l'un d'elle, d'une voix révoltée. Nos mères l'ont fait durant toute leur vie, les femmes de nos frères le font. Ces hommes ont raison. Mon père ne veut pas me laisser partir, mais je pars quand même. Il y a plein de filles des villages alentours qui rejoignent aussi le mouvement.

Sanu chuchota. Je n'entendais pas ce qu'elle disait. Je tendis l'oreille dans leur direction, comme un chat. J'imaginais qu'elle devait être parmi un groupe de filles portant toutes leur panier lourd de mandarines, sur le dos. J'essayais de m'avancer pour mieux voir, mais elles étaient à contre-jour et je distinguais à peine l'ombre de quelques têtes et le haut de leur panier.

— Si on avait la chance de pouvoir étudier nous aussi, on pourrait devenir médecin ou ingénieur, continua la voix rebelle. On pourrait au moins apprendre quelque chose pour ne pas être obligées de cueillir des mandarines toute notre vie, ramasser le foin et regarder les champs de fleurs de moutarde. En faisant ça, on gâche nos vies. Ce que ces hommes nous disent est vrai ! Si on participe à la lutte, au moins les plus jeunes pourront aller dans une bonne école.

— Tu racontes n'importe quoi, comment nos frères et sœurs pourront-ils aller à l'école en tuant des gens ?

— Ce que ces hommes disent, reprit la voix révolutionnaire, c'est que si on ne rejoint pas le mouvement, Katmandou continuera de nous ignorer, sans jamais se rendre compte que la population de villages entiers continue de vivre dans la douleur et la misère. Si nous continuons de souffrir en silence, qui nous entendra ?

J'entendis le frère de Sanu dire :

— Je veux y aller aussi, *didi* !

Plusieurs voix s'élevèrent en même temps.

— Tu es trop jeune. Toi petit, va jouer ! dit une fille en le taquinant.

Contrarié, il s'écarta doucement du groupe alors que les filles repartaient chacune de leur côté.

Chez Sanu, le riz était presque cuit. Siddhartha préparait un curry de pommes de terre et une salade de radis. Sanu s'étonna de le voir cuisiner.

Nous déjeunâmes en silence. Je lavai ensuite mon assiette avec de la cendre. Les amis de Siddhartha, eux, s'étaient chargés de laver les casseroles. Longtemps après mes doigts auraient encore l'odeur de cendre.

Le père de Sanu dit :

— Cette marmite était un cadeau de mariage pour ma femme. Je ne l'avais encore jamais utilisée avant. Il se tourna vers Sanu et dit :

— Ils veulent t'emmener avec eux. Qu'en penses-tu, ma fille ?

Sanu resta silencieuse. Adossée à un pilier de la maison, elle avait la tête baissée et regardait le sol. Son frère était à côté d'elle, accroupi.

Finalement, elle lui dit :

— Toi, vas à l'école !

Le vieil homme se tourna et prit Siddhartha par le bras.

— À partir de maintenant, tu es responsable de sa sécurité, dit-il des larmes plein les yeux.

— Ne vous inquiétez pas *ba*, dit Siddhartha. Désormais, votre fille sera la camarade préférée du peuple en étant un brave soldat dans cette grande lutte que nous menons pour le pays.

Les amis de Siddhartha venaient de faire la tournée des familles pour les convaincre de laisser partir leurs jeunes et ils lui faisaient leur rapport. Cet après-midi-là, il m'avait laissé avec eux faire le tour des maisons.

Je regardai Sanu qui remplissait un sac de mandarines.

Son père lui dit :

— Ce n'est pas la peine d'aller au marché aujourd'hui. Je m'en occuperai demain.

— Mais j'ai le temps d'y aller et de revenir ce soir, dit-elle.

— Non. Repose-toi, dit-il. Qui sait combien de temps il te faudra marcher ce soir ?

Un long moment plus tard, il rajouta :

— Prend bien soin de toi, ma fille.

— Ne t'inquiète pas *ba*, je reviendrai bientôt. Dis à *bhaï* d'aller à l'école tous les jours, sinon il n'ira pas.

— Ne t'inquiète pas pour nous, dit le vieil homme. N'oublie pas, quand tu marches en groupe fais bien attention à être toujours en milieu de file, ne sois jamais la première, ni la dernière.

D'une voix tremblante, il murmura, comme pour lui-même :

« Que faire ? Je ne sais même plus comment protéger mes enfants devenus grands. »

Je vis une lueur d'impatience dans les yeux de Sanu. Elle se mit à faire le ménage, laver les vêtements de son père et son frère. Alors qu'elle emballait dans un sac quelques affaires, elle éclata en sanglot en voyant un sari et un châle qui avaient appartenu à sa mère. Elle resta longuement à pleurer, ces vêtements à la main.

Siddhartha et ses amis revinrent ce soir-là. Le petit frère de Sanu était rentré de l'école. Il était temps pour nous de poursuivre notre route. Sanu sortit de la maison en portant son sac.

Le vieil homme demanda à Siddhartha :

— Et si les soldats m'interrogent ?

Il répondit :

— Depuis que nous avons détruit leurs postes, ils n'osent plus s'aventurer bien loin. Ne vous inquiétez pas *ba,* ici dans cette région, c'est notre propre police, notre armée et notre gouvernement qui contrôlent.

Sanu nous rejoint et ensemble, nous commençâmes notre marche. Depuis le talus, son frère cria :

— *Didi,* viens nous voir dès que tu pourras, d'accord ?

Alors que nous quittions le village pour entrer dans la forêt, parmi nous se trouvaient de nombreux jeunes visages qui formaient une longue file indienne.

❏❏

# 13

*Chère Grand-mère,*
*Namasté*


*Je ne me rappelle plus très bien ma grand-mère, mais je crois qu'elle vous ressemblait beaucoup. Vous rencontrer m'a ouvert une porte sur le bonheur. J'ai le sentiment d'avoir reçu de vous des bénédictions. Vous avez tant vécu. Je sens en vous, un curieux mélange d'espérance, de douleurs et de rêves. Vous avez traversé toute une époque que j'ai l'impression de comprendre en regardant votre visage. Pour moi, vous êtes comme un livre et à chacune de vos phrases c'est un peu comme si je tournais une nouvelle page.*

*Vous êtes peut-être surprise qu'un inconnu rencontré une seule fois dans votre vie vous écrive une lettre. Je voudrais que vous sachiez que c'est la première fois que j'écris une lettre à la main. Plus personne, de nos jours, n'écrit de lettre manuscrite. Les gens préfèrent les mèls. Moi aussi, j'utilise un ordinateur pour écrire mon courrier. L'ordinateur est à la fois, un carnet et une poste. Mais je commence à réaliser, en vous écrivant cette lettre, à quel point les mèls sont artificiels. C'est grâce à vous que j'ai retrouvé le plaisir de l'écriture manuscrite et je vous en suis très reconnaissant.*

*J'aurais pu vous téléphoner ou même venir chez vous pour vous dire tout cela, mais j'avais besoin de pouvoir choisir mes mots par écrit.*

*Si je vous écris aujourd'hui, c'est parce que vous êtes l'être le plus cher à mon cœur. Vous rencontrer et vous entendre m'a bouleversé. Je n'avais jamais parlé à une personne aussi honorable que vous. Pour moi, vous avez la majesté de ces montagnes aux neiges éternelles. Je ne dis pas ça pour vos cheveux blancs, mais parce que vous avez acquis, au travers des années, une grande sagesse qui vous rend à la fois belle et sereine. Lorsque je vous ai rencontrée, ce jour-là, je n'avais plus envie de partir de chez vous.*

*J'ai réalisé, après vous avoir quitté, que j'ai sans doute manqué d'affection dans mon enfance. En dehors de l'amour de ses parents, je crois que chacun d'entre nous a besoin d'une protection affective de ses grands-parents dans sa vie. Une sorte de protection pour vivre l'enfance à l'abri, sans aucune crainte.*

*Là où je me trouve, au pied des sommets, depuis la colline je vois les paysans, prendre soin de leurs mandariniers. Leurs visages rayonnent de joie, non pas parce qu'ils ont une jolie vue, mais parce que, dans les branches de leurs arbres plantés dans les rizières, ils voient la promesse de fruits bien mûrs. Les montagnes leur renvoient les rayons du soleil qui les réchauffent. Chère Grand-mère, vous avez placé votre foi en vos divinités. Ces paysans eux, ont placé la leur dans cette montagne. Ils les voient clairement lorsqu'il fait beau. Ils vivent au rythme des saisons et savent en lire les prémices de chacune d'entre elle dans le langage de la montagne.*

*Vous croyez dans les divinités, les paysans dans les montagnes, et moi en vous. C'est exactement la même foi.*

*J'ai voulu vous voir danser et vous l'avez fait. C'était le plus beau jour de ma vie. L'éclat de la vie vous a illuminée. Un peu comme si la neige au sommet fondait sous les rayons brûlants du soleil et qu'un magnifique arc en ciel apparaisse au loin.*

*Vous vous rendez aux temples chaque jour. La divinité est*

toujours là, immuable, mais, selon votre humeur, vous la voyez sérieuse, soucieuse, heureuse ou encore souriante. Je voulais vous voir telle une divinité vivante, pleine de joie. Vous aussi avez vos joies et vos peines. Avec bonheur et confiance, vous roulez les cordelettes pour la divinité. En même temps, vous vous faites du souci pour le bonheur de vos enfants qui vivent loin de vous. Tout comme ces paysans se réjouissent d'une bonne récolte et se tourmentent lorsque leurs fruits ne sont pas juteux et sucrés. De la même manière, je ressens une sérénité en moi en vous écrivant. Mais j'ai aussi mes soucis, mes préoccupations.

Je suis peiné de ne pas avoir pu accepter votre invitation. En ce moment, je suis dans l'ouest du pays, loin de la capitale, dans les montagnes. J'espère que vous ne m'en voulez pas de ne pas être venu. Ne croyez pas que c'était un caprice, je n'oserais jamais en faire un avec vous.

Je reviendrai vous voir, mais j'avoue avoir une crainte ; celle de m'être trop attaché à vous, et peut-être que vous de votre côté, mettez aussi vos espoirs en moi, sans trop savoir pourquoi. Rappelez-vous que je ne suis qu'un inconnu, un peintre, un de vos nombreux lecteurs qui viennent chez vous.

Vous avez eu raison de dire que je suis têtu. Vous pouvez m'affubler de tous les noms tant je peux vous faire danser. J'essaierai de vous faire danser à chaque fois que je viendrai vous voir. Ça m'est égal si vous continuez à me traiter d'obstiné. J'ai mes défauts comme tout le monde. Alors chère Grand-mère, il vous faudra danser à chaque fois que je viendrai vous rendre visite ! Et vous n'aurez aucune excuse pour vous arrêter, pas même l'arrivée d'un visiteur. J'imagine que c'est votre petite fille qui est en train de vous lire cette lettre. Vous pouvez lui dire qu'elle aussi devra danser.

Je n'arrive pas à croire que, depuis que je vous ai rencontrée, je suis capable de m'exprimer avec autant d'audace. En réalité, je suis tombé amoureux. Je crois que j'aime quelqu'un. Même si j'ai *du mal à le croire, je crois que je suis tombé amoureux. Je n'ai pas encore réussi à le lui dire. Je crois que le courage de dire 'Je t'aime' me manque. J'ai peur de lui avouer. Pourquoi les gens ont-ils si peur de l'amour ? Pourquoi est-ce que je le fuis ? J'ai peur de lui dire ce que je ressens, peut-être parce que je crains sa réaction. Et si elle me rejetait ? Et si elle me disait qu'elle ne veut pas de moi ? Je serais alors profondément blessé et je ne pourrais pas m'en remettre. C'est la première fois de ma vie que je tombe vraiment amoureux. Je ne veux pas être déçu. Ça pourrait changer ma façon de voir la vie. Je me sentirais coupable toute ma vie. Ma fierté serait entamée et je crois que vivre sa vie sans fierté, c'est comme vivre sans branches pour un arbre.*

*Je crois que vous avez eu raison de me dire que j'étais un peu trop fier. Le problème est que la personne que j'aime l'est aussi. Elle est belle, intelligente et peut-être encore plus fière que moi. C'est l'être le plus merveilleux du monde. Elle est comme une montagne. Si elle n'était belle qu'en apparence, elle serait comme la face à l'ombre, jolie, mais jamais éclairée par le soleil. Mais tout en elle rayonne. Son âme brille de mille feux comme un sommet enneigé sous les rayons du soleil. Elle m'enflamme. Je suis devant un horizon lumineux de beauté. Dites-moi, Grand-mère, que dois-je faire ?*

*Lorsque j'ai commencé à écrire cette lettre au petit jour, il y avait dans le ciel quelques lueurs rouges. En tirant les rideaux, j'ai été ébloui par le soleil qui a surgi derrière les cimes et illuminé les montagnes. J'ai tout à coup été coloré de merveilleuses teintes orangées et alors que j'écrivais le mot 'amour', juste à ce moment les rayons du soleil ont éclairé ma lettre. Le soleil est témoin. Je dis un grand bonjour à la divinité qui m'a permis de vous écrire. Alors que je vous dévoile toutes mes craintes et mes désirs les plus secrets de mon cœur, lui en est le témoin. Peut-être sentez-vous sa chaleur à travers ces mots.*

*Le soleil se couchait lorsque j'ai rencontré la fille que j'aime, pour la première fois. À présent il se lève. J'écris cette lettre à l'aurore* en pensant à la femme que j'ai rencontrée au crépuscule. Je vous prends pour témoin, chère Grand-mère, je l'aime. Elle sera à tout jamais dans mon cœur, aussi longtemps que le soleil se lèvera sur les montagnes de l'est et se couchera sur les montagnes de l'ouest. La vie est aussi courte que la course du soleil, c'est ainsi. Comme le sommet est témoin du soleil, je veux que vous soyez mon témoin. Car pour moi, vous êtes un sommet. Si le soleil brille, le matin devient beau et lumineux. Avec votre aide, ce petit-fils peut devenir une montagne ensoleillée.

Peut-être vous parais-je incohérent, un peu comme un poète illuminé ou peut-être même comme un fou. Shakespeare disait que le monde s'écrit pour les poètes, les fous et les amoureux. Aux premiers rayons du soleil, le papier de cette lettre s'est coloré d'une teinte rougeoyante. Mon stylo court sur la feuille et le son agréable du contact avec le papier me rappelle votre danse. Me retrouver dans votre maison était une étrange coïncidence. Vous avez mis la cassette et je vous ai persuadée de danser. Je ne sais pas si c'est cela qu'on appelle le destin, mais il doit y avoir un lien entre vous rencontrer alors que je cherchais un livre et vous prendre, à présent, comme témoin de mon amour. On dirait que les livres créent toujours un lien fort ! C'est grâce à un livre que j'ai rencontré la fille que j'aime. Si je n'avais pas écrit ce livre et si je n'étais pas venu en chercher un dans votre maison, je serais passé à côté de l'essentiel.

Chère Grand-mère, la fille que j'aime vous ressemble lorsque vous aviez son âge. Je vous la présenterai un jour, si elle accepte cet amour. Vous serez la première à nous voir réunis, à nous féliciter. Je recevrai votre bénédiction.

Vous voulez savoir pourquoi je vous aime tant ? Une des raisons pour lesquelles je me sens aussi proche de vous est votre maison dont vous vous occupez avec tant de soins. Je n'ai jamais vu une maison aussi belle que la vôtre. Elle est un monde à part, comme un coin de paradis sur terre. D'une simple maison, vous avez fait un havre de paix, elle est à votre image. Vous ne pouvez pas lire et en même *temps vous êtes toujours en train d'allumer la lumière du savoir. Je crois que c'est dans ces endroits que les véritables déesses vivent. La lumière qui se dégage de votre maison est plus vive que celle de n'importe quelle autre de ces maisons branchée au courant haute tension, dans la brume de Katmandou. J'aime votre maison, je m'y suis senti comme chez moi et j'aurais voulu y rester des mois. J'ai deux passions dans la vie : le voyage et la lecture. J'ai le monde entier pour voyager et à présent j'ai votre maison pour lire. J'ai votre bibliothèque. L'idée que vous écoutez les mots de cette lettre dans votre bibliothèque m'enchante. Même si je ne suis pas près de vous, à travers ces mots je le suis. Cette bibliothèque est l'unique endroit possible pour abriter mes mots. J'espère qu'un jour, mes livres y trouveront refuge. C'est le destin que je leur souhaite. Peut-être que la raison pour laquelle j'aime tant les bibliothèques, c'est qu'elles deviennent un asile pour les livres et dans la vôtre, je sais qu'ils y seront soigneusement préservés.*

*Je voulais vous envoyer, avec cette lettre, la photo de la fille que j'aime pour savoir ce que vous pensez d'elle. Je voudrais montrer sa photo à la terre entière et crier mon amour pour elle. Mais pour le moment je ne peux pas, car le mot 'amour' s'écrit à l'unisson. Je ne lui ai pas encore exprimé mes sentiments. Je dois d'abord savoir si elle les partage. Si je vois dans ses yeux le même amour pour moi que celui que je lui porte, vous serez la première à qui je la présenterai. Mais pour l'instant, je ne peux vous dévoiler qu'une chose : elle ressemble beaucoup à votre petite fille. Elle a le même visage, la même personnalité. Et la même fierté.*

*Votre petit-fils*

◻◻

# 14

Une nouvelle saison commençait. J'arrivai sur une colline de rhododendrons en fleurs. Après avoir posé mon sac à dos sur le banc d'un *tea shop*, j'enlevai mon t-shirt pour le tordre, tout en soupirant. La sueur l'avait trempé. Quelques porteurs avaient fait une halte pour manger quelques biscuits qu'ils avaient sortis de leur sac. Je ne me rappelais plus si j'avais commandé un thé. Le soleil commençait à taper.

Une fille m'apporta un verre de thé au lait bien chaud. Je le saisis et tout en buvant à petites gorgées, je regardai les collines couvertes de fleurs rouges. Tout reprenait vie, c'était magnifique partout. Le printemps avait effacé le visage de l'hiver. Les rhododendrons témoignaient du changement de saison, ils avaient paré les collines de leur couleur flamboyante. Alors que le temps coulait doucement, les arbres avaient été les seuls témoins comme l'ombre avance dès que le soleil prend sa place. Le pied de la montagne où il avait gelé toute la nuit se réchauffait doucement, grâce aux doux rayons du soleil.

À chaque gorgée de thé, je me sentais revivre un peu plus. Un oiseau prit son envol dans la douce mélodie du vent. Ses ailes s'étaient colorées d'une teinte vive sous les rayons du soleil, un peu comme s'il s'était paré de ce rouge qui embrasait la colline.

Comme cet oiseau, j'aurais voulu pouvoir voler pour contempler d'en haut la grandeur de ce paysage. Quelle paix ! J'entendais le murmure d'un petit ruissellement venu des hauteurs où la neige fondait petit à petit, sous les rayons du soleil. Je voulais aller à sa source pour en suivre le cours, admirer cette eau vive dévaler sur les rochers couverts de mousse, finir sa course en cascade dans les gorges. Son impétuosité, dans ce royaume où régnait la paix des hauteurs, à la fois me terrifiait et m'exaltait. Je voulais ressentir cette ambiance extraordinaire.

J'entendis une fille dire aux porteurs :

— Des policiers sont passés par là. Ils sont morts dans une embuscade une demie heure plus tard.

— Est-ce qu'ils sont tous morts ? demanda un porteur.

Je me demandai si je verrais du sang sur le sentier. Peut-être pourrais-je le confondre avec les reflets de fleurs de rhododendron ou les ombres du soleil. Je ne voulais pas avoir peur sur ce chemin. Depuis des siècles, des hommes et des femmes l'avaient emprunté, gravissant et descendant cette montagne. Les empruntes de mes ancêtres étaient ancrées dans la terre. Je voulais marcher dans leurs traces, sentir sous mes pieds ce sentier qu'ils avaient façonné à la sueur de leur front. Si je gémissais dans la solitude de ces lieux, ma plainte se confondrait avec le chant des oiseaux et le bourdonnement d'insectes. Si je devenais fou ici, ma folie se perdrait dans le rugissement des cascades. Si je pleurais, quiconque m'entendrait penserait au *nyauli* qui chante.

Je marcherais, quoiqu'il arrive. Siddhartha et ses camarades m'avaient abandonné, mais j'avais décidé de continuer ma route, de terminer le voyage que j'avais commencé. Je voulais vivre ce chemin. Je voyais les empreintes de vaches dans le sol. J'avais grandi en buvant leur lait. Je ne laisserais pas mes pieds trébucher sur cette terre où j'avais grandi. J'étais, à tout jamais, redevable à ces vaches qui avaient nourri mes ancêtres. J'entendais encore leur clarine sonner au loin. C'était sur ce chemin que les porteurs avaient marché durant de longues heures, portant sur leur dos les ardoises du toit de mon école. C'était encore ce même chemin qui m'avait conduit à l'école où j'avais appris la magie des mots à travers l'écriture, le langage des couleurs en dessinant et où j'avais ouvert la porte sur la connaissance du monde. Ce sentier m'avait donné confiance en moi. Quand je marchais, il avait inspiré mes rêves. C'est à lui que je devais mes espoirs, dans la solitude de ces lieux peuplés d'arbres, de fleurs, dans ces montagnes qui sculptent le ciel. Je voulais retrouver le sel de mes larmes lorsque ma maman me traînait, en me tirant les oreilles, pour m'amener à l'école.

Après toutes ces années, j'étais de retour.

— Depuis que l'instituteur s'est fait tuer, l'école est fermée, disait la fille aux porteurs. Les enfants sont devenus bergers.

— C'est bien ici qu'un homme politique s'est fait tuer il n'y a pas si longtemps ?

Je quittai le *tea shop,* anxieux après ce que j'avais entendu.

Alors que je commençais à descendre, j'entendis un bruit. Il m'avait semblé que c'était un singe dans les arbres, mais plus j'écoutais, plus le bruit donnait une forme dans mon esprit. J'entendis des bruits de pas et me dis qu'ils pouvaient être ceux d'un homme, peut-être ceux d'un renard ou d'un cerf. Le bruit s'amplifia en même temps que mon imagination grandissait. Ce pourrait être un tigre ou encore un ours. Mon cœur battait la chamade. J'essayai de me raisonner tout en accélérant le pas.

Puis, tout à coup j'ai crié :

— Au secours !

Plusieurs vaches avaient surgi de la forêt dense de rhododendrons. Elles étaient suivies d'un jeune vacher qui tenait un long bâton à la main.

Soulagé, je repris mon chemin en reprenant mon souffle.

Le vacher m'interpella :

— Faites attention, *daï,* il y a peut-être des mines sur le chemin. L'autre jour, il y a eu une explosion juste par ici, dit-il en pointant du doigt l'endroit. Il paraît qu'il y en même plus sous les arbres. Faites attention.

Je continuai à marcher, mais cette fois-là en faisant attention à chacun de mes pas. Je voulais aussi apprécier la beauté des fleurs de rhododendrons. Ces messagers du printemps avaient éclos merveilleusement. De chaque côté du sentier, des centaines de bouquets de fleurs paraient les arbres, comme pour me souhaiter la bienvenue. Les regarder m'emplissait d'une joie immense. Je me sentais léger, prêt à voler. Leur couleur vive m'exaltait, m'enchantait, me réjouissait. Je regardai tout autour de moi, à droite, à gauche, devant, derrière, au-dessus, en-dessous. La colline entière n'était que fleurs flamboyantes. Elle s'était revêtue du plus beau rouge printanier. Cette forêt que j'avais traversée à maintes reprises enfant, m'apparut encore plus belle aujourd'hui. Les arbres, les fleurs, le chemin étaient les mêmes, mais lorsque le printemps éclatait, la sensation était à chaque fois enivrante. C'était une célébration de la nature. Mes yeux étaient les mêmes et pourtant, je regardai cette beauté d'un autre regard encore plus vif. J'étais la même personne et pourtant j'avais l'impression de regarder cette merveille d'un nouveau regard.

De loin, le vacher me lança :

— Ne vous inquiétez pas, *daï,* bonne route.

Je levai les yeux vers lui. C'était incroyable ! Il était déjà sur la crête, menant son bétail. Alors qu'il était lui-même à quelques mètres d'un précipice, il essayait de me protéger par ses conseils. Sa bienveillance me toucha. Cet homme me rappelait ma jeunesse. Il était en train de garder ses vaches alors que moi, j'étais devenu un peintre. Notre différence d'âge nous séparait, mais à son âge, je faisais la même chose. Je parlais comme lui, je lui ressemblais même. La seule différence, c'est que sa mère à lui ne l'avait pas traîné, tiré par l'oreille à l'école. Une bombe avait détruit son école. Suite à cette explosion, quarante écoliers avaient été arrêtés et retenus par la police, durant deux jours. Le directeur avait été tué. Ce vacher venait chaque jour sur ces forêts parsemées de mines. À présent il me regardait appuyé sur son bâton, perdu dans ses pensées.

Devant moi un rhododendron de toute beauté était couvert de fleurs. Je me tenais dans son ombre. J'eus envie de cueillir une fleur pour orner mon sac à dos. Je me sentais privilégié de pouvoir jouir pleinement de la beauté des lieux en cette saison. J'avais vagabondé pendant dix ans pour finalement revenir au village des rhododendrons, mon village, le village qui m'avait vu naître et grandir, qui m'avait éduqué puis envoyé au loin. J'étais devenu peintre et, alors que j'avais cherché l'inspiration partout dans le monde, à présent je revenais vers mes racines pour y puiser de nouvelles couleurs. Plus personne de ma famille ne vivait encore là, mais j'étais ici chez moi. Dans mes peintures il y avait les contours de cette montagne, l'ombre de cet arbre, les traits de ce chemin. Mes peintures étaient colorées de la teinte de ces rhododendrons en fleur. C'était ces collines qui m'avaient appris à apprécier les nuances de couleurs. Ce lieu était la source de mon inspiration pour mes tableaux. L'eau vive qui coulait dans mes peintures était celle qui coule ici. C'était ces fleurs qui m'avaient donné l'amour de la beauté. Cette brume qui se formait au loin renfermait mes secrets. La terre sur laquelle je me tenais, le vent que je respirais, le rayon de soleil qui me réchauffait, c'était tout cela qui faisait ce que je suis aujourd'hui.

Je sortis mon cahier de notes et relus la poésie que j'avais composée pour ma chère Palpasa. Je voulais la réciter ici, pour que le vent l'entende.

*Laisse-moi t'emmener*
*Là où je suis né par-delà la montagne*
*Dans les champs où je jouais*
*Sur les rochers polis par l'eau*
*Dans les rivières claires à poissons*
*Laisse-moi te montrer*
*Cette terre de liberté*
*Où comme une douce pluie*
*Tombent les flocons légers*

*Dans les matins brumeux*
*Nous nous réveillerons au son du chant du coq*
*Dans l'épais brouillard couvrant la vallée*
*Nous suivrons les belles cascades*
*Sous les nuages d'un ciel gris*
*Nous nous abriterons de feuilles*

*Nous suivrons les cerfs*
*Sur les pentes raides*
*Dans la fraîcheur de la descente*

*En balayant notre sueur*

*Nous nous envolerons avec les faisans*

*Je te couvrirai d'orchidées sauvages*

*Et ainsi te porterai vers mes montagnes*


*Beaucoup sont partis*

*De leur village natal*

*Ils ont quitté ce village tant aimé*

*Partout où je regarde*

*Les campagnes ont été désertées*

*Partout où je regarde*

*Je ne vois que des orphelins*

*La montagne où je suis né*

*Est comme une veuve en pleurs*

*Mais j'attends le printemps*

*Les rhododendrons seront en fleurs*

*Laisse-moi t'emmener*

*Là où je suis né.*


Alors que j'avais fini de réciter mon poème, le vacher s'approcha de moi.

— Est-ce une chanson, *daï* ? me demanda-t-il.

— Non, c'est de la poésie.

— Est-ce que je peux la recopier ?

Je lui tendis mon stylo et une feuille de papier, puis il commença à recopier mon poème. Tout comme lui à son âge j'avais, de la même manière, dessiné un croquis de ces collines. J'avais aussi composé quelques poèmes et recopié les chansons des bergers. À l'école je les avais accompagnées de ma propre mélodie et les chantais.

— Je crois que tu deviendras poète, m'avait dit mon instituteur.

J'avais dit :

— Je veux devenir ingénieur, monsieur.

Toute la classe avait ri. En pointant l'élève qui riait le plus fort, l'instituteur avait dit :

— Et toi, tu deviendras berger.

L'élève avait répliqué :

— Non, je veux devenir instituteur, monsieur.

— C'est ça, instituteur de berger !

Un fou rire avait éclaté dans la classe. Une fille du nom de Urmila avait demandé :

— Et moi, monsieur, à votre avis, qu'est-ce que je deviendrai ?

Sa question avait fait rire toute la classe.

— Que veux-tu devenir ? avait demandé l'instituteur.

— Je veux devenir quelqu'un de grand, avait-elle répondu, la classe riant de plus belle.

— Ne t'inquiète pas, tu ne resteras pas petite toute ta vie, dit l'instituteur entraînant de nouvelles explosions de rires.

Urmila avait rougi de honte et s'était assise, le regard baissé. Elle se marierait plus tard avant même d'avoir eu le temps de grandir. Elle quitterait le village en pleurs, avec son mari.

Depuis ce jour-là, mes camarades de classe m'avaient

surnommé 'Monsieur l'ingénieur', tous sauf celui qui voulait devenir instituteur.

Je ris au souvenir de ces moments, mes rires étaient aussi doux qu'une fleur de rhododendron dans la brise de printemps.

— Pourquoi vous riez, *daï* ? demanda le vacher. J'ai fait des fautes en recopiant votre poème ?

— Non, non ! Je ne sais pas pourquoi je ris, dis-je.

Il continua à recopier le poème.

— C'est mon écriture qui n'est pas belle, c'est ça ? demanda-t-il.

— Pas du tout, elle est encore plus belle que la mienne.

— Pas vrai !

— Si ! Ton école est fermée, n'est-ce pas ?

— Oui.

— Sais-tu quand elle ouvrira à nouveau ?

— Elle est ouverte à tous les vents. Une bombe a explosé dedans, dit-il.

Je demandai :

— Comment as-tu trouvé le poème ?

— Je le trouve beau. De quel livre vous l'avez recopié ? demanda-t-il.

— C'est moi qui l'ai écrit.

Il me regarda, perplexe.

— Mais qui vous a appris à trouver les mots ?

— Personne. J'ai réfléchi tout seul et j'ai trouvé.

Il parut surpris.

— Je n'imaginais qu'on puisse écrire un poème tout seul.

— Chacun d'entre nous peut devenir poète s'il le souhaite.

— Je ne veux pas être poète, dit-il. Je veux être ingénieur.

Rencontrer un jeune qui avait les mêmes rêves que moi me bouleversa.

Il me fallut continuer mon chemin. Alors que je quittais le vacher, il me mit en garde une nouvelle fois tout en me souhaitant bonne route. Puis il s'en alla vers la crête où debout, il récita le poème à voix haute. Il ne connaissait pas le rythme, mais j'étais certain qu'il le trouverait lui-même. Il inventerait le rythme de cette forêt, cette fleur, cette cascade, ce ruisseau, ce soleil et cette ombre sous ce vent de montagne. J'accélérai. Je me tournai pour le voir, il me fit signe de la main tout en continuant de regarder sa feuille.

◼◻

# 15

J'entendis quelqu'un crier en anglais depuis l'entrée du village :

— *Who is this ?*

J'aperçus une silhouette que je reconnus immédiatement. C'était Rup Lal Ale, un ancien soldat du régiment britannique de Gurkha. Il avait un chapeau militaire sur la tête. Il n'avait pas perdu sa manie de parler l'anglais. Il était le seul soldat parmi ceux du village qui continuait de parler en anglais alors qu'il avait quitté l'armée. Dès qu'il croisait des écoliers ou des gens instruits de Katmandou, il mettait un point d'honneur à parler en anglais et n'utilisait jamais le népalais. Enfant, je l'évitais, car je craignais de devoir parler en anglais si je le croisais. Il parlait très fort, un peu comme sur un ton de réprimande. Même encore aujourd'hui.

— *Who is coming ?* répéta-t-il.

En le voyant, j'eus un pincement au cœur. Les couleurs de son chapeau étaient passées. Il portait une chemise élimée et un short déchiré. Les choses auraient été bien différentes s'il était revenu avec la possibilité d'obtenir une retraite décente. Il n'avait pas travaillé assez et ne percevait à présent pas grand-chose.

— *Good evening,* monsieur Ale ! dis-je.

Il ne me reconnut pas. Il portait des lunettes aux verres épais.

Il se tenait debout près de l'escalier en pierre. Enfant, j'avais porté de la carrière, avec mes parents et les villageois des pierres pour le construire. En m'approchant, je vis que le verre gauche de ses lunettes était brisé. Je me rappelais qu'un léopard lui avait crevé son œil gauche, lors d'un combat. Il avait gardé sur cet œil un pansement durant de longues années.

Il avait presque perdu la vie dans cette attaque. C'était la même année où il revenait de Malaisie. En apprenant qu'un léopard terrorisait tout le village, il avait entraîné un groupe de villageois dans la forêt, tel un meneur de commando. En homme courageux il s'était battu avec le léopard à main nue. C'était un miracle qu'il en ait réchappé, mais son œil n'avait pu être sauvé. Sa bataille était devenue une légende au village et dans les villages voisins pendant des années. Les gens venaient de loin pour rencontrer l'homme qui avait combattu le léopard.

Après sa guérison Rup Lal Ale avait eu, dès lors, deux histoires à raconter. La première était son histoire de guerre en Malaisie et la deuxième celle de son combat avec le léopard. Ils les racontaient à tout le monde. Au fil du temps, il avait même développé un style de conteur bien à lui. Son histoire en Malaisie commençait toujours par : « Je me suis posté, avec mon fusil … » et celle du léopard par : « Ce salaud se cachait dans les buissons …»

En prenant le même ton nous l'imitions et il se vexait. Nous devions faire attention à ne pas aller trop loin dans nos moqueries, sous peine de devoir parler en anglais. Nous gardions nos distances. Ils ne parlaient pas en anglais avec les femmes et les vieux du village.

Du village, j'entendis les chiens aboyer. Je vis le champ rempli de foin fraîchement fauché. De l'autre côté, les bouses de vache collées sur un muret séchaient. Le soleil descendait sur la colline du village de Kotgaun. Le vieil homme essaya de me reconnaître en me dévisageant. Je comprenais son hésitation. J'étais parti il y a dix ans et j'avais bien grandi depuis.

Finalement, comme il semblait se rappeler, il pointa son bâton sous mon nez et me fixa :

— *Ah, yes* ! s'exclama-t-il. *Are you the same young chap* ?

— Lequel, monsieur ?

— *The young chap I used to tell the story of war* ?

Je n'étais pas certain qu'il m'eut reconnu. Tous les jeunes du village écoutaient ses histoires qu'il répétait inlassablement sous le *chautara*.

À présent, beaucoup d'entre eux devaient avoir rejoint l'armée indienne ou étaient devenus des soldats Gurkha dans l'armée britannique. D'autres étaient partis en Malaisie, en Corée ou dans les pays arabes, en quête d'un travail. Seuls les enfants de brahmanes avaient pu suivre des études pour travailler, principalement dans la fonction publique ou dans l'enseignement. Je me demandais s'il restait encore au village un de mes anciens amis.

Je demandai :

— Vous m'avez reconnu maintenant ?

— *I think you are the son of my good friend*, répondit-il.

Qui n'était pas son *good friend* dans la génération de mon père ! Je me demandais toujours s'il m'avait reconnu. Mais au moins il savait que j'étais un enfant du pays qui avait grandi en écoutant ses histoires.

— *When I remember your father, I still get so emotional*. Je réalisai qu'après tout il m'avait reconnu.

— Ne parlons pas de mes parents, c'est du passé, dis-je. Parlez-moi de vous, comment allez-vous ?

— Je vais bien, dit-il.

Il me prit dans ses bras et me garda près de lui. Quand j'étais enfant, il avait remarqué que j'étais plus grand que mes camarades et m'avait suggéré de postuler pour un emploi d'assistant dans l'armée britannique. Quand plus tard il avait vu que je continuais de grandir, il m'avait lancé :

— *You could even become a trafic policeman !*

Je le suivis jusqu'au village. Le champ était rempli de bouses de vache. Nous empruntâmes un petit sentier qui serpentait jusqu'au centre du village. Plus loin devant nous, une file de femmes portant leur *doko* rempli d'herbe qu'elles avaient dû couper sur les bords de la rivière, plus bas, avançait. En les voyant, je me rappelai les pierres sur les rives du torrent. C'était ces mêmes pierres qui m'avaient inspiré pour devenir artiste. Je voyais en elles toutes sortes de formes de personnes, d'animaux et d'oiseaux. J'étais particulièrement impressionné par les oiseaux, la rapidité avec laquelle ils volaient. Ils me fascinaient à tel point qu'un jour j'avais essayé à mon tour de voler du haut de la réserve de paille. Ce vol raté m'avait cloué au lit deux jours.

Tout ce que je regardais dans le village me ramenait à mes souvenirs. Je me rappelais le temps des moissons, lorsque je dormais sur un lit de paille, dans la petite cabane dans les champs. Nous menions nos taureaux avec force pour qu'ils avancent plus vite, et pleins d'enthousiasme, nous poussions le moulin d'où sortait notre belle huile. Ah, comme la vie était belle à cette époque ! Lorsque, après la moisson, le froid de l'hiver arrivait, nous mangions de la mélasse bien chaude. À présent, on ne voyait plus la rizière où se trouvait ce moulin juste après le ruisseau vers l'est. Lorsque la lumière toucha le toit en tôle, le reflet m'éblouit.

— Ce salaud de Bhanu a mis un toit en tôle sur sa maison dès que son fils qui travaillait en Malaisie lui a envoyé de l'argent, dit monsieur Ale.

— Et vous, comment allez-vous ?

— Pas trop mal.

— Je pense souvent à vous.

— *How do you remember me* ?

— Je me souviens de vos histoires, dis-je. Personne ne peut oublier l'homme qui rassemblait tous les enfants du village sous le *chautara* pour raconter des histoires.

— *Well, I'm glad to hear that.*

— Si vous n'aviez pas été là, je n'aurais pas eu envie de venir.

Il me regarda tendrement.

— *I am very happy today*, c'est comme si mon fils était revenu.

— C'est un peu ça, dis-je. Dites-moi, comment ça va au village ?

Il jeta un rapide coup d'œil aux alentours, s'approcha de moi et chuchota :

— Fais bien attention, mon fils. J'ai entendu dire qu'il y avait un groupe de révolutionnaires qui arrivait aujourd'hui. Ils veulent recruter de jeunes gens robustes. Ils laissent les vieux comme moi tranquilles. On doit juste leur donner du riz et de la vaisselle. Pour le reste, la cuisine et la vaisselle, c'est eux qui s'en chargent.

— Vous leur parlez en anglais ? demandai-je.

— Je vois tout de suite s'ils sont maoïstes on non, dit-il, comme s'il dévoilait un secret. Je commence à leur parler en anglais. Si quelqu'un m'ordonne de ne pas utiliser cette langue de capitaliste, je sais que c'est un maoïste et je me tais.

Je me souvenais que c'était lui qui avait poussé mes parents à m'envoyer à l'école *Budhanilkantha* de Katmandou, lorsque j'étais en sixième. Mon père s'était finalement laissé convaincre, mais lorsque nous étions arrivés au centre du district pour l'examen d'entrée, il était trop tard.

— Je crois que ton fils est fait pour les études, avait-il dit à mon père. Envoie-le dans une bonne école, au moins à l'*Anp-pipal School* ou la *Gandaki Bording School*.

— Il étudiera au village, avait dit mon père. S'il travaille bien à l'école, ensuite il pourra aller dans n'importe quelle école.

Mon père était un homme très strict à tel point qu'il m'avait un jour menacé de me jeter dans un ravin, dans la forêt, si je n'allais pas à l'école. J'en avais encore des sueurs dans le dos quand j'y pensais.

— Tu vas aller à l'école, me menaçait-il, ou je te jette là en bas. T'as entendu le cri du léopard ?

Malgré tout, têtu comme j'étais, lorsque je n'y allais pas c'était ma mère qui me trainait jusqu'à l'école, en me tirant par l'oreille.

— Et à l'école, comment ça va ? demandai-je.

— Il n'y a plus d'école, soupira monsieur Ale. Une bombe a explosé pendant que les enfants étaient en cours.

Nous sommes montés jusqu'en haut d'un talus, en silence. Quelqu'un descendait vers nous, une radio à la main. Avant ma naissance, mon père avait acheté une radio à un Gurkha de l'armée britannique. C'était la première radio dans le village, c'était quelque chose ! À cette époque, c'était un objet de curiosité. Mon père l'avait échangée contre une belle vache laitière. Tout le village se réunissait chez nous pour l'écouter. « Lorsque les piles ont rendu l'âme, j'ai eu beau lui tirer l'oreille, cette radio n'a plus jamais voulu sortir un son », m'avait dit un jour mon père. Finalement il s'était résolu à l'échanger au même soldat, mais cette fois contre une vache qui ne donnait plus de lait. « Je savais que cette vache ne donnerait plus de lait, mais au moins elle nous donnerait des bouses », avait-il expliqué.

Alors que nous nous approchions de l'endroit où se trouvait ma maison natale, l'odeur de la bouse de vache s'accentua. Je n'étais pas certain de trouver cette maison entière. Je demandai à monsieur Ale :

— J'imagine qu'il ne doit pas rester grand-chose de ma maison. Est-ce que je pourrais dormir chez vous ?

— Que tu es bien sot ! dit-il. Tu n'as pas besoin de demander.

Je regardai ma maison depuis le seuil de chez monsieur Ale. Je fus surpris de la voir encore debout, avec le toit en pierre en bon état. Le balcon lui, était penché et les piliers qui le soutenaient tordus. Je m'approchai et regardai sa façade décrépie. La cour était un champ de bataille où vivaient tous les chiens du village. Elle était devenue pour le village le raccourci pour mener le bétail aux champs. Les pêchers eux, étaient soigneusement taillés.

La nuit commençait à envelopper doucement le village. On entendait le doux son d'une flûte. Je me souvenais d'un homme du nom de Krisna. Chaque jour, il jouait de la flûte en traversant le village et montait au col. Puis il redescendait, toujours en jouant. Il ne savait pas jouer sans marcher.

— Qui joue de la flûte ? demandai-je.

— C'est Krisna, te souviens-tu de lui ?

— Oui, bien sûr. Je m'animai. Il se promène toujours en jouant ?

— Il ne peut plus marcher, dit monsieur Ale. Ils lui ont bien enlevé la balle de sa jambe, mais ça n'a pas suffi. Il s'est trouvé pris entre des tirs, expliqua-t-il. Il se promenait sur les collines en jouant de la flûte et n'a pas entendu quand les tirs ont commencé.

Je regardai au loin vers la maison de Shubha Shankar. Il n'y avait aucun signe de vie. Chaque année, il marchait sept jours pour se rendre à Katmandou, pour la fête d'*Indra Jatra*. Il se rendait au *Népal*. Pour lui, comme pour tous les anciens, la vallée de Katmandou était considérée comme le pays lui-même. « Vous ne pourrez pas aller au paradis si vous ne voyez pas, une fois dans votre vie, la fête d'*Indra Jatra*, disait-il. Et même si malgré tout, vous arrivez au paradis, les dieux vous demanderont si vous avez vu *Indra Jatra*. Lorsqu'ils apprendront que vous n'y êtes jamais allés, ils vous enverront en enfer. »

J'appris plus tard, par monsieur Ale, qu'il était allé au paradis, quelques années auparavant.

— Tiens ça, dit-il en me tendant un verre.

Le village était silencieux. Même dans la maison de monsieur Ale, tout était calme, on aurait dit qu'il était seul. J'aurais voulu lui poser des questions, mais je n'en avais pas le courage. Je me tournai vers le balcon de mon ancienne maison où enfant, je dessinais. Je me souvenais qu'une fois j'avais même fait son portrait alors qu'il racontait ses histoires sous l'arbre.

J'avais aussi fait de nombreux dessins des champs de colza qui se trouvaient à côté de ma maison. Je me rappelais encore à quoi ressemblait le pollen de la fleur de moutarde. Dessiner dans ces champs m'avait donné l'amour des couleurs. Une fois, j'avais volé de l'argent dans la poche de la chemise de mon père pour aller jusqu'au centre du district acheter des crayons de couleur. Je me sentais, aujourd'hui encore, coupable d'avoir fait cela. Mon père avait fouetté un berger avec des orties en pensant que c'était lui qui avait volé l'argent. J'avais entendu dire que ce berger vivait maintenant en Inde. J'aurais voulu le revoir pour m'excuser.

Je bus une gorgée.

— On dirait du café ! m'exclamai-je.

Monsieur Ale parut surpris :

— Comment ça, « on dirait » ? Mais c'est du vrai café !

J'avais dû le vexer. Je me repris :

— Je veux dire que ce café est vraiment très bon.

C'était vrai qu'on ne pouvait pas se tromper, c'était bien l'odeur du café. Il avait remarqué mon hésitation.

— Mais pour qui tu nous prends, nous les villageois ? dit-il. Ça fait deux ans que je cultive le café dans le champ en bas. J'ai d'ailleurs aussi utilisé ta parcelle. Comme personne ne l'utilisait et que tu ne revenais pas, je me suis dit que j'en ferais bon usage.

— Vous avez bien fait, dis-je.

— Je m'occupe de tout, seul. Ça me fait passer le temps, dit-il. Puis chaque soir je descends jusqu'au mur où je t'ai rencontré aujourd'hui.

— Tous les soirs, pourquoi ?

— J'attends mon fils.

— Pourquoi, où est-il parti, Belu ?

— Si je le savais, je ne l'attendrais pas tous les jours, dit-il.

Je posai mon verre vide par terre. Puis en réalisant qu'il n'avait personne d'autre que lui pour le laver, je le repris, le lavai au robinet dans la cour et le posai sur la table.

— Votre café était très bon, dis-je.

162

— C'est le climat doux qui rend si bon tout ce qui pousse ici, dit-il fier.

À ce moment-là, un groupe de jeunes passa devant sa maison sans dire un mot. Il était évident que monsieur Ale avait abandonné son habitude de parler à tous les gens qui passaient. Une jeune fille à la fin de la file me jeta un rapide coup d'œil. Son visage exprimait la détermination. Les filles et les garçons paraissaient tous du même âge. Ils portaient tous les mêmes vêtements qui ressemblaient à une sorte d'uniforme et marchaient tous au même rythme. Il les regarda passer avec attention, en silence.

— Qui sont-ils ? demandai-je.

— Ce sont les gens du parti de l'opposition, chuchota-t-il une fois qu'ils furent passés.

— Ils vous parlent ? Qu'est-ce qu'ils vous disent ?

— Ils disent que le pays sera différent lorsqu'ils seront au pouvoir.

— Vous en connaissez dans le groupe ?

— Oui, j'en connais une.

— Laquelle ?

— Celle qui marchait à la fin.

— Qui est-elle ?

— C'est ma propre fille, dit le vieil homme en se tournant vers la maison. J'avais une seule fille et elle est partie les rejoindre.

Oh non ! Cette fille était donc Yam Kumari. Comment était-ce possible ? Elle était devenue si grande ! Je me dis qu'en dix ans les gens changeaient beaucoup. Je me souvenais que quand elle était petite, elle pleurnichait tout le temps accrochée au sari de sa

163

mère. Lorsque j'avais quitté le village elle jouait encore aux billes. J'ai pensé qu'elle m'avait reconnu, mais peut-être qu'elle se demandait tout simplement qui était cet inconnu à côté de son père.

— Ils passent souvent ici ? demandai-je.

Il alluma une lampe à kérosène dans la chambre.

— On ne sait jamais lorsqu'ils vont venir ou repartir, dit-il. Tout ce que j'espère c'est qu'il ne lui arrivera rien de grave.

— Elle est partie si vite, comme ça.

— Au moins, elle n'est pas toute seule, dit-il pour se rassurer.

— Les autres sont aussi du village ?

— Pourquoi, tu en as reconnu un ?

— Non.

— Moi non plus, dit-il d'un ton peu sûr. Je ne vois plus bien clair avec ces lunettes non plus. Quand j'essaie de me concentrer sur un œil l'autre devient flou.

— Combien de jeunes du village ont rejoint le mouvement révolutionnaire ?

— Il y a le fils de Birkhé, la fille de Bhanu, le fils de Moti, le fils aîné de Khouilé, le fils cadet de Mahila, le fils de Bikhé Biswhokarma, la fille de Kaïlé, celui de Pandit Homnath. Ils étaient probablement tous là.

— Et vous, pourquoi avez-vous laissé partir Yam Kumari ?

— Elle allait à l'école tous les matins, elle révisait pour l'examen de fin d'année. Puis un beau jour, elle est revenue en portant leur uniforme. Elle m'a montré son pistolet et je lui ai appris comment l'utiliser. Que pouvais-je faire d'autre ? Il fallait bien qu'elle apprenne à s'en servir pour rester en vie.

Je sortis de chez lui. Le groupe avait déjà disparu. Je marchai quelques instants dans la direction d'où ils étaient arrivés. La nuit tombait doucement, mais j'arrivais encore à distinguer le sentier. La lune ne s'était pas encore levée. Je regardai mon ancienne maison. À ce moment de la journée, à cette l'époque je lisais toujours sur le balcon, à la lueur d'une lanterne. Cette maison où j'avais passé tant d'heureux moments enfant était à présent plongée dans l'obscurité.

Quand je retrouvai monsieur Ale, il dit :

— Lorsque je regarde ta maison, la seule chose que j'ai envie de faire est de partir du village.

Je restai silencieux. Qu'aurais-je pu dire ?

— Quand tu auras le temps, reviens me voir, dit-il. On pourrait essayer de créer un nouvel itinéraire de randonnée pour les touristes. Si on pouvait faire un chemin jusqu'au camp de base de Dhanchuli Himal, les randonneurs du monde entier passeraient par ici.

Monsieur Ale avait raison. Marcher du village vers l'ouest en direction de Dhanchuli Himal ouvrait une porte sur les hautes montagnes. C'était un autre univers où la végétation était différente, le terrain varié, le climat plus rude, mais les paysages d'une grande beauté. Ce serait une destination extraordinaire pour les randonneurs. Si nous arrivions à construire ce chemin, les touristes qui se rendraient au camp de base de Dhanchuli Himal pourraient faire une halte à Kotgaon pour y passer la nuit. Ce serait l'endroit rêvé pour construire le *café-galerie* de mes rêves.

Avec quelques aménagements, je pourrais transformer mon propre terrain qui se trouvait sur une pente douce. Ma maison était sur une petite colline, un peu à l'écart du village. Ce serait le lieu idéal pour installer ce *café-galerie*. Je pourrais construire, au milieu de ces plantations de café, un havre de paix où les artistes pourraient venir peindre. Je commençais déjà à imaginer les aménagements pour faire de ce rêve une réalité.

La vie dans les collines changerait demain. Les gens allaient revenir ici. Nous vivions à l'ère de la communication. Elle devenait de plus en plus accessible à tous et moins chère. Grâce à la puce électronique, au satellite, à la fibre optique et à internet, je pourrais vivre au village tout en étant connecté au monde entier. Les randonneurs qui voulaient méditer au cœur des montagnes pourraient toujours le faire tout ayant un accès au reste du monde. Je savais qu'allier la montagne à la nouvelle technologie pouvait paraître un peu bizarre, mais j'étais fasciné à l'idée de les unir. Penser que mon village aussi isolé soit-il, puisse faire partie du monde moderne me réjouissait. Était-ce possible ? Les paraboles, de plus en plus petites, apporteraient le modernisme ici, dans ces collines reculées.

— À quoi penses-tu ?

— Un jour je transformerai cette maison.

Le vieil homme me regarda avec curiosité.

— J'ai une ébauche dans ma tête de ce que je veux faire, dis-je. Et je vais l'accrocher ici dans le village.

— Tu peux toujours rêver comme tous les jeunes de nos jours. Et quand il s'agit du village, ils deviennent romantiques, mais c'est tout, dit-il en riant.

— Je ne plaisante pas. Je ferai ce que j'ai dit.

Soudain quelqu'un frappa à la porte.

Le vieil homme ouvrit la fenêtre, se pencha au-dehors et demanda :

— *Who is it* ?

Yam Kumari dit, en dirigeant la lumière de sa lampe de poche vers la fenêtre :

— Papa c'est moi.

Je descendis pour éviter au vieux monsieur de le faire, et ouvris la porte.

— Comment vas-tu petite ? dis-je en la taquinant. Elle m'éclaira de sa lampe.

— Oh, mais c'est vous ! s'exclama-t-elle enthousiaste. Je vous ai vu plus tôt, mais je ne vous avais pas reconnu.

— Alors comme ça, on porte des armes maintenant ?

— Ben oui, comme on ne pouvait ni faire d'études ni partir à l'étranger travailler, on a décidé de rejoindre le mouvement, dit-elle.

— J'avais pensé la marier, dit monsieur Ale depuis son lit à l'étage. Mais ce n'était pas son karma.

— J'ai décidé de choisir ma propre voie, dit-elle d'un ton contrarié.

Ses mots m'atteignirent en plein cœur, comme des balles.

Elle ouvrit une malle à la lumière de sa lampe de poche et sortit quelques vêtements. À la cuisine elle sortit d'une boite quelques kilos de riz qu'elle mit dans un sac. Je la regardais silencieusement tout en me demandant ce que son père pouvait ressentir.

— Tu repars déjà ? demanda-t-il.

— Oui, cette nuit on s'arrête au prochain village, dit-elle. J'espère qu'on se reverra, *daï*.

Quand elle partit, je ne pus fermer l'œil de la nuit. Avant de partir, elle m'avait lancé :

— Ne m'appelez plus *petite*, monsieur maigrichon !

— D'accord, dorénavant je t'appellerai *'petite camarade'* ! répliquai-je.

Le lendemain, monsieur Ale mit un petit paquet dans mon sac à dos.

— Prends ça, dit-il. Quand il a vu que j'hésitais, il insista :

— Ce n'est que du café, juste pour te remercier de me laisser utiliser ta terre. Je ne pourrais pas te payer.

Puis il avait ajouté :

— *I hope you dont forget us.*

— Ne vous inquiétez pas, je reviendrai monsieur Ale.

— Mais quand ?

— On fera la route pour faire venir les touristes, et on va construire un *lodge*.

— Tu me dis ça comme si tu travaillais au ministère du développement.

— Croyez-moi, je suis en train de penser à un projet où les gens pourront vendre leurs produits locaux sur place et où il y aura du travail. Je vais essayer de donner un nouveau visage à ce village.

— Ces collines sont uniques, dit-il. Il faut pouvoir connaître ces montagnes.

Je le regardai. Il portait le même chapeau, la même chemise et le même short qu'il avait toujours portés.

— Ces montagnes ne sont ni trop hautes, ni trop basses. Plus haut on peut cueillir des framboises, plus bas on peut cultiver le café. Les framboises ont besoin de fraîcheur, le café de chaleur. Un peu plus haut poussent les mandarines, en bas les bananes.

Tu peux aller cueillir les framboises et à peine plus tard manger des bananes. Tu comprends ce que j'essaie de te dire ?

— Je comprends, monsieur Ale, dis-je.

Il se tenait debout. Tout comme mon village, il était debout, mais sa paix et son équilibre étaient menacés.

Je fis le tour de la maison en passant par la butte une dernière fois, puis je redescendis. Les épinards poussaient partout. Ils sentaient bon. Ils avaient été ramassés par endroits et laissés sécher au soleil en rangs bien droits. Je voulais cueillir un radis de la terre, prêt à être croqué. Je pouvais voir le millet des champs danser au vent.

Mon village aurait un avenir. Il méritait d'être florissant et je l'aiderais à le devenir. Je voulais donner une nouvelle vie à cette montagne. Ces champs de colza m'avaient appris à dessiner leurs fleurs. J'avais emprunté les couleurs de ces collines et à présent je voulais leur rendre en payant mon tribut. Cette terre, ce vent, cette eau, la vie et les traditions de mon village m'avaient tant apporté, je voulais leur rendre au centuple. Les rangs d'épinard séchés m'avaient appris à dessiner les lignes, les montagnes à évaluer l'échelle et les rivières à jouer avec les ombres. Le bandeau du *doko* sur le dos des paysans, le bord de leur chapeau de paille sur leur tête, la faucille dans leurs mains m'avait appris les formes et les contours. Le souffle court dans les montées m'avait appris le sens de la vie. Cette terre où j'étais né dans les collines était devenue une plantation de café. Je voulais, à mon tour, être un artisan de l'avenir de mon village.

◻◻

# 16

Alors que je contournais la colline, je croisai un groupe de rebelles maoïstes armés. C'était une fille qui était à leur tête. Elle donna l'ordre à un homme de me fouiller. Il ne trouva rien, ni dans mon sac, ni sur moi. La fille avait mis au bout de son fusil, une fleur blanche. Cette fleur était censée représenter la paix. Ses camarades l'avaient imitée. L'un d'entre eux n'avait pas trouvé de fleur et l'avait remplacée par un morceau de papier blanc.

— Vous entrez un territoire qui est sous notre commandement, me dit la fille. N'ayez plus peur.

Je n'éprouvais pas de crainte, mais un autre groupe derrière moi, accompagné de leur guide, avait l'air inquiet. Le groupe était composé de cinq Autrichiens. Le guide les rassurait d'une voix calme, alors que lui-même essayait de paraître détendu pour ne pas les inquiéter. Plus tard en lui parlant, j'avais découvert qu'il n'était pas guide, mais naturaliste et vivait à Katmandou. Il avait accompagné ces Autrichiens pour inaugurer une école d'un village pour laquelle ils avaient fait un don d'un million de roupies.

Pendant un certain temps, nous marchâmes avec le groupe de maoïstes. À l'écart du groupe, le naturaliste me dit à voix basse :

— Vous avez l'air de connaître cet endroit, vous croyez qu'on peut avoir des ennuis ?

— Ils ont mis une fleur blanche sur les canons de leurs fusils, dis-je pour le rassurer.

— Malgré tout, il y a toujours une possibilité de tirs croisés.

— Ça n'arrive que lorsqu'ils tentent de s'emparer d'un nouveau territoire, dis-je.

— Donc d'après vous, cette région est déjà sous leur contrôle ?

— Oui. Vous avez payé votre contribution ?

— Deux mille roupies par personne, dit-il. J'ai le reçu dans la poche.

Deux Autrichiens semblaient mal à l'aise. L'un d'eux décrocha une gourde de sa ceinture, but quelques gorgées et la donna à l'autre. Les autres touristes essuyaient leur sueur.

— Vos amis sont courageux, dis-je au naturaliste. La fille qui mène le groupe …

— Celle qui porte un uniforme ?

— Oui, c'est l'amie d'une fille de mon village que je connais bien, dis-je. Elle vous a dit quelque chose ?

Alors qu'il hochait de la tête, elle s'approcha de nous. Le canon de son fusil pointait négligemment sur ma joue. « Une fleur était au canon, mais quelle différence cela fait-il, pensais-je. Il était chargé et le coup pouvait partir à tout moment. » Elle demanda au naturaliste :

— J'espère que vos touristes ne sont pas des espions américains.

171

— Non, dit-il.

— Demandez leur passeport, à tous ! commanda-t-elle.

L'air inquiet, les Autrichiens tendirent leur passeport sans dire un mot. Le naturaliste dit :

— J'ai entendu dire que vous aussi vous donniez des visas pour entrer sur vos territoires.

— On ne les attache pas au passeport, dit-elle. Combien de temps restez-vous ?

— Nous inaugurons l'école demain et rentrerons à Katmandou après-demain.

Je m'avançai vers eux. Nous marchions sur le sentier que je voulais inclure dans l'itinéraire de randonnée. Un peu plus loin, il tournait vers l'ouest. Je les dépassai. Le naturaliste avait glissé quelques mots aux touristes qui avaient soudain accéléré le pas. Je me demandais pourquoi, tout à coup, ils se hâtaient. C'était si agréable de prendre le temps de s'arrêter pour se reposer un moment et faire sécher nos vêtements mouillés de transpiration au soleil.

Les guérilléros en uniforme nous avaient depuis longtemps dépassés, comme s'ils étaient pressés. Je me présentai à un des Autrichiens :

— Je suis artiste, dis-je.

Ils avaient semblé plus détendus maintenant qu'ils savaient qui j'étais.

Ce soir-là, je me joignis à eux dans la cour de l'école nouvellement construite avec leur argent. Alors que nous étions tous assis, un des Autrichiens, instituteur, expliqua que de nombreux élèves de son école à Salzbourg avaient contribué à la collecte pour la construction de cette école. Le président du comité des gérants de l'école leur avait dit :

— Je vous assure, messieurs, que les enfants de cette école vont à présent pouvoir étudier dans de bonnes conditions dans ce bâtiment confortable, grâce à la générosité des enfants autrichiens.

Le naturaliste traduisait en anglais. Alors que l'ébauche d'un nouveau tableau se profilait dans mon imagination, le président se tourna vers moi. Je réalisai qu'en fait, il voulait parler au naturaliste qui se trouvait à côté de moi.

— Que devrions-nous faire, selon vous ? demanda-t-il. Des représentants du nouveau gouvernement sont arrivés pour vous voir. Vous savez qui ils sont, n'est-ce pas ?

Le naturaliste jeta un coup d'œil vers moi, comme s'il cherchait une aide. Puis il dit :

— Proposez-leur de se joindre à nous.

Trois jeunes arrivèrent. Ils se présentèrent, serrèrent la main du naturaliste et l'un d'eux lui dit :

— Nous avons prévu de faire une présentation culturelle à l'inauguration de l'école demain.

Le guide me regarda à nouveau, désorienté. Cette région était sous le contrôle des maoïstes après tout. L'école ne pourrait pas fonctionner sans leur coopération. « Une présentation culturelle ne pourrait pas contrarier l'inauguration », se dit-il. Il accepta.

Les jeunes partirent et nous dînèrent ensemble. Les Autrichiens mangèrent en dessert un *khir,* ce délicieux riz cuisiné au lait de vache. Après le dîner, les trois jeunes revinrent accompagnés du président du comité.

— Nous vous avons dit que nous voulions faire une seule présentation culturelle, mais en fait nous voulons en faire deux, dirent-ils au naturaliste.

Que pouvait-il bien répondre ? Il accepta une nouvelle fois. Ils repartirent. Alors que nous nous apprêtions à nous coucher, ces mêmes trois jeunes revinrent une dernière fois. L'un d'eux dit :

— Nous avons demandé si nous pouvions faire deux présentations, mais en fait nous voulons en faire trois.

Désarmé, le naturaliste dit :

— Si le président accepte, je n'ai aucune objection. Mais demain, après l'inauguration, nous souhaiterions partir le plus tôt possible.

Le lendemain, un grand nombre de guérilléros était présent à l'inauguration. Ils entonnèrent un chant de bienvenue à la population. Ensuite, le chef du mouvement maoïste de ce village fit un discours. Les jeunes défilèrent. Ils finirent par un autre chant révolutionnaire : *La lutte finale*. À l'issue de cette présentation, les écoliers tout autant que les spectateurs applaudirent avec enthousiasme.

— Que se passerait-il si l'armée faisait irruption maintenant ? demandai-je à un guérilléro qui se tenait à côté de moi.

Alors qu'il grattait le sol avec une petite branche, il me répondit à voix basse, sur un ton de confidence :

— Vous êtes sous notre protection.

Finalement, le chant révolutionnaire du peuple prit fin. Puis, les maoïstes exécutèrent un autre défilé en brandissant en l'air leurs armes.

— Quel type de protection assurez-vous ? demandai-je.

— Tout autour de l'école, nous avons placé un périmètre de sécurité, dit-il. Un peu plus loin, il y en a un autre. Juste en dehors du village, encore un autre et le dernier se trouve à quelques kilomètres d'ici.

— Vous avez donc plusieurs périmètres de sécurité.

— Oui, de cette façon nous serons prévenus de l'approche d'une patrouille militaire.

— Et s'ils viennent en hélico ? demandai-je.

—Vous savez peut-être qu'ici, sur notre territoire nous n'attaquons pas l'ennemi, dit-il. Mais s'ils nous attaquent, nous disparaissons pour éviter la confrontation. Vous êtes nos invités, votre protection est notre responsabilité, ajouta-t-il.

— Très bien.

— Mais en dehors de nos zones de contrôle, dans les régions où nous continuons de nous battre, il peut y avoir des tirs croisés.

Un leader maoïste local commença un discours. Avant même de le commencer, il avait levé le bras droit en l'air avec le poing fermé. Les touristes le regardaient, indifférents. Ils portaient tous autour du cou des guirlandes de fleurs et prenaient les révolutionnaires en photo. Je remarquai qu'ils faisaient très attention à ne pas photographier son visage. Ils avaient senti qu'ils devaient rester prudents.

Le leader commença à expliquer l'origine du monde, depuis le big-bang jusqu'à l'apparition du matérialisme. Plus d'une heure plus tard, il commença enfin à parler de l'histoire du Népal. Un autre quart d'heure lui fut encore nécessaire pour en arriver à l'époque de *Prithivi Narayan Shah*. Alors qu'il expliquait les abus d'un système parlementaire, il changea brusquement de sujet et prononça le nom de *Che Guevara.* Il fit une déclaration étrange en disant que, grâce au *CCOMPOSA*, l'Asie de sud allait devenir communiste et avant de finir ses 'quelques mots' il demanda à tout le monde de répéter les slogans révolutionnaires.

Il y eut ensuite une pause dans le déroulement de l'inauguration. J'en profitai pour me dégourdir les jambes et réalisai tout à coup que la plupart des gens avaient quitté l'école. Je dis au naturaliste que je devais m'en aller aussi. Il me regarda, contrarié. Les Autrichiens eux aussi, semblaient vouloir que je reste un peu plus longtemps. Je savais aussi que le naturaliste s'était renseigné auprès des membres du parti maoïste sur les possibilités d'avoir un hélicoptère pour ces touristes. Les membres avaient accepté. Ils partiraient pour Katmandou dès le lendemain et je me retrouverais alors seul. Je décidai qu'il fallait que je parte maintenant et leur dis au revoir.

Je pris la direction du centre du district. Seul, je marchais plus vite. Je sentais la brise jusque dans mon cœur. Les pensées se bousculaient dans ma tête. Avançant à grand pas sur le chemin poussiéreux et monotone, j'atteins un groupe de villageois en fin de journée. C'étaient un groupe de réfugiés. Ils avaient prévu de descendre jusqu'aux plaines du Teraï si la situation ne s'améliorait pas.

Peu de temps après, j'arrivai au village suivant. Je vis une femme assise dans la cour d'une maison, son visage entièrement caché par son châle. Seul son nez était visible. Elle essuyait ses larmes. « C'était ainsi lorsque les gens n'avait personne pour les consoler », pensai-je. En me voyant, elle m'interpella, comme si nous nous connaissions :

— Regardez, là, cette chaussure, dit-elle en pointant du doigt une chaussure en toile sur le seuil de sa maison. Cette chaussure, là !

Je ne comprenais pas ce qu'elle essayait de me dire. Puis elle éclata en sanglots.

Un enfant du village s'approcha et expliqua que cette chaussure était un avertissement des maoïstes. Il lui ordonnaient de cette façon d'envoyer un jeune de la famille rejoindre le mouvement. La femme avait découvert la chaussure au petit matin et depuis, elle n'avait pu ni boire, ni manger. Elle était restée là, à pleurer.

Le gamin m'expliqua qu'un de ses fils travaillait dans la police et que l'autre était allé au centre du district pour passer l'examen du *SLC*. C'était la deuxième fois déjà que les maoïstes lui réclamaient clairement son deuxième fils. Elle en avait le cœur brisé.

Je m'assis près d'elle, sortis une feuille de papier et commençai à faire son portrait. Elle était de plus en plus mal à l'aise comme si quelqu'un la prenait en photo. Le garçon regardait le crayon danser sur la feuille.

— Tu ressembles à mon fils aîné, me dit la femme.

Puis elle commença à bredouiller :

— Je vais devoir y aller à sa place, sinon je serai obligée de leur donner cent mille roupies. Elle semblait anéantie.

— Même si je vendais mon bétail, je n'aurais toujours que dix mille roupies. Et qui achètera quoique ce soit dans ce village, maintenant ?

L'enfant, tout en me regardant de ses grands yeux curieux, expliqua :

— Son mari travaille en Inde. Elle vit ici toute seule et n'a personne qui peut l'aider.

— Que disent les voisins ?

— Ils lui ont conseillé de leur dire que la somme serait payée dès le retour de son mari.

— Cent mille roupies ! C'est beaucoup, dis-je.

— Si c'est trop, elle donnera ce qu'elle peut.

En entendant ces paroles, elle explosa :

— Mon mari n'est pas parti travailler en Inde juste pour engraisser ces cochons.

Le garçon tenta de la calmer :

— Vous avez un fils qui gagne de l'argent aussi.

— Qui sait s'il reviendra ? dit-elle. Il ne revient même plus pendant les vacances, il ne veut plus revenir au village. Il est peut-être même déjà marié et installé quelque part. Et qui sait ? Il a peut-être déjà été tué dans une embuscade.

— Ne dites pas ce genre de choses madame, dis-je.

Le garçon la provoqua :

— Pourquoi vous n'y allez pas vous-même ? On pourra vous appeler 'mère camarade'.

Le ton de ce gamin me déplut.

— Ne dis pas n'importe quoi, lui dis-je à voix basse.

— Elle n'arrête pas de pleurnicher, dit-il. Elle croit qu'elle est la seule à subir tout ça.

J'avais terminé son portrait. Je lui montrai. Elle le regarda comme si elle ne se reconnaissait pas du tout, mais au moins ses sanglots s'étaient un peu atténués quand je partis. Le garçon me suivit.

— Si vous voulez arriver au centre du district avant la nuit, il va falloir vous dépêcher, me dit-il.

Je le remerciai.

— Hé, vous n'avez pas fait mon portrait, dit-il.

— Je n'ai pas le temps, sinon je n'arriverai pas au centre du district avant la nuit.

— Vous pouvez passer la nuit ici.

— Oui, mais que se passerait-il s'ils mettaient une chaussure devant la porte de la maison où je passe la nuit ? demandai-je.

— Les gens de passage ne sont pas concernés, dit-il. Mais il est bien possible que vos chaussures soient volées.

— Une chaussure ?

— Mais non, les deux ! dit-il. Qu'est-ce que le voleur ferait avec une chaussure ?

— Pour les mettre devant la porte d'une maison, dis-je alors que j'étais déjà loin.

Je ne crois pas qu'il m'ait entendu.

◻◻

## 17

La patronne du *lodge* était inquiète. Son chat à l'étage miaulait sans cesse. Pour elle c'était mauvais signe. Elle se tenait debout sur le seuil de la maison, agitée. Elle ne m'avait même pas entendu dire : *« Namasté »*. Son plus jeune fils me répondit en joignant les deux mains. Il m'accompagna jusque dans une chambre à côté de celle où le chat miaulait. En me donnant la clef, il dit :

— Ne tardez pas à descendre pour le diner, l'heure du couvre-feu approche.

Le lit était étroit et la couverture sale. Sur les murs étaient collés des posters de stars de cinéma : Amitabh Bachchan, Manisha Koirala, Rajesh Hamal, Bruce Lee. À côté des posters, il y avait plein de photos de stars en format de carte postale. Sous la fenêtre étaient rangées quelques cassettes audio de musiques indienne et népalaise. Tout laissait penser que cette chambre appartenait à une fille. C'était peut-être celle de la fille de la patronne, mais je n'avais vu personne en arrivant.

J'ouvris la fenêtre en bois et regardai vers la place centrale. Il faisait nuit et il ne restait plus que quelques personnes dans les rues. Les magasins étaient en train de fermer. Le chat miaulait toujours. Je descendis pour le diner.

— Il paraît qu'ils sont tous dans les collines, dit la patronne en servant le curry de bambou. Ils doivent préparer une attaque.

J'étais le seul client du *lodge*. Son fils mangeait sur une table à côté. Sur le mur, en face de moi, était affiché le prix des nouilles, *momo*, poulet grillé, *chowmein, chhoila*, viande séchée de mouton, vodka, gin, bière et cigarettes *Khukuri*.

J'entendis un bruit de bottes dehors. Ce devait être une patrouille de l'armée, mais je n'arrivais pas à savoir dans quelle direction ces pas se dirigeaient. Je terminai mon repas, me lavai les mains et jetai un coup d'œil dans le miroir à côté de l'évier. Je saisi une noix de muscade et la mâchai. Le fils de la patronne commençait ses devoirs d'école.

— Le bruit de ces bottes est mauvais signe, chuchota la patronne.

— Vous avez l'air préoccupé ? dis-je.

— Depuis quelques jours, on voit de plus en plus d'inconnus dans les rues, dit-elle.

— Ne vous inquiétez pas, dis-je.

Je montai dans ma chambre. J'entendis la patronne placer soigneusement à sa place, la traverse de bois qui bloquait la porte. Alors que je montais les escaliers, le chat surgit dans l'obscurité. En entrant dans ma chambre, Manisha Koirala m'accueillit avec son beau sourire. Je sortis de mon sac à dos le livre *'Sur la route de Madison'*. Je m'installai confortablement en pliant la couverture en guise d'oreiller et commençai à lire. Si j'avais lu le livre avant de voir le film, j'aurais probablement éprouvé plus de plaisir à la lecture. Lorsqu'il s'agissait du personnage de Robert, je voyais immédiatement Clint Eastwood. Lorsque dans le livre Robert s'exprimait, j'entendais Clint Eastwood parler.

Il ne fallut pas longtemps pour que je sois captivé. L'amour transforme les gens, me disais-je. Lorsque nous tombons amoureux, nous ne sommes plus les mêmes. Sinon, comment ce vieil acteur aurait-il pu exprimer sa passion avec autant de fougue ? Son amour était si brûlant. Si je n'avais pas vu le film, j'aurais eu tout le loisir d'imaginer son personnage avec un autre visage. Je l'aurais peut-être même trouvé plus intéressant. Mais là, Robert ne pouvait être que Clint Eastwood, on aurait dit que le roman avait été écrit pour lui.

Soudain, il y eut une coupure d'électricité. Les stars de cinéma se retrouvèrent plongées dans le noir. Je me levai et ouvris la fenêtre. La place du marché était silencieuse, on entendait le bruit de la rivière qui coulait plus bas. L'obscurité était totale.

La lumière revint. Je continuai à lire mon roman. Francesca était tombée sous le charme d'un inconnu. Malgré son mari et ses enfants, Robert l'avait séduite. Elle se sentait renaître avec cet amour, même à son âge. Fatiguée de la monotonie de sa vie, dans un village des États-Unis, elle semblait revivre et rayonner de cet amour tout neuf. Chaque histoire d'amour renfermait ses propres incohérences. Francesca aimait son mari et ses enfants, et malgré tout, elle n'avait pas pu résister à la mystérieuse attirance d'un inconnu. Quitterait-elle tout pour suivre ce photographe à la vie de bohème ?

La lumière s'éteignit à nouveau. Je rouvris la fenêtre. Il n'y avait pas de bougie dans la chambre. Les maisons projetaient leur ombre floue sur la place du marché. D'une des chambres j'entendis la patronne s'exclamer : « C'est mauvais signe », alors qu'elle fermait à clef une autre chambre.

— Les lignes de téléphone ont été coupées, dit une voix du balcon de la maison voisine.

J'allumai une allumette. La flamme illumina la chambre. Je pus à nouveau voir les stars de cinéma, comme si elles étaient là pour me rassurer. J'entendis la patronne murmurer dehors. Je jetai l'allumette par la fenêtre. Soudain, j'entendis un bruit comme si une botte de paille s'était embrasée. Un autre bruit éclata comme si la grêle tombait sur le toit en tôle.

L'attaque avait commencé.

De l'autre côté de la rivière, je vis une lumière comme une boule de feu qui disparut aussi vite qu'elle était apparue. Un bruit éclata dans cette direction, mais qui se mêla au bruit de la rivière. Je fermai la fenêtre. Il y eut une explosion qui fit trembler les murs de la maison. Le chat miaulait de plus belle dans la chambre d'à côté, alors que j'entendis la patronne pousser un cri de panique. Dans une autre chambre, son fils cria : « Maman ! » Mon lit se mit à trembler comme s'il y avait un tremblement de terre. À travers une fente de la fenêtre, une lumière vive entra dans la pièce.

Couvrant le bruit des explosions, j'entendis une voix d'un haut-parleur :

— Nous avons pris possession du centre du district. Posez vos armes et rendez-vous.

Pendant un court instant, le silence se fit sur la place centrale. J'entendis le chat miauler de plus en plus fort. La patronne et son fils pleuraient.

Une deuxième fusillade éclata en même temps que de

nouvelles déflagrations. Un bruit assourdissant résonna, comme si un tremblement de terre emportait la maison. Les voisins, terrifiés, criaient.

Une fois de plus il y eut une accalmie soudaine puis la voix cria à nouveau du haut-parleur. Il y eut, juste après, de nouveaux bombardements. À nouveau on aurait dit qu'un séisme renversait la terre. Mon lit trembla de plus belle. Je m'y accrochai pour tenter, en vain, de garder l'équilibre.

« Au secours ! Au secours ! » Les hurlements des femmes me terrorisaient plus qu'autre chose. Dans le froid de la nuit, je transpirais autant que si c'était une chaude journée d'été. Je me bouchai les oreilles et me réfugiai sous la couverture en espérant rester en vie.

— Ceci est le dernier avertissement ! hurla la voix dans le haut-parleur. Si vous ne vous rendez pas en posant vos armes à terre, nous n'aurons aucune pitié. Ceci est le dernier avertissement !

Le désordre dehors était tel qu'il était impossible de savoir ce qui se passait réellement. Les gens hurlaient de toutes parts dans les maisons voisines. On entendait partout des pas pressés. Certains pleuraient, d'autres criaient. Puis, soudain, le silence revint et à nouveau le son d'une explosion déchira le ciel. Quelqu'un poussa un cri de douleur. Je restai sous ma couverture, terrorisé. J'entendis : « Tire ! Tire ! » Le vacarme emplit ma tête tel un bourdonnement de guêpes. Le chat miaulait. Les gémissements ressemblaient, tantôt aux cris d'une femme en train d'accoucher, tantôt aux chants funèbres d'une procession mortuaire, ou encore à ceux d'un oiseau blessé piaillant.

Le calme revint enfin. Aussi incroyable que cela pût paraître, tous les bruits cessèrent en même temps. Pendant un long moment, il n'y eu ni explosion, ni étincelle, ni hurlement. Personne ne criait, personne ne pleurait, personne ne gémissait. Même mon lit ne tremblait plus.

Le coq n'avait pas encore chanté même s'il faisait déjà jour. Prudemment, je me levai et m'approchai de la fenêtre. Personne n'était encore sorti de leur maison. Portes et fenêtres restaient fermées. Rien ne bougeait sur la place du marché. La fumée de plusieurs bâtiments en feu s'élevait dans le ciel et l'odeur était irrespirable. Les yeux me piquaient. C'était comme si je me réveillais d'un long cauchemar. Je n'osais pas sortir de sous la couverture, incapable de croire que l'attaque était terminée. Dans la faible lueur du crépuscule, je vis les stars au mur de ma chambre. Bruce Lee avait l'air prêt à se battre alors que Manisha Koirala me souriait.

Je remarquai plusieurs impacts de balle au sol. Alors que je m'examinais, je m'aperçus qu'une balle avait traversé mon pantalon. Elle était passée tout près de mon genou droit. Je récupérai la cartouche, la mis dans ma poche et ouvris la porte. Je tentai d'appeler la patronne, mais personne ne répondit. Alors que je me dirigeais vers sa chambre, je vis le chat allongé, mort baignant dans une mare de sang. Je me tenais devant sa porte lorsque j'entendis quelqu'un bredouiller de la chambre.

Dehors, un hélicoptère apparut dans le ciel. Un autre atterrit de l'autre côté de la rivière. Je sortis sur la terrasse. Un groupe de policiers fraîchement arrivés se tenaient devant le poste de police. D'autres policiers portaient des cadavres habillés du même uniforme que le leur. D'autres encore fouillaient les décombres des maisons.

Finalement la patronne du *lodge* ouvrit la porte de sa chambre. Elle tremblait de la tête aux pieds. Son fils apparut aussi, lui tenant la main. Il avait mouillé son pantalon.

Je sortis de la maison. Le personnel de sécurité avait envahi les rues. La banque avait explosé et il ne restait plus aucune fenêtre. La porte de la prison avait été défoncée et les prisonniers s'étaient échappés. Aucun bâtiment de l'administration n'avait résisté à l'attaque. Tous les panneaux avaient été criblés de balles. La rue était jonchée de cartouches, de balles et d'obus. Alors que je marchais vers la place du marché, je vis quelques villageois ouvrir leur porte et regarder timidement dehors. Ils se regardaient les uns les autres, surpris que tant de gens aient survécu à un tel assaut.

— Circulez, ne restez pas en groupe, m'ordonna quelqu'un. Totalement stupéfié, je n'eus même pas le courage de le regarder.

— C'est fini, c'est fini, entendis-je un autre dire.

— Toute la nuit, je suis resté caché sous mon lit, dit un homme au directeur de la banque.

Le directeur tenait sa tête entre ses mains, dévasté. La banque avait été pillée.

— Ils ont pointé leur arme sur mon visage en m'ordonnant de leur donner les clefs, dit-il. Que pouvais-je faire d'autre ?

Un homme tenta de le réconforter :

— Tous ces problèmes viennent de Katmandou, dit-il. Nous subissons les conséquences de ce que la capitale n'est pas capable de résoudre.

Le gardien de la prison arriva en courant vers le chef du district :

— Deux prisonniers ont refusé de s'échapper avec les autres et trois autres sont revenus. Les autres sont toujours en fuite, dit-il.

Les gens regardaient par leur fenêtre, depuis la porte, la terrasse, la cour et de la rue, hébétés.

Je passai à côté d'un temple dans lequel se trouvait une statue en pierre. Il n'y avait aucun fidèle ce matin. Les cloches étaient silencieuses et les bâtons d'encens ne brûlaient pas. Seule l'odeur d'explosif remplissait l'air. Je regardai le visage d'une divinité. Élégante et mystérieuse, elle était le fruit d'un artiste sculpteur accompli. Son visage était à la fois d'une telle sérénité et d'une telle intensité que je m'arrêtai un instant pour le regarder. Je crois que, même après mon départ, son regard devait encore fixer l'endroit où j'étais parti. Moi aussi je suis un artiste. Je me disais que mes œuvres, elles aussi, devaient regarder ce pays dévasté.

— Tout est fini, soupira une femme.

Un hélicoptère décolla. Un autre arriva et atterrit sur le même terrain, derrière le pont suspendu. Il n'y avait pas un seul oiseau dans le ciel. De petits groupes commencèrent à se former, les gens s'asseyaient et racontaient ce qu'ils avaient vu cette nuit-là. En revenant vers le *lodge* je remarquai que les balles et les explosions avaient touché quelques arbres. Leur écorce avait été arrachée et plusieurs branches n'avaient plus une seule feuille. Je passai à côté d'un jardin où les plantes avaient été piétinées. Un peu plus loin, quelques policiers en uniforme sale et usé, se reposaient adossés à un mur à moitié détruit. Derrière eux, on transportait les cadavres de leurs collègues pour les poser juste à côté d'eux.

En allongeant une de ses jambes, un des policiers qui se reposait contre le mur vit une bombe qui n'avait pas encore explosé. Il parut apeuré, mais ne bougea pas, exténué. À côté de lui gisaient deux cadavres de policier à plat ventre, le visage dans la terre, tels deux ivrognes.

Un groupe de journalistes descendit d'un hélicoptère et se rua vers la place du marché en pointant leurs caméras sur les lieux dévastés. Un des journalistes avec un enregistreur vint vers moi et me prit par le bras. Un photographe prit une photo de mon pantalon troué. Je sortis de ma poche la cartouche et leur montrai. Ils prirent encore d'autres photos.

— Il y a eu combien de morts ? demanda-t-il.

— Aucune idée, demandez au chef du district, dis-je.

— Que pouvez-vous nous dire sur l'attaque d'hier ?

— C'était un cauchemar.

— Pouvez-vous nous décrire en détail ce qui s'est passé ?

— Je crois que la police pourra vous en dire plus.

— Comment avez-vous survécu malgré cette balle qui a traversé votre pantalon ?

— Elle n'a pas atteint ma jambe, elle n'a fait que traverser mon pantalon, précisai-je.

— Étiez-vous en train de dormir ?

D'autres journalistes m'entouraient à présent.

— Regardez, là, il y a des policiers, dit l'un deux. Ils se ruèrent immédiatement tous vers eux, avant que je n'aie pu répondre à leur question.

Alors qu'un des policiers adossés au mur était sur le point de parler, un des journalistes dit :

— Regardez, voilà l'inspecteur de police.

Tous se précipitèrent vers l'inspecteur. Exténué par cette nuit de combat, il essaya de leur dire quelques mots, mais avant de pouvoir le faire, les journalistes avaient aperçu le chef du district et accoururent vers lui. Je retournai au *lodge* pour préparer mon départ.

— Ce n'est pas un jour pour faire des affaires, dit la patronne. Restez avec nous une autre journée, je ne vous ferai pas payer.

Le fils de la patronne s'accrocha à mon pantalon, en pleurnichant.

— Ils vont peut-être attaquer une nouvelle fois, dit-elle. Nous nous sentirions plus en sécurité si vous restiez.

Je regardai le petit garçon. Il pleurait en m'implorant du regard. Il voulait que je reste mais je devais partir.

❑❑

# 18

J'eus mal au cœur que mon *mitba* ne me propose pas de passer la nuit chez lui. Comme il n'avait pas dit : « Reste avec nous », je pensais qu'il valait mieux que je parte tout de suite. *Mitaama*, elle, n'était même pas sortie de la cuisine pour me recevoir. Le frère et la sœur de Resham n'étaient pas là. L'atmosphère était pesante. *Mitba* ne dit pas un mot alors même que je le regardais avec insistance.

Après un long moment, il m'annonça que Resham, mon *mit*, mon ami d'enfance, s'était fait tuer un mois plus tôt.

Alors qu'il m'annonçait cette terrible nouvelle, ses yeux se remplirent de larmes. J'entendis *mitaama* sangloter dans la cuisine. La cour de cette maison que j'aimais tant m'apparut brusquement étrangère. Mes bagarres avec Resham, nos jeux de billes, nos parties de football avec une balle en vieux tissu, tout cela s'était passé ici, dans la cour de cette maison. *Mitba* nous donnait des bananes et *mitaama* du riz battu avec du yaourt.

Je n'aurais pas dû venir.

— Te voir me fait penser à mon fils, dit *mitba* sans me regarder, avec des sanglots dans la voix.

Il était évident qu'il ne voulait pas que je reste. Je regardai son dos. Il portait le même vêtement couleur marron, déchiré. Mon cœur se serra. Je vis quelques cheveux qui s'échappaient de son chapeau népalais. Ils étaient à présent tous gris. Je regardai ses talons qui étaient aussi secs et craquelés qu'une terre qui n'aurait pas eu de pluie. Il me tournait le dos et regardait les champs de millet. J'eus pitié. Il n'avait même pas le courage de me regarder.

— *Mitba*, dis-je. Je suis là, comme votre fils.

— Oui, mais ce n'est pas pareil, fit *mitaama* depuis la cuisine.

Ses mots me firent l'effet d'un poignard dans le cœur. Elle qui autrefois, m'aimait plus qu'elle n'aimait son propre fils, ne m'avait jamais parlé ainsi. J'avais toujours fait partie de leur famille. Comme elle savait que j'aimais tout ce qui était sucré, elle rajoutait toujours un peu de sucre dans mon lait. Son visage rayonnait à chaque fois que je venais chez eux. *Mitba* me taquinait : « Regardez, voilà le petit brahmane chez les *Magars*. »

Je disais toujours à mon ami d'enfance : « Resham, toi tu vas vivre chez moi et moi chez toi. » Il me donnait des coups de pied. Parfois, il me frappait si fort qu'il me laissait des marques douloureuses. *Mitaama* me défendait et punissait Reshma. Une fois, il m'avait donné un coup de pied si fort que j'avais pleuré. Ce n'est que lorsqu'il avait pleuré à son tour, après que *mitaama* lui eut violemment tiré l'oreille que je m'étais arrêté de pleurer. Je lui avais dit alors : « Tu vois, je t'ai eu ! » Furieux, il m'avait poursuivi alors que je me sauvais en courant. Une fois, en me pourchassant, il était tombé d'un tas de terre et s'était gravement blessé au pied. *Mitba* avait craint que son fils ne puisse plus devenir soldat. Lorsque j'avais quitté Katmandou, Resham était rentré dans la police. Il m'avait déjà oublié, mais *mitba* m'avait écrit une fois : « *Ton ami est devenu policier.* »

— Oh, le maigrichon ! me disait Resham pour me taquiner.

Ça me mettait en colère et je disais toujours à sa mère qu'il me traitait de tous les noms. Elle le giflait. Resham détestait que je rapporte. Une fois, je l'avais frappé fort à mon tour, sur les cuisses, mais elles étaient aussi dures que la pierre. Il était aussi fort qu'un roc, ce petit. Un jour, sur un coup de colère j'avais décidé de ne plus lui parler ni d'aller chez lui. Quelques jours plus tard, *mitba* était venu chez moi me demander pourquoi je ne venais plus leur rendre visite, un peu comme le mari va chez les beaux-parents pour que sa femme revienne.

— Les bananes sont mûres et le yaourt est délicieux. *Mitaama* s'inquiète pour toi.

— Je ne viendrai pas, avais-je répondu alors que je mourais d'envie d'y retourner. Je ne reviendrai plus jamais.

Je faisais un caprice, comme lorsque je n'avais pas envie d'aller à l'école, rentrer chez moi ou aller mener les vaches au pâturage. Et lui, comme un père revenu chercher son fils parti vivre ailleurs, me persuadait de revenir. Je lui tirais les cheveux et lui, me pinçait la jambe et si j'étais sur le point de pleurer, il me disait : « Attention, il y a des guêpes qui piquent ». Puis il s'enfuyait toujours comme ça.

— Non jamais de la vie, je n'y retournerai, avais-je dit cette fois.

Il était reparti en colère. Quand il était furieux, il ne voyait plus rien. J'avais alors pris un raccourci et me tenais déjà sur le seuil de sa maison lorsqu'il était arrivé.

— Où étiez-vous passé *mitba* ? avais-je demandé.

— J'étais au marché, avait-il dit.

— Mais vous n'avez rien ramené du marché, avais-je répliqué en regardant ses mains vides.

— Mais si, j'ai ramené quelque chose, avait-il dit.

— Quoi donc ?

— Des claques ! avait-il répondu en me montrant sa main.

— Ah bon, et combien vous ont-elle coûté ? avais-je continué pour le taquiner.

Lui non plus n'abandonnait pas facilement la partie.

— Deux roupies par claque, en veux-tu une ? avait-il dit.

En grandissant, Resham et moi, au lieu de se tutoyer, on se disait 'vous'. Quand on nous a appris que de bons amis ne se battaient pas, notre relation s'est transformée.

— *Mitba !*

Il se tenait toujours debout, le regard perdu vers les champs de millet sans me dire un mot. *Mitaama* était toujours dans la cuisine et n'avait rien dit depuis ces mots qui m'avaient blessé.

Je descendis discrètement, voir la maison de *mit kaakaa*. La porte était fermée. Personne ne répondit lorsque je frappai à la porte. La maison tombait en ruine. La façade était décrépie. Elle semblait avoir été abandonnée depuis plusieurs années. La cour était envahie d'orties.

Je continuai jusqu'à un *tea shop*, plus bas.

En me voyant, le patron hésita, mais m'offrit quand même un tabouret en bois pour m'asseoir. Je posai mon sac à dos. Puis je reconnus le patron, Hari Lal, le tailleur du village. C'était lui qui avait confectionné nos vêtements, à Resham et moi-même lorsque nous étions enfants. À chaque mariage, il jouait de la musique. Lorsqu'il soufflait dans sa *narsimha* pendant le défilé du mariage, les veines de son cou gonflaient tellement qu'on avait l'impression qu'elles allaient éclater. Il soufflait si fort dans son instrument que même les villageois des villages alentours pouvaient l'entendre. Il avait un style bien à lui. Se tenant toujours bien droit, son long foulard au cou, son pantalon mi-jodhpur, mi-népalais et son chapeau sur la tête, Hari Lal avait fière allure. On montait jusqu'à l'autre bout du village pour le voir travailler, chez lui, avec sa machine à coudre

— Votre *mitba,* il ne lui arrive que des malheurs, me dit-il.

Je restai silencieux.

— Son fils aîné est mort. Ses plus jeunes enfants ont rejoint le mouvement maoïste et nous n'avons aucune nouvelle d'eux depuis, dit-il. Les pauvres, ils ne sortent plus de chez eux. Il reste assis dans sa cour, elle dans sa cuisine, pendant que les gens racontent toutes sortes d'histoires tous les jours.

Je lui demandai s'il pouvait me préparer un diner, en espérant qu'il me proposerait de rester pour la nuit.

— Je n'ai pas de lit pour vous, je peux vous faire une place à côté du braséro, dit-il.

— J'ai un sac de couchage.

Il accepta et alluma le feu.

— Je pensais quitter le village et descendre dans les plaines du Teraï, dit-il. Mais ce n'était pas écrit dans mon karma. Le village s'est vidé. Il reste un couple de vieux qui tantôt pleurniche, tantôt marmonne des choses incompréhensibles. Il y a des jours où ils ne disent pas un mot, d'autres où ils n'arrêtent pas de radoter.

Je l'écoutais vaguement.

— Vous voulez une banane locale, un peu de yaourt ?

Cette question me secoua. Je dis non.

— Vous aimiez tant les bananes et le yaourt quand vous étiez enfant, dit-il. Vous les mangiez chez Resham. Vous souvenez-vous comme il vous embêtait tout le temps ?

Je me rappelais qu'à chaque fois que les villageois me voyaient passer en route vers la maison de Resham, ils disaient : « Banane et yaourt ? »

Je regardais, silencieux, le feu dans le braséro. Une bûche de bois sec s'embrasa, une autre prit plus de temps pour brûler. Hari Lal donna un coup de pied pour pousser les bûches dans le feu. Ce coup de pied me fit penser à Resham.

— Quand avez-vous ouvert ce magasin ? demandai-je.

— Il y a deux ans, dit-il. Je suis content que vous vous sentiez à l'aise pour rester chez moi.

— C'est bien que le système de caste ne soit plus pris en compte, dis-je, en faisant allusion à sa condition de tailleur d'une caste considérée comme la plus basse dans notre société.

— Peu de gens viennent au magasin malgré tout, ce sont principalement ceux qui sont de la même caste que moi, dit-il. Mais depuis que des gens d'autres castes, en jeans et chemise, ont commencé à venir, la mentalité change petit à petit.

J'étais ravi de voir que Hari Lal était devenu un propriétaire avisé d'un *tea shop*. Son petit restaurant n'était pas particulièrement bien organisé, mais il servait du thé et des casse-croûte. Dans un coin se trouvait sa machine à coudre. C'était là même, qu'enfants, nous venions voir dans son atelier. Il devait certainement encore s'en servir lorsqu'il avait du temps libre.

— J'imagine que vous faites une donation ? demandai-je.

— Oui. Il faut payer les taxes au… comment appellent-il ça déjà ? Au gouvernement du peuple. C'est eux qui collectent les taxes.

Il remit du bois et souffla un grand coup pour qu'il brûle.

— J'ai vraiment de la peine pour ce vieil homme, dit-il en

parlant de *mitha*. Parfois il vient au *tea shop* pour demander une boîte d'allumettes. Lorsque je la lui donne, il me la rend en disant qu'il en a déjà chez lui.

Je le regardai alors qu'il rajoutait du bois au feu.

— Parfois il vient me demander si j'ai du sel de montagne et lorsque je lui dis que j'en ai, il part sans rien dire.

Je l'aidai à souffler sur le feu. Il prit un petit bout de bois, moitié brûlé et il alluma une cigarette sans filtre. Il fumait en silence lorsque nous entendîmes un bruit dehors. C'était un villageois en chemin pour le centre du district. Il appelait de dehors.

Il sortit.

— Est-ce que quelqu'un a logé ici cette nuit ? demanda le villageois.

Hari Lal demanda :

— Pourquoi ? Que se passe-t-il ?

— Réponds juste à la question par oui ou non.

— Non, personne.

— As-tu entendu quelqu'un passer devant ton *tea shop* hier soir ?

— Non, dit Hari Lal. Si quelqu'un était passé, ça m'aurait réveillé. Ces jours-ci j'ai le sommeil tellement léger que j'entends même un chien passer. Alors un homme, je l'aurais entendu.

— Es-tu bien certain de n'avoir vu personne ?

— Pourquoi mentirais-je ? Que se passe-t-il ? demanda-t-il.

— Écoute bien idiot, dit l'homme. L'autre jour, quand la prison a été attaquée, parmi les prisonniers il y avait un voleur de statue qui s'est évadé.

196

— Ah bon ?

— Et cet abruti est revenu le lendemain, la nuit, au centre du district. Il a volé la statue de la divinité.

— On non ! dit Hari Lal en montrant sa déception.

— Il paraît qu'il a fait porter la statue qu'il avait emballée par un porteur. Ils sont passés par ici.

L'autre dit :

— Et lui le voleur, il part les mains dans les poches !

— Vous parlez de la même vieille statue de Shiva ? demanda-t-il. Et ce voleur, c'est bien celui qui avait été arrêté, n'est-ce pas ?

— Restez vigilants, d'accord ?

Sur ces mots, ils partirent sans que je puisse voir dans quelle direction. À présent le bois brûlait bien dans le braséro.

— Cet abruti ne pouvait pas s'empêcher de voler à nouveau. Sa mauvaise habitude l'avait conduit en prison et même après ça, il avait toujours eu envie de voler cette statue.

Il sortit la farine de millet. Quand l'eau commença à bouillir dans la casserole, il mit la farine et coupa quelques pommes de terre et *pindalus*.

— Vous ne dites rien, dit-il. Est-ce que je parle trop ?

— Je me sens si triste, dis-je.

— C'est à cause de *mitba,* n'est-ce pas ? Vous auriez voulu rester chez lui ?

— Non.

— C'est mieux comme ça. Il a perdu la tête. Il ne se rend pas toujours compte de ce qu'il dit ou ce qu'il fait.

— Et il n'y a plus personne pour le soutenir, dis-je.

197

— Un peu plus loin, il y a un autre couple de vieux plus misérable que votre *mitba* et *mitaama*. Ils ne voient plus très bien et ne peuvent aller nulle part. Ils attendent que leurs fils reviennent. L'un d'eux est à l'armée et l'autre a rejoint le mouvement maoïste. Celui qui est dans l'armée leur avait envoyé un message en leur disant que s'ils voulaient le voir, c'est eux qui devraient venir à Katmandou, car il était dangereux pour lui de revenir au village. Mais les pauvres, ils ne peuvent pas aller à Katmandou. Leur chagrin finira par les tuer un jour.

Il me servit du *dhindo* avec un mélange de légumes et pâte, dans une assiette. Cela faisait des siècles que je n'avais pas mangé de *dhindo*. Les légumes et les pommes de terre étaient bien bouillis, c'était délicieux. Alors que j'avais à peine commencé à manger, j'eus l'impression de voir *mitba* passer et j'en fus bouleversé. On aurait dit qu'il s'avançait vers nous. Je mangeai vite. Pour avaler je bus un peu d'eau.

— Thoulé ? J'entendis la voix de mon *mitba*. Il appelait Hari Lal ainsi.

Hari Lal sortit :

— Oui ?

J'en eu le souffle coupé.

— T'as vu mon *mitchhora*, l'ami de mon fils ?

— Non, je ne l'ai pas vu, mentit Hari Lal. Je ne pus répondre au même moment.

— Ne me mens pas abruti, hurla *mitba*. Il est descendu par-là, vers chez toi. Tu es aveugle ou quoi ? Les singes t'ont crevé les yeux ?

— Je vous jure que je ne l'ai pas vu, continua de mentir Hari Lal. Mes yeux voient très clairs, regardez !

— Abruti ! dit *mitba*. Tu crois que je ne te connais pas, imbécile ! cria-t-il de plus en plus fort. Tu es capable de voir l'ombre d'un chat dans la nuit. Tu es le premier à savoir qui part et avec qui. Et maintenant, tu essaies de me faire croire que tu n'as pas vu mon *mitchhora* ?

— Pourquoi vous mentirais-je ? continua de mentir Hari Lal. Mais il me semble avoir vu une ombre passer. Ça fait déjà un bon moment. Vous ne croyez quand même pas que je ne reconnaitrais pas votre *mitchhora* s'il passait par là ? Je le connais bien.

— Peut-être que je l'ai rêvé alors, dit le vieil homme en se calmant. Il m'avait semblé que c'était lui, mais c'était juste un mirage. Laisse tomber.

— D'accord, fit Hari Lal en rentrant.

— Écoute, si tu le vois dis-lui de monter chez nous, d'accord ? Qu'est-ce qu'il va penser de nous !

— Pas de problème, répondit Hari Lal le plus fort possible.

Je me lavai rapidement les mains et sortis suivre mon *mitba*. Hari Lal fut étonné. J'avais laissé un billet de cent roupies sur le banc.

— Mais pourquoi vous me payez ? cria Hari Lal, en courant derrière moi.

◻◻

# 19

Je marchais seul, tranquillement. Quelques personnes m'avaient dépassé sur le sentier. Une petite fille était assise sur un rocher à côté du chemin. Elle était en train d'enlever des épines de sa jupe. Alors que je passais près d'elle, elle m'interpella comme une grand-mère de village :

— Tes amis sont déjà passés. Pourquoi t'es en retard ? dit-elle.

Je fus surpris d'entendre cette petite fille qui me rencontrait pour la première fois, me réprimander en me tutoyant alors que j'avais l'âge d'être son père. Je souris et elle cessa d'enlever les épines de sa jupe en attendant ma réponse, l'air sérieux.

— Pourquoi ne leur as-tu pas demandé de m'attendre ? dis-je en la taquinant.

— Tu vois pas monsieur le vieux que je suis si petite ?

J'étais à la fois surpris et à la fois amusé qu'elle m'appelle 'monsieur le vieux'. Elle s'assit sur le rocher et se remit à enlever les épines de sa jupe. Je m'assis près d'elle pour regarder son visage.

— Qu'est-ce que tu regardes comme ça ? demanda-t-elle sans sourire.

— Je te regarde pour savoir à quoi tu ressembles, dis-je.

— Et alors, comment je suis ?

— Tu es comme une pomme.

— N'importe quoi ! Un humain ne peut pas ressembler à une pomme !

— Je voulais dire par là que tu es mignonne.

— Comment une pomme peut-être mignonne ? Tu racontes n'importe quoi !

En entendant ces mots, je fus troublé un instant. Ce 'n'importe quoi' me fit penser à Palpasa. Cela m'encouragea à lui parler.

— Tu as raison, les pommes sont juteuses, mais pas mignonnes.

— Moi, j'ai mon nez qui coule toujours, fit-elle.

Cela me fit rire, mais je cachai mon sourire pour ne pas la gêner. Elle était en train d'enlever les épines de sa jupe.

— Comment tu as fait pour avoir autant d'épines ? demandai-je.

— Eh ben, en allant faire pipi, dit-elle tout simplement. Là, dans les arbustes.

— Ah bon !

— Qu'est-ce qu'elles sont méchantes ces épines ! fit-elle.

— T'as même pas mis de culotte on dirait !

— Mais non, c'est embêtant !

— Ah bon ?

— Mais oui, surtout quand on est pressé de faire pipi, dit-elle. J'éclatai de rire.

— Ça te fait rire, hein ? Au lieu de rire, aide-moi à enlever les épines ! dit-elle en colère.

Je m'approchai et fis comme si j'enlevais une épine. Je la regardai discrètement. Elle était absorbée par ce qu'elle faisait et ne faisait attention à rien d'autre.

— Comment t'appelles-tu ?

— Nanou, dit-elle sans me retourner la question.

— C'est un joli prénom.

— N'importe quoi ! Les noms ne peuvent pas être jolis, dit-elle.

— Tu as raison. Les fleurs peuvent être jolies, pas les prénoms.

— Oui, fit-elle.

— Toi, tu es plus belle qu'une fleur.

— N'importe quoi ! dit-elle alors qu'une fois de plus ses mots me ramenèrent vers Palpasa.

— C'est vrai, tu es plus belle que la fleur de rhododendron, de souci ou de jasmin.

— Moi, j'aime bien la fleur de souci, dit-elle.

— Tu es plus belle que la fleur de souci.

— Tu bavardes comme ma mère, dit-elle. Si tu enlevais un peu les épines au lieu de bavarder ? me réprimanda-t-elle.

J'essayai d'enlever d'autres épines de sa jupe, mais c'était difficile, elles se brisaient.

— Tu ne sais même pas comment on enlève les épines, dit-elle

— Je n'en ai jamais enlevé.

— Ah bon ? Qui est-ce qui les enlève alors de tes habits ? demanda-t-elle.

— Jusqu'à présent, je n'ai jamais eu d'épines sur mon pantalon.

— Comment c'est possible ? Tu ne vas jamais faire pipi dans les arbustes ou quoi ? me demanda-t-elle en me regardant.

J'explosai de rire.

— Si, mais les épines ne me piquent pas.

— Ça doit être parce que tu portes des pantalons, fit-elle et se remit à enlever ses épines.

Je fus à nouveau bouleversé. Elle en enleva quatre ou cinq et les jeta.

— Elles sont méchantes ces épines ! dis-je. Elles piquent même les enfants !

— Tu vois pas que les épines n'ont pas d'yeux, monsieur le vieux ! dit-elle.

— Mais les humains, eux ont des yeux, dis-je.

— Mes yeux sont petits.

— Parce que tu es petite, c'est ça ?

— Ah non, je ne suis pas petite, regarde ! dit-elle en montant sur un rocher et en se mettant debout alors que j'étais assis par terre.

— Elle n'a pas de culotte, elle n'a pas de culotte, dis-je.

Elle serra sa jupe contre elle, comme si elle avait honte.

— Attention toi, le vieux, me hurla-t-elle en pointant le doigt vers moi.

Elle descendit du rocher et voulut me donner une gifle. Je reculai de deux pas. Elle me donna un coup de poing sur les jambes. Je sentis une piqûre. Elle avait une épine cachée dans son poing. Elle me piqua telle une aiguille.

— Ça y est, ton compte est réglé. Elle se calma.

— Où vas-tu ? demandai-je.

— Je vais chez mon amie d'enfance, répondit-elle.

Je sentis comme une épine me rentrer dans le cœur.

— Qu'est-ce que tu lui amènes ? demandai-je.

— La banane, regarde ! dit-elle en me montrant une petite banane qu'elle avait cachée dans la main.

Je sentis ma gorge se serrer.

— Toi aussi, tu vas chez ton *mit* ?

— J'arrive de chez lui, dis-je.

— Qu'est-ce qu'on t'a donné alors ?

— Des bananes. *Mitba* m'a donné des bananes.

— Tu les caches dans ton sac parce que t'as peur qu'on t'en demande ?

— Tu veux en manger une ?

— Non merci. Je mange une seule banane par jour et j'en ai déjà mangé une ce matin, dit-elle.

— Aujourd'hui tu peux en manger une de plus, non ? insistai-je en ouvrant mon sac. Et en voici une autre pour ton amie.

Je lui donnai les deux bananes. Elle enleva la peau de l'une d'elle et la finit en deux bouchées.

— Elle est sucrée, dit-elle.

— C'est parce qu'ils ont mis du sucre.

— N'importe quoi monsieur le vieux !

— Sinon comment ce serait possible qu'elle soit si sucrée ?

— C'est vrai c'est curieux, fit-elle.

— C'est parce qu'ils mettent du sucre sur les bananiers. Tu ne le savais pas ?

— C'est pas vrai, tu dis n'importe quoi !

— Tu as raison, je disais ça pour te taquiner. En tirant sur mon oreille, je lui montrai ainsi que je m'excusais.

— Mais comment ça se fait que les bananes ont un goût sucré ? demanda-t-elle sur un ton sérieux.

— Pour savoir tout ça il faut aller à l'école, répondis-je.

— Et toi, t'es allé à l'école ? me demanda-t-elle.

— Oui, j'y suis allé.

— Et tu connais même pas la bonne réponse !

Là, elle m'avait eu.

— Il y a des fruits qui sont sucrés, certains sont amers, d'autres qui ont un goût désagréable et d'autres encore qui n'ont même pas de goût, expliquai-je. Et même dans ceux qui sont sucrés, il y a des goûts différents. Si tu vas à l'école, tu apprendras tout ça.

— Notre école est fermée, dit-elle. Et la tienne ?

Nous avions commencé à marcher ensemble. Elle tenait mon doigt et marchait plus vite que moi. Dans l'autre, elle tenait cachée, la banane pour son amie.

— Tu sais quoi ? dit-elle. Aujourd'hui c'est mon anniversaire.

— Aujourd'hui ?

— Oui, c'est Maman qui me l'a dit.

— Quel âge as-tu ?

— J'ai cinq ans.

— Puisque c'est ton anniversaire, c'est plutôt ton amie qui devrait t'offrir un cadeau, dis-je.

— Elle n'a pas de bananier dans son jardin, expliqua-t-elle. Je ris à nouveau.

Alors que nous marchions, j'entendis un bruit qui ressemblait à celui d'une explosion. Je m'arrêtai.

— Tu as entendu ? Qu'est-ce que ça peut bien être ?

— C'est peut-être une pierre qui est tombée de la montagne, dit-elle.

— Mais le bruit était tellement fort !

— Plus la pierre tombe profond, plus elle fait du bruit, dit-elle. Tu savais pas ça ?

Je m'avançai vers elle. Elle dit :

— Tes amis doivent être bien loin maintenant.

— Ce ne sont pas mes amis, je suis seul, dis-je.

— Ça tombe bien, fit-elle. Comme ça, tu peux m'accompagner chez mon amie d'enfance et tu peux passer la nuit là-bas.

— Peut-être que c'est trop loin.

— Tu peux y rester aujourd'hui, dit-elle.

Son invitation me surprit. Je marchais à son rythme. Elle avait les doigts moites de transpiration.

— Passer la nuit chez des gens que je ne connais pas ? demandai-je en lui montrant mon hésitation.

— Ne t'inquiète pas, je parlerai à mon *mitba*, dit-elle.

L'épine me tortura le cœur.

— Que lui diras-tu ?

— Que tu es avec moi.

— Que lui diras-tu s'il te demande qui je suis ?

— Je lui dirai que je t'ai rencontré en chemin.

— Et s'il n'est pas d'accord ?

— Il te reste des bananes, non ? Ben, on lui donnera.

Je ris une nouvelle fois. La nuit dernière, chez *mitba*, je n'avais pas fermé l'œil de la nuit. J'avais passé toute la nuit à consoler le vieux couple qui pleurait comme un enfant. Ces moments avaient été difficiles pour moi aussi, d'autant plus que je dormais sur le lit de Resham.

— Et s'il n'est toujours pas d'accord, même après les bananes ?

— Il sera d'accord.

— Mais s'il ne l'est pas ?

— Je demanderai à l'oreille de mon amie de pleurer et elle pleurera. *Mitba* acceptera que tu restes juste pour qu'elle arrête de pleurer.

Son idée naïve de plan parfait me fit rire. Elle changea de doigt, car il était mouillé.

— Tu veux venir avec moi à Katmandou ? demandai-je.

— Non. C'est très dangereux comme endroit, même le roi s'est fait tuer là-bas, m'expliqua-t-elle directement.

— Et ici, tu n'as pas peur ?

— Si, parfois. Mon papa écoute la radio et dit qu'ils ont tué tout le monde. Tu sais où vont les gens quand ils meurent ?

— Non, je ne sais pas, répondis-je.

— Tu ne sais même pas ça ?

— Et toi, tu le sais ? demandai-je.

— Comment veux-tu que je le sache, monsieur le vieux ? fit-elle. Tu vois pas que je suis une petite fille ?

— Elle est encore loin la maison de ton amie ?

— Non, elle n'est plus très loin, dit-elle. Pourquoi, t'es déjà fatigué ?

— Non, je ne suis pas fatigué. Qu'est-ce que c'est, là de l'autre côté de la rivière ? demandai-je.

— Le paradis ! s'exclama-t-elle.

— Le paradis ? demandai-je.

— Mais oui, le pont a sauté à cause d'une bombe et si tu vas là-bas, tu vas tomber comme un caillou et t'arrives au paradis direct.

J'éclatai de rire.

— Tu ris beaucoup, toi ! cria-t-elle.

— C'est toi qui me fais rire.

— Je ne t'ai pas dit de rire !

— Non, mais dis-moi, il y a des gens qui ne rient pas quand tu papotes comme ça ?

— Maman me dit toujours de ne pas papoter, mais c'est elle qui papote tout le temps. Elle ne me laisse pas parler alors que je parle seulement avec ma copine.

Tout à coup, à l'intersection de sentiers, elle s'arrêta. Plus bas, plusieurs villageois s'étaient rassemblés devant une maison. Les autres regardaient vers cette maison de leur cour et du seuil de leur porte. Un accident avait dû arriver. Un homme, le regard triste, vint vers nous et prit Nanou par la main en voulant la consoler.

— Nanou, lui dit-il. Ton amie n'est plus là. Pendant qu'elle jouait dans la rue, elle a marché sur une bombe. Tout le village a tremblé à cause de l'explosion …

Oh mon Dieu ! Mon corps entier se mit à trembler. Je restai debout, hébété, sans savoir quoi faire. Le bruit que nous avions entendu plus tôt était celui de cette explosion. Nanou se mit à courir vers la maison. La banane glissa de sa main sans qu'elle s'en aperçoive. Puis la petite fille tomba comme une feuille.

◻◻

# 20

Cette montée n'avait jamais été aussi difficile. Je l'avais grimpée des centaines de fois lorsque j'étais enfant. À présent j'avais bien du mal. Je m'arrêtai pour essuyer ma sueur et reprendre mon souffle. Je réalisai que deux hommes m'observaient avec curiosité depuis le seuil d'un *tea shop*. Plus loin, il y avait une intersection. Pour la première fois de ma vie, je ne savais pas quelle direction prendre. Je me sentis étranger à cet endroit.

Le regard insistant de ces hommes me mettait mal à l'aise, ils me dévisageaient, intrigués. La patronne du *tea shop* arriva. Elle avait vieilli depuis la dernière fois que je l'avais vue, elle paraissait à présent plus vieille que son âge. Elle mit de l'eau à bouillir pour préparer le thé. Les hommes parlaient entre eux.

— Son mari est mort pour rien. Les gens de passage ont dit que ceux qui l'avaient tué s'étaient trompés sur son compte, dit l'un d'eux en parlant de son mari.

Je tendis l'oreille pour mieux entendre leur conversation. Le tintement de la cuillère sur le verre annonçait que le thé était presque prêt. La patronne se tenait dans un coin de la pièce enveloppée d'un châle et mélangeait le sucre au thé.

— Ils l'ont amené au bord d'une falaise, lui ont bandé les

yeux et l'ont tué, continua-t-il. Plus tard, à la radio ils ont annoncé que c'était un terroriste.

La veuve se tourna vers moi, le regard vide. Je n'avais plus envie de boire un thé. Je ne pouvais pas rester là. J'aurais voulu que le soleil tape moins fort. Ce chemin n'était pourtant pas si difficile. Ce n'était pas la pente qui était ardue, mais aujourd'hui, je n'avais plus de force dans les jambes. J'étais incapable de savoir ce qui me rendait faible. J'avais l'impression de participer à une procession mortuaire. Alors que je portais de bonnes chaussures, j'avais l'impression de marcher sur des cailloux brûlants. Mon sac n'était pas très lourd, mais il me semblait qu'il pesait des tonnes, comme celui que les militaires font porter à leurs nouvelles recrues dans les entraînements.

— Tu crois qu'il est de quel parti ? entendis-je l'un des deux chuchoter à l'autre alors que je partais.

— Ça devient de plus en plus difficile de les reconnaître. Ils s'habillent et parlent comme nous.

Tout en continuant à marcher, j'entendis :

— Si tu donnes un abri à un homme en pensant qu'il fait partie de l'armée, on te tue pendant la nuit, mais si tu le prends pour un maoïste, on ne te laisse pas vivre non plus.

Je me retournai une dernière fois vers eux. Ils continuaient de m'observer.

Je poursuivis mon chemin sentant mes jambes de plus en plus lourdes, et pensai qu'une deuxième nuit agitée m'attendait peut-être. Je ne faisais partie d'aucun mouvement politique, mais personne ne me croirait. J'étais devenu un étranger sur ma terre natale. Qui étais-je ? Je devrais expliquer ce que je faisais, quel genre de tableaux je peignais. Je réfléchissais, car je n'étais pas à l'abri de ces questions. Mon identité était intimement liée à mon métier d'artiste, mais que représentait-il ici ? À quoi servaient mes peintures dans cette montagne ? Personne ne connaissait mes toiles. Dire que j'étais artiste ne me sauverait pas.

Je réalisai que Siddhartha m'avait fait un beau cadeau en me proposant de m'emmener dans ces collines. Grâce à lui, j'étais revenu à mes origines. Grâce à lui, j'avais à nouveau frôlé cette terre, ce chemin pour affronter mes peurs.

Le vent était différent. Les fleurs avaient pris une autre forme. L'espace était le même, mais le temps s'était accéléré. La montagne était la même, mais elle était habitée par une violence à l'affut. Les pierres étaient identiques, mais des chagrins avaient été gravés à l'intérieur. L'espace était le même, mais ses caractéristiques avaient changé. Siddhartha m'avait encouragé à venir ici, m'avait lancé un défi et lui-même avait disparu. Il m'avait montré le chemin puis s'était envolé. C'était comme s'il m'avait enlevé depuis Katmandou, un bandeau sur les yeux. Et maintenant que le bandeau était tombé, il s'était volatilisé. Alors que je me trouvais dans mon village, sur mes sentiers, que je touchais ma terre et que je regardais cette forêt où, enfant je sifflotais insouciant, quelque chose avait changé. À présent, j'avais peur.

Il me sembla entendre quelqu'un tousser tout près, mais c'était peut-être le fruit de mon imagination.

Siddhartha m'avait obligé à réfléchir. C'était comme s'il avait jeté une pierre dans un lac calme et que je devais, maintenant, appréhender la vague. Lui, après avoir provoqué cette vague s'était volatilisé, le pistolet en poche. Où était-il ?

Je grimpais sur le sentier, mais j'avais l'impression de dévaler sur une pente glissante. Je gravissais la montagne alors que j'avais l'impression de tomber d'un précipice. J'avançais alors que j'avais l'impression de reculer.

Je m'arrêtai sans comprendre ce qui se passait.

Un homme venant d'en haut s'approchait de moi, mais peut-être arrivait-il du bas. Je marchais vers le sud, mais j'avais l'impression d'aller vers le nord. Je voyais les sommets, c'était bien au nord que se trouvait l'Himalaya. Je me frottai les yeux et regardai cet homme, stupéfait.

C'était impossible ! Il me ressemblait en tous points. Il avait la même taille que moi, les mêmes vêtements et le même sac à dos sur lequel était accroché un sac de couchage, tout comme le mien. Lui aussi avait une barbe de plusieurs jours. Lorsque je m'arrêtai, il s'arrêta aussi. Je le regardai. Il me regarda. J'avançai d'un pas. Il fit de même. Je m'arrêtai. Il s'arrêta. Je m'avançai d'un pas et soudain me cognai à lui.

— Je suis revenu au village après dix ans d'absence, dit-il comme s'il me connaissait.

Terrifié, je le regardai sans pouvoir dire un mot.

— Il semblerait que ce soit difficile de trouver un endroit où dormir aujourd'hui, dit-il. Personne ne croit que je suis artiste.

J'étais tellement bouleversé que j'étais incapable de dire quoique ce soit.

— Je suis allé dans mon village, mais je ne pouvais pas y rester, dit-il.

Pourquoi me racontait-il tout cela ? Qui était-il ? Essayait-il de me faire peur ? Que voulait-il prouver en portant les mêmes vêtements que moi et en m'imitant en tous points ? Était-il là pour se venger ?

— Il y a eu une attaque le jour où je suis arrivé au centre du district, continua-t-il en relatant tout ce que j'avais vécu.

Il me fixait. J'avais l'impression de regarder un miroir. Je me pinçai.

— Le pire a été d'apprendre que mon ami d'enfance avait été tué, dit-il. J'ai passé la nuit chez *mitba* mais je n'ai pas fermé l'œil de la nuit.

J'étais de plus en plus terrifié. Je bredouillai :

— Avez-vous rencontré une petite fille sur le chemin ?

— Oui, comment le savez-vous ? demanda-t-il l'air suspicieux.

— Comme ça, dis-je.

— J'ai rencontré une petite fille qui allait voir son amie d'enfance. Elle ne savait pas qu'elle était morte.

— Elle avait une banane dans sa main, dis-je.

— Oui, dit-il. Mais comment le savez-vous ?

— Comme ça, j'ai deviné, dis-je.

Tout à coup, il sortit un pistolet et le pointa sur moi. Je tremblais de peur.

— Dis-moi qui tu es, dit-il menaçant.

Je le regardai dans les yeux. Je ne pouvais y lire que de la haine pour moi.

— Je suis un peintre, dis-je.

— Menteur, hurla-t-il sans que je puisse sortir un mot.

Il mit son pistolet sur ma tempe.

— Qu'est-ce que tu me veux, toi ? hurlai-je à mon tour. Ton pistolet est vide.

Il fut brusquement désorienté. Pendant un instant il devint vulnérable croyant réellement que son pistolet était vide. Il baissa son arme.

Rassemblant toutes mes forces, je le frappai. Il tomba. Je m'emparai de son pistolet et m'échappai. Un peu plus haut, je me retournai. Il s'était relevé et se tenait debout au même endroit. J'eus pitié de lui. Il me regardait avec des yeux d'enfant. Je pointai l'arme sur lui pour qu'il s'enfuie. Il se baissa comme pour éviter une balle et comme s'il venait de se rappeler que le pistolet était vide, il se remit debout. Je pointai l'arme vers le ciel et tirai. Le pistolet était bel et bien chargé et le coup partit telle une explosion. Je l'appelai d'un signe de la main et lui lançai l'arme pour qu'il puisse l'attraper. Il la saisit et se sauva en descendant la pente.

— Merci beaucoup, me lança-t-il. Je le regardai s'enfuir. Même de dos, il me ressemblait.

Une fois remis de ces émotions, j'éclatai de rire. Tout cela avait été si absurde ! J'atteignis un *tea shop* et m'arrêtai tout en essayant de contrôler le fou rire qui m'avait repris de plus belle. C'était comme si j'étais redevenu un enfant en riant ainsi. Je n'arrivais plus à m'arrêter, à tel point que j'en avais des douleurs au ventre. Finalement, pour me calmer, j'ouvris la bouche en grand et inspirai une bouffée d'air.

— Voulez-vous un thé ? me demanda la patronne du *tea shop*.

— Non merci, dis-je en riant.

Je continuai mon chemin, toujours en riant.

— Mais il est fou, entendis-je la patronne dire alors que je m'éloignais. Il rit tout seul.

Un client dit :

— Il a dû perdre la tête.

215

À l'approche du col, je fus surpris. Il me sembla apercevoir l'homme, un Gurkha, que j'avais rencontré dans le train de Goa à Mumbai. Il semblait m'attendre, un sac à ses pieds. Lorsque j'arrivai à sa hauteur, il me salua d'un « *Namasté* », mais son visage exprimait la tristesse. Je devinai à son expression que même si je lui offrais un verre, il n'aurait pas le cœur à l'accepter. Je répondis à son salut et ajoutai :

— Où allez-vous ?

— Je rentre en Inde, dit-il. Je me suis arrêté parce que je vous ai aperçu.

C'était bon de revoir une personne avec qui j'avais partagé d'heureux moments. Il me suivit sur le sentier, sans rien dire. Peut-être n'avait-il pas envie de parler. Je pouffais encore de rire de temps à autre en me rappelant l'étrange rencontre que j'avais faite avec cet inconnu.

— Qu'est-ce qui vous fait rire comme ça ? me demanda-t-il.

— Cette rencontre avec vous ici, mentis-je.

Je me retournai et vis qu'il essuyait ses larmes avec un mouchoir. Il me suivait en sanglotant.

— Je n'ai pas pu faire revenir mon fils, raconta-t-il.

— Vous l'avez rencontré ?

— Oui, mais il ne m'a parlé que de politique, je n'ai pas pu le convaincre de quitter les rebelles pour revenir avec moi.

Son fils cadet courait derrière lui. Mon ami Gurkha s'arrêta. Je lui dis au revoir et continuai mon chemin. En voyant devant moi un ravin, je repensai à ma rencontre amusante et en ris à nouveau. Alors qu'il avait pointé son arme avec tant assurance, lui dire que son pistolet était vide l'avait complètement décontenancé. Il m'avait cru. Quel imbécile !

J'étais content d'y avoir réchappé. Si je n'avais pas eu cette brillante idée, j'aurais eu du mal à m'en sortir. J'étais fier de l'avoir trouvée. J'éclatai à nouveau d'un fou rire. Je me rappelai le coup de pied que je lui avais donné et qui l'avait mis à terre. J'en riais encore. Il était tombé comme un sac de patates et j'avais pu facilement lui prendre son arme. Il me l'avait quasiment tendue, tel un enfant obéissant. Il avait la main douce comme un enfant qui reçoit des bonbons de ses parents. Pourquoi porter une arme quand on ne sait même pas si elle est chargée ou pas ? Quel courage de menacer ainsi quelqu'un ! Croire son adversaire qui vient de lui donner un coup de pied lorsqu'il prétend que le pistolet est vide. C'était le gars le plus idiot que j'avais rencontré.

Pourquoi avait-il sorti son pistolet ? J'imaginais qu'il avait peur de moi. En pensant à cela, je ris de plus belle. Ou peut-être avait-il cru que je sortirais un pistolet avant lui. Je continuais de rire sans pouvoir m'arrêter. J'étais seul et je n'avais aucune raison de me retenir. Je ris tant que je pus alors que j'entrais dans la forêt et me sentis plus léger après. Quelle andouille ! Pourquoi avait-il sorti son pistolet ? Et pourquoi m'avoir cru ? J'éclatai une nouvelle fois de rire.

J'entendis une voix hurler derrière moi :

— Hé ho !

Je me retournai. C'était lui ! Il s'approcha de moi en pointant son arme sur moi.

— C'est moi qui te faisais rire comme ça ? demanda-t-il. J'arrêtai immédiatement de rire.

— Non.

Il s'approcha et mit le pistolet sur ma tempe comme il l'avait fait plus tôt. Je commençai à trembler.

— Tu te crois malin, hein ? me dit-il.

— Non, non, dis-je en pleurnichant.

— Alors, pourquoi tu riais ?

— Comme ça.

— Ok, je vais te tuer maintenant, dit-il. Regarde par là-bas.

Obéissant, je fis exactement ce qu'il m'ordonnait de faire, alors que je tremblais comme une feuille.

— T'as fini de trembler ? hurla-t-il.

— Pourquoi ? lui demandai-je gentiment.

— Je n'arrive pas à te viser, dit-il.

En l'entendant, j'éclatai de rire. Quel abruti ! Mon tremblement l'empêchait d'atteindre sa cible.

— Qu'est-ce qui te fait rire encore ? dit-il d'un ton mordant.

— Penser que dorénavant je ne pourrai plus rire me fait rire, dis-je.

— Alors, vas-y, ris. Je te donne une minute, dit-il en baissant son arme.

J'en profitai pour lui donner un coup de pied dans le ventre. Comme la fois d'avant, il tomba de la même manière. Je lui pris son pistolet exactement comme je l'avais fait auparavant. Je me reculai et tirai en l'air. Il se remit debout, étonné. Je jetai l'arme vers lui et comme un peu plus tôt, il me remercia et partit en courant.

Tout en continuant mon chemin, je me retournai et le regardai. Il me fit de la peine. Je me demandais pourquoi un gars comme lui portait une arme. Pourquoi agressait-il les autres ? Pourquoi pointait-il son pistolet sur les gens ? Pourquoi avait-il peur de tirer sur quelqu'un qui tremblait ? Pourquoi laisser une minute pour rire à son adversaire ? Et ensuite, pourquoi le remercier et continuer son chemin ?

Une nouvelle fois, j'explosai de rire. Le soldat Gurkha que j'avais rencontré au col m'avait rattrapé.

— Vous riez beaucoup aujourd'hui, dit-il.

— Oui, j'ai envie de rire, dis-je.

— Il faut rire dans la vie quand on en a l'occasion.

— Oui on a tout le temps pour pleurer, n'est-ce pas ?

— On se demande combien de gens vivent dans ce monde en riant ! dit-il.

— Même le roi a dû mourir en pleurant, fit-il.

— Tellement de gens meurent, tellement de gens se font tuer en ce moment.

— Moi aussi j'étais arrivé chez moi en riant, dit-il. Et maintenant je rentre en pleurant.

J'allais lui dire : « Oui, c'est la vie. » Mais nos chemins se séparaient.

Il me dit :

— J'espère qu'on se rencontrera dans le train un jour et que l'on boira à nouveau du rhum en cachette.

Mais un tout autre destin attendait monsieur Gurkha. Un groupe de rebelles surgi de nulle part l'encercla.

— Mais que faites-vous ? dit-il avec stupeur.

— Vous ne pouvez pas rentrer en Inde, dit l'un d'eux d'une voix forte. Venez avec nous, nous avons besoin de gens comme vous. Nous vous donnerons des armes et des munitions. Puisqu'il faut mourir un jour, que ce soit pour notre pays.

L'homme essaya de s'échapper, en vain. L'un des rebelles me fit signe de partir, mais je fis comme si je n'avais rien vu et restai là, à regarder. Il me fit à nouveau signe de partir. Ils étaient en train de convaincre le Gurkha.

— Vous avez de l'expérience. Ici vous pourrez diriger facilement un bataillon.

Je poursuivis mon chemin. Petit à petit, leur voix devint inaudible. J'étais à nouveau seul. Je craignais que mon double réapparaisse. En pensant à lui, je pouffai de rire. Je ne pensais pas qu'il reviendrait. Il avait un pistolet et quand on lui disait qu'il était vide, il le croyait. Il donnait même l'occasion de rire. Un véritable abruti ! En tout cas, si je le revoyais, je saurai quoi faire : marcher en riant.

❑❑

# 21

La femme qui marchait devant moi était devenue veuve le lendemain de son mariage. Je marchais dans ses larmes. À côté du sentier se trouvait un oiseau blessé. Il était tombé d'un arbre. Un morceau d'aile était encore accroché à une branche. Le battement de ses ailes me troubla, mais je gardai le rythme. Le brouillard couvrait le versant de la montagne où se mêlaient la triste mélodie des soupirs de la veuve et du battement d'ailes de l'oiseau en peine. Cette montée me parut brusquement difficile à grimper.

Katmandou était loin des brumes de cette montagne. Je ne pouvais pas rentrer avec cette chemise qui sentait le sang. Là-bas, je ne serais pas en sécurité. On me poserait des questions. J'avais besoin de me laver de tout ce sang des villages. Je voulais revenir à Katmandou avec des vêtements propres et les idées claires. Sinon, je serais comme le messager porteur d'une nouvelle annonçant les morts dans les affrontements.

Derrière la veuve marchait un vieil homme. Il était en chemin pour aller reconnaître le corps de son fils. Son soupir était comme celui de la montagne déchirée par tant de violence. Il tenait un bâton à la main, mais on aurait dit que c'était le bâton qui le soutenait. Pourtant il continuait de monter alors que je ressentais la fatigue. De part et d'autre du sentier les fleurs n'offraient plus leur parfum. Elles avaient été piétinées et déchirées. Au pied d'un arbuste, il y avait quelques bouses. Au fur et à mesure que je montais, la pente devenait de plus en plus raide. Cette montagne où il avait passé toute sa jeunesse était devenue une malédiction. Il était pressé de récupérer le corps de son fils.

— Je viens d'enterrer un de mes fils, l'entendis-je. Et maintenant, je dois aller identifier le cadavre d'un autre de mes enfants.

Il respirait vite, car il était pressé. C'est dans cette atmosphère sinistre que je continuai d'avancer.

Une vieille dame me suivait. Elle aussi allait reconnaître le corps d'un de ses enfants. Le corps de sa fille en pleine jeunesse se trouvait dans un panier, de l'autre côté de la rivière et elle devait l'identifier. Elle devait aller reconnaître la chair de sa chair, le sang de son sang. Elle devait reconnaître le visage qu'elle avait gardé contre elle tant d'années, lorsqu'elle l'allaitait. Sa fille avait l'âge de se marier. Elle aurait voulu la voir en robe de mariée. Elle avait pu l'envoyer à l'école pour qu'elle apprenne à lire et à écrire, mais elle n'avait pas su lui apprendre la cruauté de certaines choses.

La vieille femme se hâtait dans la brume du chemin, le visage enveloppé de son châle. J'osai à peine la regarder. Ses yeux étaient secs d'avoir tant pleuré. Un peu plus loin, une autre femme marchait sans un mot. En silence, toutes deux continuaient de marcher.

Je montais sur ce chemin parmi tous ces gens qui avaient perdu un proche, un mari, un enfant. Au col nos chemins se sépareraient.

Je voulais revoir Siddhartha avant de rentrer à Katmandou.

Je ne l'avais pas vu depuis un moment. Il m'avait accompagné quelques jours puis m'avait abandonné, me laissant seul. Il avait dit :

— Vous serez plus en sécurité si vous voyagez seul.

— Il faut que chacun puisse vivre en sécurité, seul ou pas, lui avais-je dit.

— Vous êtes en train de parler d'une sécurité éphémère et illusoire, avait-il répliqué. La sécurité ne s'achète pas. Pour une sécurité permanente, il faut que le pays fasse un accord avec le peuple.

— Si vous voulez des négociations, pourquoi tuer les gens des villages ? C'est minable.

— Qui les tue ? Comment et où se font-ils tuer ? avait-il dit avant de partir. Vous verrez de vos propres yeux. Je vous souhaite un excellent séjour. Ce que je veux c'est que vous essayiez d'évaluer la situation par vous-même.

Où était-il à présent ? Que faisait-il ? Pouvait-il voir ces montagnes en deuil ? Comment pouvait-il supporter cette situation qui faisait mourir hommes, femmes et enfants ? Où était-il en train d'élaborer un plan pour la prochaine attaque ? Quand pourrais-je le rencontrer ? Où ? Quel chemin devrais-je emprunter ?

Je m'arrêtai au col. Un groupe de villageois écoutait la radio sur un petit transistor. Ils me regardèrent, prudents. Pourquoi ? Je ne portais pourtant pas de pistolet. Pourquoi se méfiaient-ils ? Je n'avais que du papier à dessin et quelques pinceaux. Je leur expliquai que je n'étais qu'un artiste et que je voulais revoir Siddhartha. Je me demandai s'il se cachait là. Un jeune homme se leva, me prit par le bras et m'entraîna vers les arbustes, loin du groupe.

Tout ce que je voyais était le ciel avec une bande de nuage s'avançant vers le nord.

— Êtes-vous vraiment celui que vous prétendez être ? me lança-t-il suspicieux. Il me fouilla. Il inspecta mes chaussures, mon sac à dos et mon sac de couchage. Un hélicoptère apparut au-dessus de nos têtes. Brusquement, il me força à m'asseoir en me tenant fermement le bras. Lorsqu'il disparut derrière la montagne, il m'ordonna :

— Suivez-moi.

Il me ramena sur le sentier et me confia à un autre homme.

— Ne me posez pas de questions, m'avertit cet homme. Je vous préviens, en cas d'affrontements vous devrez vous débrouiller seul.

Il me donna des consignes. Je le suivis alors que nous entrions dans une forêt dense d'arbustes à épines. Le terrain était difficile, il fallait tantôt repousser des branches, tantôt en casser, nous accroupir, sauter de petits ravins. Finalement, nous arrivâmes devant une maison isolée où il me confia à un autre homme. Ce dernier me dévisagea sans sourire, puis commença à marcher. Il me sembla que je devais le suivre et c'est ce que je fis.

Le sentier devint très étroit, comme tracé par un crayon sur une feuille de papier. Même un petit cours d'eau aurait pu l'effacer, comme une gomme. À cet endroit on avait du mal à le distinguer.

— Si vous n'obéissez pas, je serai obligé de vous tuer, me dit-il.

— Me tuer ?

— Oui, vous tuer, me répondit-il sans se retourner. Et ne parlez pas si fort !

— Pourquoi ?

— Même les arbustes ont des oreilles !

En entendant ces mots, je redoublai de prudence.

— Ah bon, je ne savais pas que les arbustes avaient des oreilles, dis-je en bredouillant.

Son autorité me rendait maladroit.

— Comportez-vous en adulte ! dit-il d'un ton mordant, en repoussant une branche.

— J'ai trente-deux ans, dis-je timidement.

— Je ne vous demande pas votre âge, répliqua-t-il toujours en marchant. C'est juste pour que vous compreniez.

— Ok, j'ai compris.

— Tant mieux, fit-il.

Alors que nous étions proches d'une falaise, il s'arrêta. Je m'arrêtai aussi. Je me demandai si nous devions sauter d'ici. De l'autre côté des gorges, il y avait une autre falaise. Loin devant nous, dans une forêt, une clairière abritait quelques maisons aux toits en paille. On apercevait une maison en pierre partiellement cachée derrière une école couverte d'un toit en métal d'où le soleil renvoyait ses rayons. J'étais ébloui. L'homme siffla. Son écho se fit entendre dans les gorges. On entendit, de l'autre côté, un sifflement en retour, mais sans écho, cette fois.

— On ne doit quand même pas sauter d'ici ? demandai-je.

— Si vous en avez envie, vous pouvez.

— Non, simple curiosité.

— Plus de question, m'ordonna-t-il sans rien ajouter.

Il se tourna vers la gauche et enjamba un tronc d'arbre. Je réalisai que je n'avais pas encore aperçu son visage. Il devait avoir la vingtaine. Je me disais que si je le croisais à nouveau, je ne pourrais pas le reconnaître. Sa voix par contre, était identifiable. Il parlait très vite, mais à voix basse. Comme une balle.

Je le suivis. On entendit le bruit d'un autre hélicoptère, mais je ne le vis pas. Il était possible que les forces de sécurité aient multiplié leurs patrouilles. Alors que nous marchions sur le bord de la falaise, il me provoqua :

— Même les aigles ne trouveraient pas vos os ici.

Un peu plus loin, une fille se tenait debout en feignant de regarder ailleurs. L'homme recula puis disparut. Je réalisai que je devais suivre à présent la fille.

— Est-ce que vous êtes mariée, vous ? demandai-je.

— Qu'est-ce que ça peut vous faire ? me demanda-t-elle en retour.

Peu après le sentier commença à descendre. Elle marchait vite, j'avais du mal à la suivre.

— Ce pantalon vous va bien, bredouillai-je, incapable de me retenir.

— Il semblerait que vous n'ayez jamais vu de cartouche de votre vie? me chuchota-t-elle.

— Qu'est-ce qui vous fait dire ça ?

— Si c'était le cas, vous ne penseriez même pas à des choses aussi insignifiantes.

Elle parlait vite, tout comme elle marchait. En l'observant, je vis qu'elle avait une arme dans son pantalon cachée sous son châle. Nous arrivâmes à un torrent qu'il fallut traverser. Un vieux tronc d'arbre faisait office de pont. Elle le traversa rapidement sans aucune difficulté.

— Vous devriez être l'héroïne d'un film d'action, dis-je bêtement en m'apercevant que décidément je cherchais des ennuis.

— Mes amis ne vous ont pas dit de vous taire ? hurla-t-elle en passant devant moi.

— Si, ils me l'ont dit.

— Et alors ?

— Alors quoi ?

— Alors pourquoi vous parlez avec moi ? me demanda-t-elle.

— Je n'arrive pas à me taire, excusez-moi !

— Je ne suis pas responsable de votre sécurité, fit-elle comme si elle voulait me faire peur.

— Mais il n'y a pas de danger, si ? demandai-je.

— Ça dépend de vous, dit-elle pour m'encourager à être prudent.

Elle traversa un champ de blé et entra dans la forêt. Elle ressemblait à n'importe quelle fille de village partie chercher du bois. Mais elle, elle portait une arme cachée dans la ceinture de son pantalon. Une arme pour tuer faisait corps avec elle, telle une fleur entourée d'un serpent. C'était une fille ordinaire de village. Mais elle était aussi une révolutionnaire. Je devais faire attention à ce que je lui disais. J'avais aussi du mal à la suivre. Elle marchait avec une telle légèreté qu'on aurait dit une gazelle. Pas un être humain. Je ne voyais pas ses pieds et pourtant elle marchait. Vite. Je me demandais où elle pouvait bien m'emmener. Elle semblait certaine que je la suivais. J'avançais vite, le souffle court, pour la suivre. Elle traversa le col sans effort.

— Le gars qui vous épousera aura beaucoup de chance, dis-je.

Elle s'arrêta brusquement et mit la main sur son arme, sans rien dire.

— Vous n'êtes jamais tombée amoureuse ? lui demandai-je tout en regrettant immédiatement ma question.

Décidément, je ne pouvais pas m'en empêcher. Elle sortit son pistolet et me regarda.

— Désolé, fis-je gauchement. Désolé, vraiment.

Après ça, je la suivis en silence. J'avais l'impression de faire de la méditation *vipashyana*. Je commençai à réfléchir à la situation qui me paraissait paradoxale : d'un côté, des villages entiers étaient en deuil, des centaines de maisons avaient été abandonnées, les gens se trouvaient dans des situations épouvantables n'ayant plus que leurs yeux pour pleurer, et de l'autre côté cette fille voulait me faire peur avec son pistolet. Mais que croyait-elle ? Avait-elle le courage et la capacité de résoudre les problèmes de ce pays et de le mener à la prospérité ? Tout ce qu'elle avait c'était son pistolet et cette force qu'elle utilisait pour me diriger comme un prisonnier.

— Vous pouvez parler si vous voulez, dis-je. Vous n'avez pas besoin de me faire peur tout le temps avec votre pistolet.

— Là où les paroles ne marchent pas, la balle marche, fit-elle.

— Alors aujourd'hui dans ce pays, vous avez sorti les armes parce que vos paroles ne marchaient pas, c'est ça ?

— Est-ce qu'on avait le choix ? demanda-t-elle au lieu de répondre et ajouta :

— J'espère qu'avec vous, les paroles marcheront.

— J'ai vu des balles, dis-je en lui montrant le trou dans mon pantalon. Moi aussi, je suis un survivant.

— Ce n'est pas tous les jours dimanche.

Elle continuait de vouloir me faire peur.

— Je vais vous dire une chose, dis-je. Ne vous fâchez pas mais ce pistolet dans vos mains ne vous va pas du tout.

— Croyez-vous que nos mains sont seulement faites pour porter des bracelets ? me demanda-t-elle doucement, mais ses mots me firent l'effet d'un coup de poing.

— Non, mais au moins les bracelets ne tuent personne.

— J'ai ce pistolet pour me protéger, dit-elle. Si je suis forte aujourd'hui, c'est grâce à lui.

— Mais pour combien de temps ?

— Je vivrai sans crainte aussi longtemps que je le pourrai.

— Mais pourquoi prendre le risque d'écourter votre vie ?

— Une vie longue sans but est une malédiction.

— Et avec les armes, elle a un but, n'est-ce pas ?

— C'est bien mieux que d'être l'esclave d'un homme en portant des bracelets aux poignets.

— J'aimerais vous demander une chose, ne vous-fâchez pas.

Elle ne s'arrêta pas. Sans pouvoir m'en empêcher, je lui demandai :

— Est-ce que vous êtes vierge ?

Elle sortit immédiatement son pistolet et me visa. Je ne pus m'empêcher d'éclater de rire. Elle tira un coup de feu vers le ciel. Mon envie de rire disparut brusquement. Je perdais pied avec la réalité. Je tendis les mains comme pour me rendre, en fermant les yeux.

Tout à coup, quatre hommes arrivèrent en courant. L'un d'eux m'empoigna, un autre mit un bâillon à la jeune fille. Ils fouillèrent mon sac à dos.

Nous avons continué à marcher sur un chemin en montée. Lorsqu'ils enlevèrent mon bandeau, je me retrouvai dans une vallée d'une grande beauté. Je fus surpris de voir qu'ils avaient aussi bâillonné la fille. « Ses camarades la punissaient-elles pour une raison ou une autre ? » me demandai-je. Un peu plus loin, dans le champ de mandarine, je vis un homme s'avancer. C'était Siddhartha ! Il était seul, sans ses gardes du corps qui ne devaient pas être loin.

— C'est Siddhartha ! criai-je en sautant de joie et en le montrant aux hommes qui m'avaient amené ici.

La fille tenta de parler, mais son bâillon l'en empêcha. Je ne comprenais pas pourquoi elle était toujours bâillonnée, mais je n'eus pas le courage de le leur demander. Je voulais d'abord revoir Siddhartha.

— Hé Siddhartha ! criai-je lorsqu'un homme m'ordonna de me taire.

Ils sortirent leurs armes.

Alors que Siddhartha cueillait des mandarines, il nous vit. Je fis un signe de la main, mais je fus surpris de le voir courir. Je ne comprenais pas pourquoi. Je me mis à côté de la fille bâillonnée qui me donna un coup de pied en me montrant ses liens aux poignets. Je la libérai puis elle enleva son bâillon. Je vis que les hommes avaient encerclé Sidhartha, proche d'un mandarinier.

Pan, Pan, Pan ! Ils tirèrent sur lui. Siddhartha s'écroula.

Je ne comprenais pas ce qui se passait alors que la fille tombait à terre en se couvrant le visage de ses mains. Les hommes lui avaient déjà saisi son pistolet. Brusquement, je me sentis envahi d'une immense fatigue. Un hélicoptère surgit de nulle part. Il atterrit sans couper le moteur. Tous les hommes montèrent à bord. J'étais incapable de rester debout dans le souffle des hélices. Lorsque l'hélicoptère s'envola, je regardai la fille qui pleurait face contre terre. Je me précipitai vers Siddhartha.

Il gisait dans une mare de sang, mais respirait encore. Il prit ma main en ouvrant la bouche pour tenter de parler.

— Je suis désolé, Siddhartha, dis-je les yeux pleins de larmes. C'est de ma faute, c'est moi qui t'ai mis dans cette situation.

Il bougea les lèvres, mais je ne comprenais pas. Je regardai ses yeux. Je perdais pied. Ses yeux étaient purs, fixes et plein d'espoir. Ils se mirent à cligner comme une bougie sur le point de s'éteindre. Sa bouche était pleine de sang, mais ses yeux étaient toujours aussi vifs. Il bougea. Il me regarda une dernière fois alors que j'éclatai en sanglot. La bougie s'éteignit.

Il était allongé dans le champ de moutarde, la lumière dans ses yeux avait disparu à jamais. Je fermai ses paupières. J'étais assis à côté de son corps, au pied d'un mandarinier. Mes larmes continuaient de couler sur lui. Ce jour-là je fus couvert du sang de mon ami. Je restai assis à côté de lui.

◻◻

## 22

Le pont suspendu sur la rivière avait disparu. Il avait été détruit par une bombe. Comment allais-je faire pour traverser la rivière ? Je regardai autour de moi, sans trouver de solution. J'aperçus une barque de l'autre côté de la rivière, mais je ne voyais personne aux alentours. « Peut-être qu'en voyant un client, il viendrait », me dis-je.

Je descendis vers la rivière, les vêtements, le corps et les mains pleins du sang séché de Siddhartha. Il me semblait que quelques secondes à peine s'étaient écoulées depuis que j'avais touché ses mains couvertes de sang. Il me semblait que ses yeux qui venaient de s'éteindre me regardaient encore. Il n'était plus là, mais je n'arrivais pas à le croire. Chaque pas me rapprochait de lui. Mes pieds s'enfonçaient dans le sable, alors que j'arrivai dans le lit de la rivière. Je me lavai les mains, frottai ma chemise et mon pantalon. La couleur de la rivière me paraissait différente et je ne voyais toujours personne arriver

— Il y a quelqu'un ? criai-je.

Je n'entendis que la brise de la rivière. Je regardai autour de moi. Personne n'arrivait. La barque était toujours là, immobile.

— Hé ho, est-ce qu'il y a quelqu'un ? criai-je de plus belle.

Seul le vent me répondit.

Que faisais-je ici ? Comment en étais-je arrivé là ? Pourquoi Siddhartha m'avait-il fait venir ici, là où je suis né, où j'ai grandi avec mon ami d'enfance, ici dans cette forêt, sur ces collines, ces falaises ?

— Hé ho ! continuai-je à crier. Mes pieds s'enfonçaient de plus en plus dans le sable.

Je sifflai, mais personne ne se montrait.

— Hé ho ! criai-je à nouveau. Ma voix se perdit dans le tumulte des eaux de la rivière.

J'entendis l'écho. Le soir approchait.

Finalement, le rameur de la barque apparut de l'autre côté de la rivière. Je lui fis signe. Il poussa sa barque de toutes ses forces. Soudain je me sentis mieux, je pourrais bientôt rentrer à Katmandou. Siddhartha qui m'avait fait venir ici était mort et j'avais aidé ses assassins à l'identifier. Je me sentais coupable, car c'était moi qui avais crié son nom. Les tueurs l'avaient encerclé alors qu'il était en train de cueillir des mandarines et qu'il n'était pas armé. Je n'avais pas vu non plus ses gardes du corps. Il s'était fait piéger comme un chasseur chasse sa proie. Je me demandai si c'était à cause de moi qu'il était mort. Si je n'avais pas dit de bêtises, la fille n'aurait pas sorti son pistolet, ces hommes ne seraient pas arrivés. Et si je n'avais pas dit : « C'est Sidhartha ! » ils ne l'auraient pas reconnu. Avais-je été complice de sa mort ? Étais-je un criminel ?

En s'approchant de moi, le rameur dit :

— Ça va ? Venez, montez !

Mes souvenirs naviguaient au fil de l'eau. Si je n'avais pas voulu le rencontrer, peut-être serait-il encore vivant. Mais je ne le croyais pas, car un jour il m'avait dit : « Je vis sur le fil du rasoir. »

Il avait choisi cette vie-là. Il avait chassé ses peurs. Il traversait les flammes, mais dans sa course au danger, il en avait entraîné d'autres. Il serait mort de toute façon, même si je n'avais pas cherché à le revoir. L'hélicoptère tournait dans le ciel. Ça aurait pu être ailleurs, mais ce serait arrivé. Il avait accepté le risque de mourir jeune. Il n'avait pas peur. Je me rappelai ce moment où il avait couru comme une gazelle pour s'enfuir et, malgré tout, il s'était fait encercler. Il avait reçu plusieurs balles dans la tête et dans le ventre. Il s'était écroulé. Il avait tenté de me parler, mais n'avait pas pu. S'il avait eu une balle de moins, peut-être aurait-il pu dire un mot ? Je sentais encore son sang chaud sur mes mains. La rivière était profonde de ce côté, le rameur menait sa barque en nous dirigeant vers l'est.

Voyager avec Siddhartha m'avait permis de voir la terre de mon enfance avec un autre regard. J'avais pu découvrir les possibilités pour une reconstruction d'une société qui ne demandait qu'à être améliorée. À travers ce périple, j'avais pu entrevoir tout un monde comme dans un tableau, une poésie ou une musique. Il avait choisi le risque et dans le même temps il avait exposé la montagne entière au danger. Beaucoup de jeunes l'avaient suivi sans réfléchir et avaient pris les armes, sans en mesurer les conséquences. Le pouvoir illusoire des armes avait dévasté la montagne entière.

— Il paraît qu'un leader maoïste s'est fait tuer là-haut, dit l'homme tout en ramant. Vous êtes au courant ?

J'étais incapable de parler. J'étais incapable de lui raconter. Incapable d'exprimer à quel point il m'était cher et j'étais assis là, couvert de son sang. Je ne pouvais pas lui montrer. Qui pouvait comprendre ? Aucun écrivain, aucun poète, aucun musicien, aucun peintre n'avait vécu ce que j'avais vécu. Personne.

Il disait : « Le mouvement auquel je participe amènera au moins un peu de changement positif dans le pays. » Aujourd'hui il n'était plus que cendres. Il était enterré quelque part et petit à petit il ne resterait plus de lui que des os. Sa vie, ses espoirs et sa mort resteraient à jamais gravés dans ma mémoire. La flamme de son esprit révolutionnaire, attisée avec le temps et par les évènements du pays, s'était éteinte. Et j'étais celui qui avait senti son dernier battement de cœur.

Des feuilles mortes flottaient à la surface. Elles symbolisaient la vie passée. Avec l'arrivée du printemps, de nouvelles feuilles pousseraient sur ces arbres ancrés dans les montagnes, au bord des falaises.

L'homme continuait de ramer contre le courant.

— C'est si triste de voir notre pays en guerre sous nos yeux, dit-il. Et c'est si difficile de voir mourir ses proches, n'est-ce pas ?

Ses mots m'anéantirent. Non seulement j'avais vu de près ces atrocités, mais je les avais vécues et à présent je m'en échappais. Ses mots me ramenèrent vers des scènes douloureuses. La fille qui cueillait des mandarines, la petite fille qui allait voir son amie d'enfance avec deux bananes à la main, le vieux couple qui avait perdu ses enfants, la patronne et son fils qui avaient vécu les affrontements durant une longue nuit, le voisin qui avait vu l'explosion, les enfants privés d'école, les villageois qui me conseillaient d'être prudent, les policiers adossés au mur alors que des corps étaient jetés à côté d'eux. Tout ça tournait en boucle dans ma tête. Avais-je bien vécu ce cauchemar ?

Comment avais-je pu voir un reflet qui me ressemblait en tous points, avait le même nom que moi, portait les mêmes vêtements, avait vécu les mêmes expériences et en même temps avait pointé son pistolet sur moi ? J'avais été si effrayé. J'avais été étranglé par mes propres pensées pendant la montée. Partout j'avais vu des veuves, des orphelins, des parents qui avaient perdu leurs enfants. Même lorsque j'avais croisé une personne ordinaire, j'étais tellement traumatisé que j'avais vu en elle le visage d'une veuve. J'avais dû perdre pied avec la réalité, sinon pourquoi aurais-je imaginé de telles choses ? Pourquoi aurais-je dit des mots aussi futiles à cette fille qui m'amenait vers Siddhartha. J'avais complètement perdu la tête. J'étais complètement désorienté. C'était le sang chaud de Siddhartha qui m'avait ramené à la réalité. Je venais de traverser une région terrifiante.

— Si je ne dis rien, dit le rameur, j'étouffe et si je parle on ne sait jamais comment ce sera pris !

— Pardon ? dis-je.

— Je ne sais pas qui vous êtes, dit-il. Si je dis un mot, il est possible que vous sortiez une arme et si je vous en dit un autre, ce serait peut-être la même chose aussi.

Il semblait si inquiet, le pauvre. Il était en train de me faire traverser la rivière alors qu'il avait peur de moi. Il m'aidait, mais craignait pour sa vie. J'avais perdu mon identité. J'avais mon apparence, mais les autres imaginaient comme ils voulaient qui j'étais à l'intérieur. La situation était devenue telle que plus personne ne croyait plus personne. L'aspect extérieur ne voulait plus rien dire. Et malgré tout, il me faisait traverser la rivière en toute sécurité, avec bienveillance.

— Cette barque est mon gagne-pain, dit-il. Elle me nourrit et fait vivre ma famille. Mais j'ai peur qu'un jour elle prenne ma vie aussi.

— Que voulez-vous dire ?

— On me demandera : « Pourquoi as-tu fait traverser un tel ? Qui était-il ? Pourquoi ne nous l'as-tu pas dit ? » m'expliqua-t-il. Que faire ?

Je regardai dans le vide. Il ramait toujours. Sous sa rame, l'eau se fendait alors que son sillon disparaissait dans les remous.

C'était comme si l'eau se scindait sans jamais se diviser. Alors qu'il continuait de battre l'eau, le courant filait toujours au même rythme.

Siddhartha avait voulu faire des remous dans le courant lent de la rivière. Il disait : « On va faire une nouvelle vague. » Mais elle avait fini en tourbillon. C'était un peu comme ça qu'il était entré dans ma vie. Il avait provoqué la vague, mais il avait été aspiré par le tourbillon.

La rivière marquait la fin d'un chapitre de ma vie. J'atteignis la rive en pensant que j'avais laissé Siddhartha de l'autre côté. Tout ce qu'il me restait pour voyager à présent était son souvenir. Seul son spectre pouvait encore me poursuivre, mais je le laissai reposer, lui aussi, de l'autre côté de la rivière.

Je venais de traverser une période étrange et agitée, je rentrais maintenant à Katmandou. Je devrais raconter aux gens qu'un de mes amis, leader maoïste, s'était fait tuer. Pour moi, il était devenu le courant d'une rivière dont j'étais incapable de décrire la force. Étais-je capable de garder l'image de cette force ? Mon voyage cauchemardesque était sur le point de se terminer et j'allais à présent vers une nouvelle phase de ma vie.

Avant de partir pour Katmandou, je voulais donner mon identité aux hommes que le rameur m'indiquerait Je ne savais pas de quel côté ils se trouvaient, mais je devais leur dire qui j'étais pour que le rameur n'ait pas d'ennuis. Je leur dirais qui j'étais, mais jamais je ne dévoilerais mon lien avec Siddhartha.

Je n'étais à l'abri ni d'un côté, ni de l'autre.

❑❑

## 23

J'arrivai dans une vallée où la rivière s'étalait. Adossé à un arbre de *simal*, je regardai le ciel où un arc-en-ciel s'était formé. Il devait pleuvoir sur les montagnes. Il y avait un gros nuage noir au-dessus de moi et à l'ouest l'horizon se colorait d'orange. Il devait y avoir quelques cumulus. Ces nuages me firent penser à une femme parée pour une fête. Sur le sari traditionnel des femmes de Baktapur, il y a un liseré rouge sur le tissu noir. La nature est le plus grand artiste . Et dans son ombre, nous tentons vaguement de l'imiter. Dans le ciel, les formes et les couleurs changeaient, mais tout était impermanent. Tout comme moi qui traversais une étrange période.

Les rives de la rivière étaient fleuries de blanc. Les pierres chauffées par le soleil me brûlaient les pieds. Je sentais une brise fraîche sur ma peau. Je fredonnai *'Un beau jour viendra …'* Ce sentier bucolique était fait pour les amoureux et bien que je sois seul, des pensées romantiques me vinrent à l'esprit. Je ne me rappelais pas quand les fleurs de *simal* fleurissaient. Depuis l'arbuste de *kansh* je vis un oiseau s'envoler. Il me fallait marcher toute la journée sur cette rive caillouteuse pour atteindre un village d'où je pourrais prendre un bus. Je devrais marcher longtemps. J'aurais, pour seuls compagnons de voyage la douce brise, les vaguelettes de la rivière, le bruit de mes pas et une angoisse qui me tenaillait. Cette peur me troublait. Je vis une statue un peu plus loin. Je m'aperçus que je l'avais confondue avec un arbre mort. Était-il là pour m'effrayer ? Une vague se forma pour venir s'échouer telle une baleine sur la rive. Secrètement, j'implorai la rivière de continuer à me rassurer ainsi avec ses vagues bruyantes.

Derrière moi, j'entendis quelqu'un qui toussait. Je me retournai et vis un jeune homme portant une lourde charge sur son dos. Ne sachant que faire, je restai immobile. Il s'avança et me regarda droit dans les yeux, sans dire un mot. Les fleurs blanches d'arbuste de *kansh* ondulaient avec le vent. Cette vallée était si belle avec la rivière bordée de ces fleurs blanches.

Je tentai de le suivre, mais il marchait vite. Que portait-il sur son dos : du riz, des armes, ou les deux ?

Il s'arrêta brusquement et me demanda :

— Vous m'avez parlé ?

— Non, je n'ai rien dit.

Il continua son chemin. Je fredonnai à nouveau *'Un beau jour viendra …'*

J'entendis quelqu'un d'autre tousser derrière moi. Je vis un autre jeune homme qui, comme le premier, portait une lourde charge sur le dos. J'hésitai à continuer. Il me sembla qu'il s'était arrêté. Lui aussi me regarda droit dans les yeux, sans dire un mot, puis continua son chemin. Je tentai de le suivre, mais lui aussi marchait vite. Que portait-il sur son dos : du riz, des armes, ou les deux ?

Au moins, il ne me demanda pas si je lui avais parlé. Je passai l'arbre mort qui ressemblait à une statue et me remis à fredonner.

— Qui êtes-vous ? me demanda quelqu'un au *tea shop*.

— Qui, moi ?

— Oui, vous !

Je reconnus un des jeunes qui m'avait dépassé. Ils étaient tous les deux assis sur un banc en face de moi. Le banc où j'étais assis devait être neuf, car je sentis la délicieuse odeur du bois fraîchement coupé. Je posai mon sac à dos et remarquai que mon sac de couchage était de travers. Je le remis bien en place pendant que les hommes me regardaient.

— Disons que je suis un voyageur, dis-je.

— Précisez un peu plus, m'interrogea un autre.

— Je suis venu visiter les villages, dis-je. Je rentre maintenant à Katmandou.

— Que faites-vous dans la vie ?

— Je peinds des tableaux.

— De quel genre ?

— De la peinture moderne.

— Pouvez-vous nous faire une démonstration ? me demanda le premier qui avait parlé.

— Là, je suis un peu fatigué.

— Prenez un thé d'abord.

— Merci, dis-je.

Je mangeai des biscuits que je trempai dans le thé. Cette sensation de faim devait me tenailler depuis des jours. J'avais l'impression de n'avoir jamais mangé des biscuits aussi bons dans ma vie.

— Vous voulez encore des biscuits ? me demanda un autre homme.

Avant que je ne puisse répondre, ils tournèrent la tête vers le sentier. D'autres jeunes gens arrivaient avec une lourde charge sur le dos. Parmi eux se trouvaient trois ou quatre filles. Ils arrivèrent au *tea shop* et sans un mot, s'installèrent sur un banc.

Je commandai un autre thé pour finir le paquet de biscuit.

Entre eux, les jeunes n'échangeaient pas un seul mot.

— Pouvez-vous nous montrer maintenant ? me demanda un des hommes.

Je jetai un œil à la patronne du *tea shop*. Elle me regardait depuis un moment. Trois des jeunes gens entrèrent dans le *tea shop* suivis de la patronne. J'entendis un bruit étrange. Il se passait quelque chose d'anormal. Alors que je sortais mon carnet à dessin et quelques crayons, plusieurs enfants s'approchèrent. L'un d'eux, curieux, toucha les crayons pendant que les autres regardaient.

— Que voulez-vous que je dessine ? demandai-je.

Ils se regardèrent les uns les autres sans savoir que répondre. Je me mis à faire le portrait d'un des enfants qui m'entouraient. Ils me regardaient tous, émerveillés. Je collectionnais les dessins que je dessinais durant ce voyage. Ils m'aideraient à me rappeler plus tard, une fois de retour à la galerie, les formes et les couleurs que j'avais vues. C'était comme un carnet de voyage et ils me seraient très utiles pour créer un tableau.

Le garçon que je dessinais commença à glousser, amusé par la façon dont le crayon dansait sur le papier. Les autres garçons l'imitèrent. Les jeunes gens à la lourde charge s'approchèrent. Ils m'entouraient à présent en regardant avec curiosité ce que je dessinais.

Son portrait prenait forme. Le garçon se mit à rougir alors que les autres le taquinaient. Il s'enfuit pendant que les autres jeunes continuaient de regarder le dessin.

— Et maintenant, fit le plus âgé en posant son pistolet sur la table. Ça vous dirait de faire le portrait de notre 'Président Camarade' ?

— Je ne l'ai jamais vu.

— Quoi ? Vous n'avez pas vu sa photo ? demanda-t-il.

— Si, mais je ne m'en rappelle que vaguement, dis-je. Tout ce dont je me rappelle c'est sa moustache et ses cheveux.

— Alors de quoi avez-vous besoin ?

— Il faut que je le regarde, au moins une fois.

Les hommes se regardèrent entre eux. L'un d'eux sortit de sa poche une coupure d'un vieux journal et me montra la photo du 'Président Camarade.'

— La photo est un peu floue.

— Vos dessins sont aussi un peu flous, dit-il.

— C'est vrai, les dessins sont plus flous que les photos, dis-je. Mais si je dessine à partir d'une photo, il faut au moins qu'elle soit nette.

— Faites de votre mieux c'est tout, insista l'un d'eux.

— Et si ce que j'ai fait ne lui ressemble pas ?

— Ce n'est pas grave.

— J'ai peur que vous me punissiez si je ne fais pas le portrait exactement comme sur la photo.

Ils se regardèrent entre eux une nouvelle fois alors que je lui rendais la coupure de journal.

Un peu plus tard, la mère de l'enfant que j'avais dessiné s'approcha vers moi pour prendre le portrait. Elle habitait tout près.

— Il paraît que vous avez pris mon fils en photo.

— Ce n'est pas une photo, dit un des jeunes. C'est un dessin.

Le garçon était là aussi, accroché au sari de sa mère. Il me regardait timidement, les joues toutes rouges, un doigt à la bouche. Je tendis à la mère le dessin. Alors qu'elle le regardait, elle rit.

— Le nez est tordu ! dit-elle. Je ris.

— Sur un dessin, on ne peut pas représenter exactement ce que l'on voit, dis-je.

— Non, tout est pareil sauf le nez qui est un peu tordu, dit-elle.

Alors qu'elle partait, un autre villageois arriva, accompagné d'un des gamins qui m'avaient regardé dessiner avec curiosité.

— Pouvez-vous aussi faire une photo de mon fils ? Je regardai le garçon. S'il vous plait, sinon il ne me laissera pas tranquille, dit le villageois.

Je venais juste de terminer le portrait d'une petite fille qui était venue avec sa tante. « Un de plus, me disais-je, pourquoi pas ? »

— C'est combien ? demanda la tante.

— C'est un cadeau pour votre nièce, dis-je en effleurant la joue de la petite fille. Je te le donne si tu me promets d'aller à l'école, d'accord ?

— C'est promis, fit-elle, en partant en courant, le dessin à la main.

Sa tante me remercia et ses yeux exprimaient toute sa gratitude.

— Vous prenez combien à Katmandou quand vous faites des dessins comme ça ? me demanda le premier jeune que j'avais croisé en chemin.

Je ris. Pour expliquer le métier de peintre, il faudrait que je leur explique tant de choses. Je pris le temps de le faire et la plupart d'entre eux eurent l'air de comprendre.

— Vous suivez quelle idéologie ? me demanda l'un.

— C'est-à-dire ?

— Vous appartenez à quel parti politique ?

— La politique ne m'intéresse pas beaucoup, répondis-je. Ma vie se résume à la peinture.

— Comment voyez-vous la guerre que nous sommes en train de mener ?

— Je ne suis pas contre ce que vous revendiquez, dis-je. La plupart d'entre elles sont justifiées, mais …

— Mais quoi ?

— Mais personnellement, je ne suis pas d'accord avec le choix que vous avez fait de prendre les armes. Je ne crois pas à la violence, vous êtes capables de le comprendre. Je n'ai pas besoin d'en dire plus.

La patronne s'approcha et me demanda :

— Qu'est-ce que vous voulez manger ? Je lui répondis :

— Du *daal-bhat*, avec des épinards si vous en avez.

Elle rentra aussitôt. Parmi le groupe de jeunes qui portaient les lourdes charges, quelques-uns cuisinaient dans la cuisine du *tea shop*. Alors que la nuit tombait, ils allumèrent la radio et l'écoutèrent attentivement. « Ce sera sans doute sur la *BBC Nepali Sewa* » disait l'un des jeunes, mais je ne savais pas à quoi ils faisaient allusion.

Une lampe à kérosène avait déjà été mise sur la table. À la faible lueur de la lampe, les jeunes lisaient un journal dont ils avaient partagé les pages entre eux. Ces journaux ne semblaient pas récents. Dans un coin, deux jeunes parlaient doucement et je craignais qu'ils ne parlent de Siddhartha. Mon cœur battait la chamade.

— Et vous, où allez-vous ? demandai-je à l'un d'eux.

— Loin, dans une autre région.

— Allo …

Je fus étonné de voir un jeune parler au téléphone. « Ils ont même le téléphone », me disais-je. Il tira l'antenne tout en répétant plusieurs fois « Allo » Puis il se mit à parler en langage codé. Il m'était impossible de comprendre quoi que ce soit. Je me dis qu'ils devaient faire partie d'un groupe de poids étant donné qu'ils avaient un téléphone satellite.

Sur la table, je continuai de dessiner sans bien savoir ce que je voulais représenter. Soudain je m'aperçus que le portrait de Siddhartha prenait forme. Conscient du danger qu'il pouvait représenter pour moi, je griffonnai immédiatement. Je sortis une autre feuille de papier et commençai à dessiner autre chose. Je voulus faire le portrait de la petite fille qui était partie à la rencontre de son amie d'enfance, mais je n'arrivai pas. Son souvenir était si douloureux qu'il m'empêchait de la dessiner. Je tentai alors de faire le portrait des parents de Resham, mais là aussi, je ne pus rien dessiner.

Un petit vent frais montait de la rivière. Elle résonnait de sa douce musique. La rivière était en perpétuel voyage. Sa mélodie était parfois différente, mais elle murmurait toujours les mêmes mots. Seuls nous-mêmes pouvions l'appréhender différemment selon que nous l'écoutions dans l'agitation de la journée ou dans le silence de la nuit. Ce n'était pas la rivière seule qui renfermait la mélodie, elle la composait avec les rives, les rochers, les vagues et les falaises.

Ces jeunes gens avaient pris les armes à un âge où ils auraient dû aller au collège ou à l'université et risquaient leur vie. Tout comme le feraient ces enfants que je venais de dessiner. Le cours de leur vie quotidienne serait bouleversé tout comme les vagues, les falaises ou les rives bouleversent le cours de l'eau.

Un peu plus tard, j'entendis une petite voix :

— Monsieur, me dit-elle. C'était la petite fille que j'avais dessinée plus tôt. Venez chez nous.

— Pourquoi ?

— Mon papa a dit de venir manger chez nous.

— On prépare mon repas ici, dis-je.

— Non, venez manger chez nous, insista-t-elle.

— Je ne peux pas cette fois, mais demain je viendrai boire du thé chez toi, c'est promis.

— D'accord, dit-elle puis elle partit en courant.

Elle connaissait le chemin par cœur, même dans l'obscurité. Elle disparut aussi vite qu'un courant d'air ou qu'une vague de rivière. Je sentis la fraîcheur de la brise sur ma peau.

Les jeunes se tenaient devant le seuil de la maison, à la lueur d'une lampe à kérosène. Ils avaient sorti un *madal*. On entendit immédiatement que la musique qu'ils jouaient avait un air révolutionnaire. Un autre sortit sa flûte et commença à jouer. Il sembla que la mélodie de la rivière s'était arrêtée. Seule une brise légère nous rappelait sa présence. Les feuilles d'un bananier dansaient au vent. Derrière se tenait un papayer un peu tordu. La patronne m'apporta une assiette d'ananas coupé en petits morceaux. Alors que j'en saisi un, le son de leurs chants se mit à résonner dans la nuit. Les jeunes, garçons et filles se mirent à chanter. Ceux qui n'étaient pas parmi eux étaient partis au village chercher des vivres. Étant donné qu'ils partaient vers une autre région, ils avaient besoin de faire des provisions lorsqu'ils s'arrêteraient en forêt ou ailleurs, où ils ne pourraient pas se ravitailler.

Plus tard, ce groupe de jeunes revint, chargé à leur tour de sacs lourds.

Depuis la cuisine me parvint l'agréable odeur d'épinards qu'on faisait sauter dans de l'huile de moutarde. Il y aurait de la sauce à la coriandre, des lentilles noires, des haricots verts tendres et des petits pois. J'adorais tellement ça que j'aurais pu en manger des kilos. Au rythme du *madal,* je dévorai mon repas aussi vite que les oiseaux avalent les graines séchées étalées dans les cours des paysans.

— Vous en voulez encore ? me demanda la patronne.

Gêné, je n'osai pas en reprendre. De toute façon, j'avais lu quelque part qu'il était bon pour la santé de laisser une petite place dans le ventre. Les jeunes, eux, se moquaient éperdument de ce conseil et dévoraient des montagnes de nourriture. Pendant qu'ils se bâfraient, la patronne enleva mon assiette vide et déroula sur la terrasse un tapis de paille pour que je puisse étaler mon sac de couchage. En bas, les jeunes avaient commencé à danser. À part la patronne, j'étais le seul spectateur.

Brusquement, le *madal* se tut. En regardant en bas, je vis un des jeunes qui réglait la radio. J'entendis le *jingle* connu de *BBC Nepali Sewa* et me retournai. Je me couchai tout en me demandant pourquoi les jeunes étaient si concernés par les actualités. Pourquoi ces jeunes qui vivaient dangereusement étaient-ils si impatients de savoir ce qui pouvait se passer dans le monde ? Celui qui avait le téléphone s'écarta du groupe en sortant l'antenne de son téléphone et dit : « Allo, allo ». J'aurais bien voulu qu'il me demande de faire son portrait, mais il ne semblait pas intéressé.

Je pris un bonbon au café avant de me glisser dans mon sac de couchage. Je me mis à fredonner *'Un beau jour viendra ...'*

Pendant que je fredonnais, le bonbon en bouche, toutes sortes de pensées me traversèrent l'esprit.

Allaient-ils me tuer ? Allaient-ils m'agresser pendant mon sommeil ? Ces pensées trottaient dans ma tête et je ne savais pas comment les arrêter. J'avais été honnête avec eux en leur disant que je n'approuvais pas leur idéologie et j'avais refusé de faire le portrait du 'Président Camarade.' Peut-être aurais-je dû le faire, ce n'était pourtant pas bien difficile. Mais j'avais préféré rester sur ma décision. Au pire, ils me tueront, mais quand ? Que gagneraient-ils en faisant cela ? Les balles n'étaient pas gratuites non plus. Combien une balle pouvait-elle coûter ? Celles des fusils ou de la *Kalachnikov* ne devaient pas avoir le même prix.

Je vis un des jeunes sortir d'un sac du riz et des pistolets. La nourriture et les armes. La nourriture comme les balles. Les balles devaient être de la taille d'un grain de riz. Certaines étaient aussi grandes qu'une graine de maïs. La balle que j'avais reçue au centre du district était plutôt longue. Où l'avais-je mise ? Je fouillai dans ma poche et la trouvai.

*'Un beau jour viendra ...'* L'air me vint à nouveau à l'esprit. Je me tournai de l'autre côté. J'entendis à nouveau la mélodie de la rivière qui me réconforta. Les roseaux, invisibles dans l'obscurité, jouaient une douce mélopée avec la brise du soir.

◫◫

# 24

Le bus de nuit pour Katmandou klaxonna pour annoncer le départ. De la fenêtre, je jetai un coup d'œil sur le petit marché. Le village était dans la brume. Demain je reverrais Palpasa. Je voulais lui faire le récit de tout ce que j'avais vu pendant ces derniers mois : les villages, les forêts de rhododendrons, les champs de moutarde, la rizière avec les mandariniers, la petite fille qui allait rencontrer son amie d'enfance, le garçon qui avait cessé d'aller à l'école. Tout, je lui raconterai tout ce que j'avais vu.

Le chauffeur klaxonna une dernière fois et l'assistant du chauffeur monta à bord par la porte juste derrière moi.

Le bus était bondé. Je partais pour Katmandou où j'allais retrouver Palpasa. J'avais tant de choses à lui raconter. À travers mes mots, elle verrait les montagnes. Elle entendrait les pleurs des villageois et le chant des oiseaux disparaitre peu à peu. En entendant mon récit, elle pleurerait, j'en étais certain. Elle comprendrait par elle-même et rencontrerait l'âme de ce pays. Elle appréhenderait son propre futur et ses obstacles. Elle choisirait sa propre voie, mais je devais d'abord lui expliquer ce que traversait notre pays en ce moment. C'était à elle de choisir son chemin. Je la soutiendrai et l'encouragerai de toutes mes forces. Je reproduirai sur mes tableaux ce que j'avais vécu et elle fera des photos de la vie alentours. Je lui offrirai les images et elle leur donnera vie. Je lui donnerai les couleurs et elle inventera le rythme. À deux, unis, nous raconterons au monde cette époque, l'histoire de notre pays.

Le bus démarra avec une secousse.

Alors que j'étais encore loin de Palpasa, elle occupait toutes mes pensées. Elle avait compris mon livre et se sentait proche de moi. Elle avait contemplé intensément, page après page, chacune de mes peintures. Une part d'elle était désormais inscrite dans ce livre où je trouvais la source de mon espérance. Son sourire était dans mes peintures et je voyais dans ce sourire une compassion pour les gens de ce pays. Elle m'avait touché en aimant mon livre. Lorsque je lui raconterais tout ce que j'avais vécu, elle me comprendrait encore mieux.

J'étais certain qu'elle aimerait les endroits où j'étais allé. Elle avait voyagé dans ces paysages à travers mes peintures, en suivant les traits de mes pinceaux. Elle saisirait dans mes empreintes laissées sur la toile la paix ébranlée de ces montagnes. Si elle n'en était pas convaincue, elle pourrait, dans mes pas, refaire le chemin. Elle verrait à quel point le cours d'eau avait débordé, elle constaterait la force de son courant, découvrirait sa source et sa mélodie.

Ensemble, Palpasa et moi allions commencer le voyage alors que les villages, eux, continuaient à se débattre dans la confusion et la douleur. Grâce à mon livre, j'avais à présent à mes côtés une passionnée qui avait su saisir l'essence de mes créations. Elle m'attirait de plus en plus. Nous pourrions, réunis, nous recueillir là où j'avais enterré mon ami. Désormais j'étais libéré des liens de cette amitié. Lorsqu'elle aurait compris ce que j'avais vécu, notre voyage n'en deviendrait que plus profond. Je revenais d'un pays lointain et je voulais montrer à ma douce les fleurs qui y poussent. Elle m'avait déjà touché au plus profond de moi, elle comprendrait sans difficulté mon voyage.

Dans le bus, une femme assise à côté de moi me poussa aimablement du coude. Sans m'en douter ma chère lectrice m'attendait là, les yeux remplis d'amour.

— *Namasté*, dit-elle.

Il faisait sombre, je n'arrivais pas à reconnaître le visage, mais la voix m'était familière.

— Vous ne me reconnaissez pas ? demanda-t-elle.

— Je suis désolé, dis-je en essayant de reconnaître ses traits dans la pénombre.

Une voix avec un sourire me parlait et sans même l'avoir encore reconnue, je m'exclamai :

— Palpasa !

— Oh mon Dieu ! dit-elle. Quelle surprise de vous revoir comme ça, après des mois ! Comment allez-vous ?

— Je viens de traverser des évènements difficiles, j'ai encore du mal à croire ce que j'ai vu, mais te revoir comme ça, ici, c'est tellement incroyable !

— Vous vous êtes envolé, me reprocha-t-elle. Je me suis dit que les peintres étaient ainsi, et petit à petit j'ai essayé de vous oublier. C'était trop douloureux de penser à vous.

— Je n'ai rien pu faire, Palpasa, tentai-je d'expliquer. Un ami m'a convaincu de le suivre dans les collines d'où je reviens à présent, les mains souillées de son sang.

— Que s'est-t-il passé ? demanda-t-elle en tressaillant.

— J'avais un ami quand j'étais étudiant. Je ne l'avais pas vu depuis des années. Il était devenu un leader maoïste. Il m'a emmené dans les collines et là, il s'est fait piéger comme un lapin.

— Qu'est-il arrivé ?

— Il avait choisi cette vie sur le fil du rasoir, dis-je. Qu'il ait été tué ne m'étonne pas vraiment, mais c'est la façon dont il a été assassiné qui m'accable. Je me sens coupable.

Dans la pénombre, je sentis son regard me questionner.

— Je voulais revoir mon ami et une fille de son parti m'a conduit vers lui. Je lui racontai des bêtises à tel point qu'elle a sorti son pistolet et tiré en l'air pour m'effrayer. Ce coup de feu a guidé les 'forces de sécurité' vers nous et ils nous ont capturés puis mené vers mon ami. En criant son nom, je les ai aidés à l'identifier. Ils l'ont abattu et il est mort dans mes bras.

Palpasa resta silencieuse, tout en me regardant. Le bus filait dans l'obscurité. Dans un virage, un camion arriva en sens inverse et dans ses feux je vis, pendant une fraction de seconde, le visage de Palpasa.

— C'est la vie qui compte, dit-elle. Celui qui porte une arme se fait tuer un jour ou l'autre. N'oubliez pas qu'il a peut-être tué quelqu'un, lui aussi.

— Mais il s'agit aussi de sacrifice …

— Comment peut-on améliorer la vie des autres en sacrifiant la sienne ?

— Je me sens coupable malgré tout.

— Vous n'êtes pas coupable, dit-elle. C'est du passé. Votre ami aura vécu comme le souffle du vent, il aura disparu aussi vite qu'il a surgi. L'époque n'a pas su le comprendre, ou bien c'est lui qui n'a pas su comprendre l'époque.

— Je ne sais pas. Ce qui est arrivé à Siddhartha m'a bouleversé, dis-je. Il m'a amené de Katmandou à un endroit où j'ai vécu l'agitation qui règne dans mon pays.

— Et en tant qu'artiste, comment avez-vous vécu tout ça ?

— Je ne sais pas, je suis revenu vivant, c'est tout.

— Grâce à dieu.

— Et toi ? demandai-je. Que fais-tu ici ?

— Je vous avais dit que je voulais faire un documentaire, vous vous rappelez ?

— Oui.

— Je suis venue faire des photos, mais je n'ai pu aller où je voulais.

— C'était où ?

— Au centre du district. Les forces de sécurité m'avaient déconseillé d'y aller, mais je ne les ai pas écoutées. J'ai continué un peu, mais on m'a tout de suite arrêtée. J'ai dû donner l'identité de mes parents et grands-parents. Ils ont fouillé mon sac et m'ont même insultée en me demandant pourquoi je n'avais pas d'autorisation pour entrer sur leur territoire.

— Et ensuite ?

— Quand j'ai répondu à toutes leurs questions, ils ont noté mon identité et m'ont retenue dans une maison pendant deux jours. Ils ne m'ont pas maltraitée, mais j'avais perdu ma liberté. Finalement ils m'ont libérée. J'étais furieuse de voir comment ils se comportent.

— C'est étrange, dis-je.

— Les villageois sont devenus des prisonniers. Plus personne n'est libre de venir ou partir sans leur autorisation. C'est du totalitarisme. Ça montre ce que ce serait si demain ces gens étaient au pouvoir. Ce système ne fonctionnerait qu'à la pointe du fusil, sans aucun vote possible.

Dans la pénombre du bus, je lui jetai un coup d'œil. Ses boucles d'oreilles remuaient. Elle aussi me jetait des coups d'œil rapides et parfois feignait de m'ignorer. Elle avait dû s'inquiéter, mais maintenant que j'étais à nouveau là, je pense qu'elle était rassurée.

La nuit, sur les grandes routes, les chauffeurs de bus conduisaient toujours à vive allure, comme s'ils faisaient une course. Ces jours-ci les chauffeurs craignaient de tomber dans une embuscade. Lorsque ce n'était pas le cas, il y avait toujours une bonne raison pour que la route soit bloquée. C'est pour cela qu'ils étaient toujours pressés. Cette conduite à grande vitesse m'empêchait de parler tranquillement avec Palpasa. Dans les virages, tantôt c'était elle qui se rapprochait de moi, tantôt c'était l'inverse. Alors que nous tentions de garder une certaine distance entre nous, les secousses et les courbes de la route nous rapprochaient.

J'avais envie de prendre sa main, mais je craignais sa réaction.

Elle recommença à parler :

— Tout ce que j'ai lu dans leurs yeux, c'était la peur, dit-elle. En vivant dans la crainte, que peut-on accomplir ? Ils voyaient l'ennemi même en moi qui portais une simple caméra. De vrais lâches !

— Des lâches, répétai-je.

Elle crachait les mots, en colère :

— Comment appelleriez-vous des gens qui ont même peur d'un appareil photo ?

— Tu as raison, des lâches.

— Je n'ai pas réussi à les convaincre, dit-elle. Ces gens-là n'ont envie d'écouter personne.

— Étais-tu seule ?

— J'étais avec ma caméra.

— Où voulais-tu aller ?

— Là où m'aurait amenée ma caméra, dit-elle.

— Tu n'as pas changé du tout, dis-je.

— Vous, vous avez changé, on dirait, dit-elle.

— J'ai pensé à toi si souvent.

— Vous êtes venu comme une fleur au printemps qui disparaît à la saison d'après, dit-elle.

— Et je suis revenu, tu vois, dis-je pour l'apaiser.

Le bus ralentit et s'arrêta sur le bord de la route, après quelques secousses. L'assistant du chauffeur cria : « Arrêt pipi ! »

Je me levai.

— Personne d'autre ? demanda l'assistant-chauffeur.

— J'ai tellement pensé à toi, dis-je en poussant doucement son genou pour sortir.

Elle resta dans le bus avec quelques autres. Elle dit :

— Comment vouliez-vous que je vous oublie ? Grand-mère me parlait tout le temps de vous.

— Ça me fait du bien de te revoir ici, dis-je tout en descendant du bus. Je ne sais pas si tu sais à quel point je t'aime.

Alors que quelques personnes s'étaient glissées derrière les arbustes, je m'écartai un peu. J'entendis le klaxon du bus. Pourquoi le chauffeur était-il si impatient tout à coup ? Je réalisai que ce n'était pas notre chauffeur qui klaxonnait, mais le conducteur d'une jeep qui s'approchait de nous. Le chauffeur du bus démarra le moteur pour avancer doucement et laisser un peu de place à la jeep.

Tandis que je me hâtai vers le bus en pensant qu'il partait sans moi, je me trouvai brusquement plongé dans un cauchemar. Lorsque j'entendis un bruit effroyable, je me jetai à terre. J'eus à peine le temps de regarder vers la route. Les cris des gens étaient tellement épouvantables que je me pinçai pour voir si j'étais toujours entier. Je n'arrivai pas à croire ce que je voyais. La route entière était en flamme. L'explosion m'avait pétrifié. Quelqu'un courut vers moi alors que je regardai le bus en train de s'enflammer.

— PALPASA ! hurlai-je.

J'entendis les cris désespérés des gens coincés dans le bus, en train d'être brûlés vifs. Je devenais fou. Parmi ces hurlements, il y avait le cri de Palpasa. J'étais paralysé. Les gens s'enfuyaient alors que je restais figé sur la route, incapable de bouger, incapable de penser. Je remarquai quelques torches enflammées monter la colline. Notre bus avait été pris dans une embuscade par ces gens qui tenaient les torches. La jeep était indemne. Des policiers en sortirent et commencèrent à tirer sur eux, en nous ordonnant de ne pas bouger. Deux des passagers du bus étaient couchés à terre, évanouis.

— PALPASA ! criai-je à nouveau.

Personne dans le bus n'avait survécu. Il était impossible de sortir de cet enfer vivant. Bientôt, le bus ne serait plus qu'une carcasse carbonisée. Il était toujours en flamme. On ne voyait plus que le châssis calciné. Plus personne ne criait à l'intérieur.

Les quelques survivants se tenaient debout au bord de la route, hébétés. Tous mes rêves et mes désirs venaient brusquement de partir en fumée. Je tremblais comme une feuille. J'étais vivant parce que j'étais sorti du bus. Palpasa, elle, était morte parce qu'elle était restée à l'intérieur. Cette infime différence avait sauvé ma vie et prit la sienne. Il n'y avait aucune explication au fait que j'étais vivant et elle morte. Sans raison précise, j'étais resté en vie et pas elle. Je n'étais pas vivant parce que j'étais superman. Elle n'était pas morte par faiblesse.

C'était un crime. C'était de la lâcheté pure. Il n'y avait plus ni raisonnement ni conscience. Pourquoi étais-je en vie, et elle morte ?

J'entendis un policier dire :

— On l'a échappé belle. C'était nous qu'ils visaient. Si notre chauffeur n'avait pas dévié de la route, et le bus allumé ses feux, on aurait été pris dans l'embuscade.

Plus tôt j'avais pu voir Palpasa, dans le bus pendant une fraction de seconde, quand le chauffeur du camion en face avait allumé ses feux. J'avais regardé Palpasa pour la dernière fois lorsque j'étais descendu du bus. C'était juste un coup d'œil rapide, je l'avais à peine regardée. J'aurais dû la regarder plus longtemps, car c'était notre ultime rencontre. Je me souvins de ses yeux vifs, de sa peau douce. J'essuyai mes yeux pleins de larmes. Pourquoi avait-il fallu que je prenne le même bus qu'elle, celui où elle venait de perdre la vie ? Pourquoi ? Comment ? Ces questions tournaient en boucle dans ma tête. J'étais épuisé d'essayer de trouver des réponses.

Une foule de journalistes arriva au petit matin avec leurs appareils photo. Un vent frais venant de la rivière soufflait sur la route, mais je me sentais fiévreux. Je tremblais toujours comme une feuille. J'aurais voulu pouvoir oublier ce cauchemar avec les premiers rayons du soleil.

Un groupe de journalistes m'encercla.

— Comment avez-vous survécu ?

— J'étais sorti du bus pour faire pipi, dis-je tremblant.

— Qu'est-ce que vous avez vu ?

— J'ai vu le bus en flammes.

— Comment s'est produite l'explosion ? Comment la jeep de police a-t-elle pu en réchapper ?

Ils me bombardaient de questions.

— Étiez-vous accompagné dans le bus ? me demanda un journaliste debout derrière l'attroupement.

Sa question me bouleversa. Que pouvais-je lui répondre ? Pourquoi lui répondre ? Cela ne servirait à rien de lui dire, en public, qui était avec moi et ce qu'elle représentait pour moi. Je restai silencieux alors que les objectifs me visaient et que les appareils photo crépitaient autour de moi. J'essuyai mes larmes.

— À votre avis, comment ont-ils pu activer la bombe pour faire sauter le bus ? me demanda un autre journaliste.

Comment aurais-pu répondre à cela ? Tout ce que j'avais vu c'était des gens avec des torches enflammées sur la colline. Il y avait eu un échange de tirs entre eux et les policiers. Et le calme était revenu.

Un autre journaliste me posa à nouveau la même question :

— Étiez-vous accompagné dans le bus ?

Je restai silencieux.

— Vous n'avez pas pu sauver des gens du bus ?

La question de ce journaliste me fit l'effet d'un poignard dans le cœur.

— Que pouvez-vous nous dire sur ce drame ? me demanda un autre.

Je restai silencieux.

J'étais encore en vie, debout. Celle qui avait illuminé ma vie avait disparu. J'avais du mal à le croire. Palpasa avait été le plus beau tableau dans ma vie. Ses rêves avaient rencontré les miens et j'avais senti qu'avec elle, le voyage ne faisait que commencer. Elle s'était envolée. Sous mes yeux, elle était devenue cendre.

Elle avait affronté sa famille et les traditions pour mener sa propre vie. Elle s'était fait brûler par le feu d'une époque en guerre. Je restai debout, là face à cette scène, anéanti par les questions que ces épreuves, au fil du temps, m'imposaient.

Je m'assis un instant puis me relevai. Je restai debout un instant puis m'assis à nouveau.

Comment avais-je pu être témoin du terrible assassinat de ma douce ?

❏❏

## 25

La première chose que je fis de retour à Katmandou fut de me rendre chez Palpasa. J'étais certain que sa grand-mère serait inconsolable. Elle s'évanouirait même peut-être en apprenant qu'elle avait perdu sa chère petite-fille. Ce serait difficile pour moi de lui raconter, mais c'était mon devoir. Je devais lui raconter ce qui s'était passé réellement. Je devais lui dire que nous traversions une époque de guerre et que, si aujourd'hui elle et moi étions encore en vie, ce n'était qu'une question de chance. Comment allais-je pouvoir lui dire tout cela ?

Quand j'arrivai à la maison, elle était en train de faire des cordelettes, comme d'habitude. Dans la capitale d'un pays en guerre, Grand-mère était assise en paix dans son jardin, à côté de la statue de Bouddha. Je regardai la statue, ses yeux avaient la même intensité. Je restai silencieux. Je baissai les yeux devant ceux de Bouddha. Pour le Népal d'aujourd'hui, ces yeux symbolisant la paix me semblaient contradictoires dans cette époque de guerre que le pays traversait. Cette fois, je n'eus pas envie de réciter *'Om mani padmé hum'*. Réciter des mantras n'amènerait pas la paix. « Si Bouddha était né aujourd'hui, même lui prendrait les armes », m'avait dit un homme dans la montagne.

En me voyant, Grand-mère me fit un sourire. Elle sourit à

l'instant même où je pensai à cette phrase : « Si Bouddha était né aujourd'hui, même lui prendrait les armes. » La voir sourire à ce moment précis eut quelque chose d'ironique. Alors que je me forçais à sourire, son visage s'éclairait de plus en plus. Il était évident qu'elle n'avait pas entendu la nouvelle du drame. La liste des morts n'était pas encore parue dans les journaux, car certains corps devaient être encore identifiés. Certains ne le seraient jamais et ils se rajouteraient à la longue liste des disparus pour toujours.

À travers ses lunettes aux verres épais, elle ne put voir les larmes envahir mes yeux.

Nous entrâmes dans la maison. Alors qu'elle me parlait, je vis un tableau accroché au mur. Je réalisai soudain que c'était le tableau *Pluie* que Palpasa avait tant aimé. Je me demandai quand elle avait bien pu l'acheter à la galerie, avec Phoolan. J'étais tellement anéanti que je fus incapable de dire un mot.

— Assieds-toi, me dit Grand-mère. Pourquoi restes-tu debout ?

Je ne pouvais toujours pas prononcer un seul mot.

— Où étais-tu parti ?

Je restai silencieux.

— Palpasa a laissé une lettre pour toi, me dit-elle. Elle est partie avec son appareil photo et depuis, je n'ai plus de nouvelle. Elle m'a dit qu'elle ne reviendrait pas tout de suite. Elle a pris plein de vêtements en se plaignant de ne pas trouver de bonnes chaussures de marche à sa taille.

Je restai muet.

— Elle était fâchée contre toi, continua-t-elle. Quand j'ai eu ta lettre, j'étais tellement contente ! Mais elle, après m'avoir lu cette lettre, elle avait l'air pensive. Elle me demandait toujours si tu n'avais pas téléphoné.

— J'aurais voulu, mais je ne pouvais pas. J'étais loin, dans les villages de montagne et la situation était épouvantable partout. Les réseaux de communications avaient tous été détruits. C'était la guerre partout.

— Tu aurais quand même dû nous dire que tu partais, me réprimanda-t-elle gentiment. Je crois que tu lui plais.

Je fus incapable de dire quoi que ce soit.

— Tu as écrit dans ta lettre que la fille que tu aimes lui ressemble. Lui ressemble-t-elle vraiment ? Je voudrais la rencontrer. Tu dis qu'elle se comporte même comme Palpasa. Comme c'est curieux ! Quelle belle lettre tu m'as écrite ! J'ai pleuré en écoutant Palpasa la lire, elle aussi a pleuré.

— Mais ce n'était pas une lettre triste, protestai-je.

— On ne pleure pas seulement pour des choses tristes. En fait, ta lettre m'a beaucoup touchée.

— Qu'est-ce qui vous a tant touchée ?

— Je sais pourquoi Palpasa a pleuré, dit-elle. Quand elle a lu que tu aimais tant cette maison, elle a commencé à sangloter. C'est elle qui l'a restaurée entièrement, qui en a fait toute la décoration.

Elle partit à la cuisine. Pendant ce temps, je regardai à nouveau le tableau au mur. Je me souvins que Palpasa m'avait dit qu'elle se reconnaissait dans la fille de cette peinture. Grand-mère revint avec de thé.

— Qu'est-ce qui l'a inspirée pour la rénovation de cette maison ?

— Elle m'a dit que sur une de tes peintures, il y avait une maison comme celle-là. C'est vrai ?

— Je n'arrive pas à y croire, dis-je.

— Je crois qu'elle est amoureuse de toi.

— Pourquoi dites-vous ça ?

— Je ne sais pas. Peut-être est-ce le fait que tu as écrit que tu étais tombé amoureux d'une fille qui lui ressemble. Elle a pleuré. En lisant à quel point tu apprécies cette maison, elle a aussi pleuré. Je l'ai vu essuyer des larmes deux fois.

Puis Grand-mère me donna une lettre écrite par Palpasa. Je regardai à nouveau le tableau *Pluie* et sortis, le cœur lourd. Cette peinture seule avait ajouté un personnage de plus à la maison. Lorsque je sortis de la maison en ouvrant l'enveloppe, je ne pus croiser le regard de Bouddha. Il m'aurait questionné sur tant de choses. Je ne voulus pas regarder ces yeux emplis de sérénité, mais les ignorer me parut plus difficile que d'esquiver une balle. Si c'était possible. Si ce Bouddha était créé aujourd'hui, il était bien possible qu'il porterait une arme. Si un jour, j'en peignais un, j'avais bien peur de le représenter ainsi.

*Cher peintre,*

*Vous avez volé mon cœur et disparu. Cela fait longtemps que vous êtes parti. Je ne sais même pas quand vous allez revenir. Je suis si inquiète. Katmandou est comme une poêle à frire où je suis les grains de café que l'on torréfie. Pourquoi avez-vous fait cela ? Je me sens étouffer dans cette ville, vous y avez mis le feu et vous avez disparu comme un voleur.*

Une voiture me klaxonna, je réalisai que je marchais au milieu de la rue. Je me mis de côté et laissai passer la voiture. Sur le trottoir, un passant marchait d'un bon pas, je le laissai passer aussi puis me remis à lire.

*Pourquoi m'avez-vous fait cela ? Si vous deviez disparaître, pourquoi m'avoir volée ? Pourquoi m'avoir inspirée pour de nouveaux rêves ? Vous avez mis un enfant en plein soleil sans vous préoccuper de savoir s'il pourrait supporter sa chaleur. Pourquoi ne vous souciez-vous pas des sentiments des autres ? Pourquoi êtes-vous parti sans me dire où, quand et combien de temps ? De quel droit disparaissez-vous après avoir bouleversé la vie des autres ? Je me demande si vous êtes le même peintre qui m'était si cher. Je commence à penser que le livre que j'aimais tant ne peut pas avoir été écrit par vous.*

La rue me conduisit à la route. Plusieurs personnes attendaient pour la traverser. Je les rejoignis.

*Si vous n'aviez pas écrit cette lettre à ma grand-mère, peut-être que j'aurais moins mal. J'étais en train d'y voir plus clair dans mes sentiments. Mais vous vous êtes volatilisé, en me blessant pour des raisons que je ne comprends pas. C'est une déception. Pourquoi avoir écrit cette lettre à Grand-mère alors que vous veniez à peine de me montrer le chemin de l'amour. Pourquoi avoir même écrit le mot 'amour' si vous n'étiez pas sincère, si vous n'en connaissiez même pas la signification. Si votre cœur était ailleurs, pourquoi avoir pris Grand-mère comme témoin ? C'est ce qui m'embête le plus. J'ai changé. Je deviens de plus en plus triste.*

Les gens autour de moi traversèrent une nouvelle route. Je pliai la lettre et les suivis. Alors que le soleil brillait, j'avais froid. Le soleil brillait-il vraiment ? Pourquoi les gens qui m'entouraient marchaient aussi lentement qu'une tortue ? Ils étaient pourtant népalais, ils savaient marcher c'est sûr. Pourquoi ne marchaient-ils pas plus vite ? Leurs ancêtres étaient pourtant descendus des montagnes.

*Je suis une fille simple avec quelques rêves. Je voudrais trouver un but dans ma vie. J'étais une feuille blanche en train de planer et vous avez su y mettre de la couleur. Vous y avez ajouté de belles* ailes colorées et j'ai commencé à m'envoler. Lorsque je vous ai rencontré, j'ai d'abord eu peur de vous. L'auteur d'un livre que j'aimais, entrait dans ma vie et bousculait ma tranquillité d'esprit. J'appréciais, heureuse, vos peintures puis vous êtes arrivé et m'avez appris à voler. Vous avez surgi comme une rafale de vent et m'avez emportée de l'autre côté de la rivière.

Je suis devenue comme la feuille de votre tableau. Depuis le début, j'essayais de m'éloigner de vous pour pouvoir m'enraciner sur une terre solide. J'essayais de vous échapper, mais vous êtes venu à Katmandou, chez moi, et m'avez encouragée à prendre mon envol. Vous avez même charmé ma grand-mère. Lorsque je suis venue vous inviter à déjeuner, vous vous êtes comporté comme si j'étais votre petite amie. Avez-vous jamais réfléchi à ce que je pouvais ressentir ?

Quelqu'un me poussa du coude. Quel abruti ! Pourquoi était-il si pressé ? Où cours-tu comme ça, imbécile ? On ne vit qu'une fois, ça ne sert à rien de se précipiter en bousculant les autres.

Le soir où j'ai lu votre lettre à Grand-mère, j'étouffais. Vos mots m'étranglaient. J'avais des choses à dire, je voulais que quelqu'un m'entende. Je voulais exprimer ce que je ressentais. Je voulais aller dans mon quartier, dans ma ville avec cette lettre et crier les sentiments qu'elle m'inspirait, mais vous n'étiez nulle part. Vous étiez déjà loin, très loin, et je ne savais pas pour combien de temps. Garder toutes ces émotions pour moi sans pouvoir les exprimer m'étouffe. Si au moins j'avais pu vous dire un mot ! Mais vous avez disparu sans laisser d'adresse.

Je me sens maintenant si loin de vous que je me dis que tout ça n'était qu'un mirage. Pourquoi êtes-vous entré dans ma vie puis sorti, apparu puis disparu plusieurs fois ? Vous avez jeté une pierre dans un lac calme et vous n'avez pas eu le courage de voir arriver la vague. Je veux vivre comme je vivais avant de vous rencontrer, lorsque personne ne troublait ma vie tranquille. Est-ce votre récompense à une chère lectrice ? Vos peintures m'ont tellement inspirée que le jour où j'ai rencontré l'artiste qui les avait peintes, ma vision sur la vie a changé. Même la première fois que je vous ai rencontré, je me suis sentie tout de suite proche de vous. Je veux revenir en arrière et retrouver mes jours paisibles parce que depuis je souffre.

J'étais tranquille. J'étais une feuille blanche immaculée où j'aurais pu dessiner ce que je voulais. Mais vous m'avez prise par surprise. Vous avez surgi dans ma vie et depuis, cette feuille est barbouillée. Un voleur m'a dérobé la douceur de mes matins puis s'est volatilisé.

Ma vie était si facile aux États-Unis. J'ai vécu quelques histoires, mais dans ces histoires, il s'agissait plus d'attirance physique que d'amour véritable. Je ne regrette rien. Tout ce qu'il reste de ces histoires, ce sont des souvenirs qui valent tout juste la peine que l'on s'en souvienne. J'étais contente de revenir au Népal. J'avais confiance en moi quand je suis revenue. Mais vous avez surgi dans ma vie comme un obstacle. Un obstacle d'une telle ampleur que je n'ai pas eu le courage de le surmonter. Ce n'est pas comme un vœu qui se réalise. Je n'ai rien souhaité, mais mes souhaits ont été déviés par quelqu'un. Je me retrouve aussi démunie qu'un enfant nu au soleil. Pourquoi êtes-vous parti après avoir laissé cet enfant au soleil sans vous rendre compte qu'il se faisait brûler ? Mais où êtes-vous donc parti ?

Vous êtes un peintre extraordinaire. Je ne suis pas la seule qui apprécie votre talent. Vous devez avoir beaucoup d'admiratrices. Parmi elles, certaines vous sont chères. Aujourd'hui vous êtes si loin de la personne que j'avais imaginée. Vous êtes si différent de moi et si loin aussi. Si je ne peux pas vous atteindre, la seule chose qu'il me reste à faire alors est de pourrir ici, seule, humiliée. Je ne *veux pas finir comme ça. Je vous rappelle que c'est vous qui m'avez encouragée. Je veux m'épanouir comme une fleur. Je veux commencer mon travail.*

—Drishya !

Quelqu'un m'appelait d'une voiture, tout en klaxonnant. Qui c'était celui-là ? Ne pouvait-on pas me laisser tranquille pour que je puisse lire ma lettre en paix. Que se passait-il ? En me retournant, j'aperçus Tsering dans sa voiture. Il me sourit, mais je ne lui rendis pas son sourire. Alors que le feu devenait vert, il restait sur place. Pourquoi me dérangeait-il ? Je lui fis un vague signe de la main 'à plus tard' pour me débarrasser de lui et me remis à lire.

*Je veux disparaître de votre vie comme vous avez disparu de la mienne. Je dois partir très loin pour retrouver ma sérénité. Je veux aller dans un endroit où je serai libérée de vos mensonges et de vos trahisons. Vous pourrez toujours me dire que vous avez dû partir pour le travail. Je pourrai vous dire la même chose. Vous pourrez me dire que vous n'avez pas eu le temps de m'avertir de votre départ. Je pourrai vous dire la même chose. Je pars avec mon appareil photo comme vous êtes parti avec vos pinceaux. Je veux aller là où vous ne pourrez pas me retrouver. Être loin m'aidera à panser mes plaies. Vous savez bien que je ne peux rester les bras croisés. Je tiens à ce que vous sachiez que mon intention n'est pas de me venger.*

*Votre lectrice*

*Oubliée*

Je pliai la lettre et la mis dans ma poche. Je m'approchai d'une terrasse d'un restaurant où j'étais venu un jour, avec Palpasa. Nous avions eu une conversation qui l'avait mise en colère. Je m'assis à la même table.

— Savez-vous pourquoi je suis revenue au Népal ? m'avait-elle demandé.

— Pourquoi ?

Alors que je lisais un article qui analysait l'extrême popularité de personnages comme Spiderman et Harry Potter dans les sociétés occidentales, je m'arrêtai. Harry Potter avait désormais envahi les sociétés orientales. C'était quelque chose pour une femme seule, mère d'une petite fille, de devenir une des personnes les plus riches au monde en écrivant des livres. Ses livres avaient été traduits en soixante langues et publiés dans deux cents pays. Ils avaient le mérite de détourner l'attention des enfants qui étaient sous l'emprise des écrans de télévision, jeux vidéo ou ordinateur. Tel était le sens de l'article. Elle m'avait interrompu juste en plein milieu.

— Je n'aimais pas l'attitude de mes parents, dit-elle.

Je posai le journal et la regardai. Elle me fixa droit dans les yeux. Il était évident qu'elle essayait d'attirer mon attention sinon elle n'aurait pas abordé un sujet comme celui-là. Elle voulait me faire comprendre quelque chose. Et il était possible que je la comprenne mal. Après tout, elle avait grandi dans un univers bien différent du mien, au sein d'une autre culture. Je ne voyais pas très bien où elle voulait en venir, mais je pensai qu'elle souhaitait peut-être que je réalise qu'il valait mieux se comprendre avant de se lancer dans une relation sérieuse.

— Comment ça ?

— Ils me demandaient toujours « Pourquoi sors-tu avec ce garçon ? »

— Quel garçon ?

— Peu importe, je veux dire n'importe quel garçon que je

fréquentais. Ils voulaient toujours tout savoir, en particulier son milieu social. Ils ne pouvaient pas concevoir que je puisse sortir avec quelqu'un qui soit moins éduqué que moi.

Je la regardai attentivement.

— Vous savez pourquoi ? Parce que, selon eux, ça pouvait avoir une mauvaise influence sur moi.

— Et toi qu'est-ce que tu leur répondais ?

— Rien, ils n'auraient pas compris, dit-elle. Si j'étais sortie avec un garçon plus éduqué que moi, ses parents à lui aussi l'auraient découragé de me fréquenter.

— Oui, c'est vrai.

— Et alors, comment se sentiraient mes parents ?

— N'en parles-tu jamais avec eux ?

— Nous ne parlons pas la même langue.

— Ah, c'est en anglais que vous vous …

Elle m'interrompit :

— Ce n'est pas une question de langue népalaise ou anglaise. Ce qui est important c'est de faire comprendre ce que l'on veut exprimer. Que je communique en anglais ou en népalais ne change rien, c'est juste un moyen. Il faut que la personne en face comprenne ce que je veux dire. Si quelqu'un se trouve à une fenêtre à l'est et dit : « Le soleil se lève » à celui qui se trouve à une fenêtre à l'ouest, peu importe la langue. Ils ne comprendront pas parce qu'ils ne se trouvent pas à la même fenêtre. La langue est comme une fenêtre et pour regarder à travers, il faut que la vôtre soit ouverte.

— Es-tu revenue au Népal juste à cause de ça ?

— Ils voulaient que je me marie avec quelqu'un qui a un doctorat, dit-elle. Dites-moi, est-ce que je dois regarder les diplômes de chacun avant de tomber amoureuse ?

— Non, tu as raison.

— Je n'arrivais plus à supporter leur comportement, dit-elle.

— C'est ce qu'on appelle le fossé entre les générations, dis-je.

— Non. Quand je suis revenue à Katmandou, j'ai rencontré beaucoup de jeunes de mon âge qui pensent exactement comme eux.

— Ah bon ! Comment ça ?

Elle me raconta qu'un jour, en voulant mieux connaître la société népalaise, elle s'était rendue chez un marchand de sari avec ses amies. Elle pensait que les marchands de sari prenaient le temps de discuter alors que les vendeurs de légumes étaient toujours pressés. Ses amies n'avaient pas apprécié le fait qu'elle parle avec un homme qui n'était pas de Katmandou.

— Et puis ?

Une de ses amies lui avait chuchoté qu'il était indigne pour une fille de sa classe de parler à cet homme.

Je la regardais sans rien dire. Moi aussi je désapprouvais la conception de cette amie. Elle devait pouvoir parler à qui elle voulait, ça ne regardait personne. Devait-elle se préoccuper du statut social de chacun avant d'entamer une conversation ? Ne fallait-il pas parler aux pauvres ou aux gens venant d'ailleurs ?

— Ce n'est pas le fossé entre les générations, insista-t-elle. C'est un problème de perception.

C'était normal qu'elle ressente cela, elle qui n'aimait pas qu'on lui dicte sa conduite. Elle avait raison et je lui dis pour la taquiner :

— Puisque ce problème existe aussi à Katmandou, retourneras-tu aux États-Unis ?

— J'ai l'impression que vous ne voulez pas comprendre, dit-elle d'un ton agressif. Ce que j'essaie de dire, c'est que ce n'est pas une question de nationalité, c'est une question de perception de chaque individu.

— Alors, tu veux dire que les Népalais en général ont cette perception ? dis-je pour la provoquer.

— Je vais vous donner un exemple, dit-elle en ignorant ma question.

Puis elle me raconta comment après le 11 septembre, l'attitude de certains blancs envers des étrangers de couleurs avait changé, même aux États-Unis. Un jour dans un bus, elle s'était assise à côté d'un blanc américain qui avait immédiatement changé de place.

— Vous voyez ce que je veux dire ? a-t-elle demandé.

— C'est triste !

— C'est la pire des discriminations.

— Oui, c'est vrai.

Elle me dit à quel point c'était difficile pour elle d'être parmi des Américains conservateurs qui témoignaient de la haine envers les Asiatiques. Elle était en colère.

Je bus une gorgée de café. Elle me regardait avec insistance, tout en respirant fort. Son visage était tendu. Je voulus détourner le regard, mais elle continuait de me fixer, en voulant garder mon attention.

— En fait, je ne viens pas des États-Unis. Je n'y ai jamais vécu.

Je la regardai, stupéfait.

— Tu viens d'où alors ?

— De New York. Et New York, ce n'est pas les États-Unis, dit-elle. Si j'avais vécu ailleurs dans le pays, j'aurais dû affronter la discrimination des conservateurs extrémistes qui aurait été bien pire.

— Je n'arrive pas à y croire !

— Disons qu'on peut comparer avec les Coréens du Nord. Leur perception du monde est limitée. Chaque endroit renferme ses particularités, avec sa propre société, politique, et culture. Et ces particularités nous enseignent bien des choses. À New York, les nationalités de la planète entière sont représentées. Les restaurants là-bas, proposent les cuisines du monde entier. À chaque carrefour, dans chaque ruelle, on entend des langues différentes. La palette des cultures est si large par la mixité de tous les peuples que le tout est harmonieux. C'est un exemple qui m'encourage à penser que la discrimination n'est pas une fatalité.

— Est-ce que ça veut dire que moi qui habite au Népal et suis content d'y vivre, penses-tu que ma perception du monde est différente et qu'elle a un impact sur mon comportement avec toi ?

— Vous ne comprenez pas ce que je veux dire, dit-elle.

— Peut-être que tu as des préjugés sur certains endroits, dis-je.

— Non, ce que je dis est basé sur ma propre expérience.

— C'est aussi ta perception qui est peut-être un problème.

— Non, protesta-t-elle. Ce que je voulais dire c'est que les êtres humains sont le produit de leur civilisation.

— Et ton père, il vit bien à New York, n'est-ce pas ?

— Il habite à New York, mais seulement physiquement, dit-elle. Dans sa tête il vit toujours ailleurs, à une autre époque. Je ne dis pas que tous ceux qui vivent à New York sont ouverts d'esprit. Je dis juste que l'environnement dans lequel les gens vivent façonne, en général, leur perception. Mais une personne vivant à Katmandou peut avoir une large vision des choses autant que quelqu'un qui vit à New York.

— Cela veut dire que je ne suis pas tout à fait ouvert d'esprit ?

— Ce n'est pas votre faute, dit-elle désinvolte. Mais vous avez quelques défauts.

— Ah bon, de quel genre ?

— Ce sont des défauts mineurs, dit-elle en haussant les épaules. Chacun a les siens.

— Par exemple ?

— Vous me voyez comme une fille un peu naïve, dit-elle. Il me semble que vous ne voulez pas comprendre mes points de vue.

— Comment peux-tu dire ça ?

— Vous n'avez jamais voulu discuter sérieusement des sujets importants d'ici.

— Non, ce n'est pas ça.

— Vous avez l'impression que vous m'avez impressionnée, dit-elle. Et que je ne suis qu'une simple admiratrice de vos peintures et rien de plus.

— Je n'ai jamais …

— Vous ne me prenez pas au sérieux, dit-elle. Je n'ai pas l'impression que vous voulez prendre en compte autre chose que mon aspect physique et pratique.

— Peut-être est-ce parce que, de nature, je ne parle pas beaucoup.

— Non, dit-elle. Ça ne vous intéresse pas, tout simplement.

— Comment peux-tu dire ça ?

— Chaque fois qu'on se rencontre, vous me complimentez sur ma tenue, encore aujourd'hui, dit-elle. Vous pensez que toutes les filles aiment qu'on les complimente sur leur tenue et c'est tout.

— Je suis un artiste et ce qui m'attire en premier ce sont les formes et les couleurs.

— Non, ce n'est pas ça, dit-elle. Votre idée de ce qui me fait plaisir vient de vos idées sexistes. À vrai dire, vous n'avez pas encore essayé de découvrir qui je suis réellement.

Alors que je m'étais demandé comment je pourrais la convaincre, elle s'était levée et était sortie. Je l'avais regardée partir en pensant qu'elle reviendrait. Elle n'était pas revenue.

Aujourd'hui, elle n'était pas sur cette chaise en face de moi. Elle était partie avant que je puisse la convaincre et ne reviendrait jamais.

Je demandai l'addition. Le serveur qui me l'amena voulait toujours discuter avec moi. À chaque fois que je venais, il abordait un nouveau thème. Aujourd'hui, le voir s'approcher en souriant m'exaspéra.

— *Sir*, êtes-vous croyant ?

— Non, dis-je.

— Pourquoi ? demanda-t-il.

Je réglai l'addition et dit :

— La religion te propose de t'améliorer dans la prochaine vie. Elle n'apprend pas à se battre dans celle-là.

— Je comprends.

— Qu'est-ce que tu as compris ? dis-je d'un ton mordant en me retournant pour partir.

— J'ai compris ce que vous voulez dire, lança-t-il.

— Tu ne peux pas comprendre ! dis-je.

— Pourquoi ?

En descendant les escaliers, je dis :

— Celui qui dit qu'il a compris, n'a rien compris.

Il me suivit dans les escaliers.

— Pourquoi ? dit-il. Pourquoi dites-vous cela ?

— Parce que si tu as tout compris, il ne reste plus rien à comprendre.

— J'ai tout à fait compris ce que vous voulez dire.

— Alors, si tu as tout compris, tu es devenu un Bouddha, dis-je. Ferme les yeux et ne bouge plus.

Je l'entendis rire alors que je me dirigeai vers une ruelle.

□□

# 26

Un nouveau magasin de fleurs avait ouvert sous ma galerie. Aujourd'hui devait être un jour de mariage, car beaucoup de gens achetaient des fleurs. Après avoir garé ma voiture, je montai les escaliers et sentis la fragrance des fleurs. J'eus l'impression d'entrer dans une autre galerie. Je me rappelai l'odeur de poudre que dégageaient ces mêmes fleurs, là où j'avais été, dans les montagnes. J'avais oublié qu'avant, ces fleurs offraient leur parfum à la belle saison. Le développement de la communication et l'ouverture progressive de la société avaient provoqué de nouvelles façons de penser. Mais maintenant …

Un journal était posé sur la table. J'appréciais les journaux seulement lorsque j'étais le premier à les lire. Comme les fleurs que l'on n'a pas encore cueillies. Lorsque le journal passait dans plusieurs mains, il devenait aussi mou que des épinards de trois jours. Pour moi, les actualités imprimées sur le papier blanc et propre annonçaient une nouvelle journée. Je trouvais que commencer sa journée en lisant le journal était une très belle habitude. En s'informant des problèmes du pays et du monde, les lecteurs étaient encouragés à réfléchir. Cela permettait d'élargir leur conscience. C'est pour cela que, lorsque j'avais un journal à la main, j'avais envie de dire 'Bonjour' à tout le monde.

Il y avait un autre journal qui datait un peu dont la une était : *'Le Premier ministre est allé en Belgique pour acheter des armes.'* Je vis par la fenêtre le fleuriste arriver au volant de sa camionnette remplie de fleurs. Depuis que le Premier ministre était revenu, même les fleurs avaient changé de parfum. Elles sentaient maintenant la poudre. Je continuai de regarder par la fenêtre quand, soudain, je vis des gens dans la rue courir dans tous les sens. Une bombe avait explosé. Encore ce matin, il y en avait une qui avait explosé non loin de chez moi.

Je montai sur la terrasse, deux étages plus haut. Je vis vers l'ouest, sur le sommet d'une colline, une forme se découper dans le ciel. Petit à petit l'image se précisa et je vis apparaître un monastère. « Un jour, il est possible que je devienne nonne », m'avait dit Palpasa. Je ne pus détacher mon regard jusqu'à ce que sa vue devienne floue à travers mes larmes. L'air de la chanson d'une nonne chanteuse me vint à l'esprit : *'Phoolko ankhama phulai sansara…'*

Malgré la pluie, les pigeons se tenaient sur les câbles électriques au-dessus de la terrasse. Des nuages épais avaient envahi le ciel. C'était une journée maussade et les rues étaient remplies de voitures qui défilaient sans arrêt. De loin, un air de musique me parvint d'un magasin de CD. À l'épicerie du coin, un homme essayait de capter les informations sur sa radio. Un nouveau cyber café avait ouvert en face et l'institut de langues étrangères et le magasin *'Tout à 99 roupie'* était toujours là. Alors que les villages de montagne avaient été désertés, Katmandou prospérait davantage. Une file interminable se tenait devant le bureau de recrutement à l'étranger. Où voulaient-ils tous aller ? En Arabie Saoudite, en Malaisie, en Corée, en Afghanistan ou bien en Iraq ?

Pendant combien de temps allait-il encore pleuvoir ?

Phoolan avait laissé une lettre pour moi.

*Daï, je ne comprends pas ce qui vous arrive. Contactez-moi dès que vous serez de retour. Je ne pouvais plus m'occuper de la galerie toute seule. Comme vous êtes parti et que je ne sais où vous êtes, je n'en peux plus. Je m'ennuie trop ici.'*

*J'ai vendu le tableau 'Pluie'. Palpasa didi a insisté pour l'acheter. Elle a payé plus que le prix. Elle m'a même laissé un pourboire. Elle a continué à venir à la galerie après votre départ. Elle ne se lassait pas de contempler vos peintures. Elle me téléphonait pour savoir si vous étiez revenu. Même lorsque je lui disais que je n'avais aucune nouvelle, elle venait et y passait des heures. On parlait beaucoup de vous. Elle m'a questionné sur ma vie. Je lui ai dit : « Si Drishya daï n'avait pas été là, je serais encore en train de garder les moutons. »*

*Daï, franchement je n'ai jamais vu quelqu'un penser à vous à ce point. Elle est belle et elle vous aime. Je suis comme votre petite sœur alors je peux me permettre de vous dire ça : vous formez un couple parfait. Elle ne raconte jamais rien sur elle, mais parle tout le temps de vous. Elle veut tout savoir sur vous.*

*Je voudrais que vous soyez heureux. Vous êtes seul, sans famille. Je suis la seule qui est proche de vous. Vous vivez une vie de solitaire, c'est pour cela que vous disparaissez comme ça, sans prévenir. Il est temps pour vous d'être raisonnable. Je ne vous ai jamais rien demandé jusqu'à présent, mais aujourd'hui, je vous dis, si vous me le permettez : « Mariez-vous avec Palpasa ». Je sais que vous êtes timide et si vous voulez je pourrais lui demander à votre place. Si vous refusez, je ne pourrais pas l'accepter. Je quitterais votre galerie pour retourner dans mon village. Et si vous veniez me chercher, je ne reviendrais qu'à la condition que vous épousiez Palpasa. Je suis désolée d'être aussi directe. Prenez soin de vous et réfléchissez à ce que je vous ai dit.*

Elle avait terminé la lettre par : *Votre secrétaire*.

Où était-elle maintenant ? Était-elle revenue dans son village ? En travaillant à la galerie, elle était devenue dégourdie. Elle aimait discuter avec les clients étrangers. « De cette manière je perfectionnerai mon anglais, disait-elle avec enthousiasme. Et en plus j'apprendrai le savoir-vivre occidental. » Elle s'intéressait à l'art aussi. Elle s'était vexée lorsque Kishore lui avait demandé de l'épouser. Elle voulait faire quelque chose qui lui plaisait dans sa vie avant de se marier et ma galerie était probablement le meilleur endroit pour lui offrir cette opportunité.

Je tentai de la joindre par téléphone, à la cité universitaire. Une de ses amies me demanda :

— Où étiez-vous passé ? Elle est partie.

— Où ça ? Dans son village ? dis-je d'un ton inquiet.

— Non, elle est partie en cours.

Je fus immédiatement rassuré.

Alors que je dessinais un croquis pour un nouveau tableau, le chanteur Kishore arriva en courant.

— Hello, *daï* !

Je voulais faire une série de tableaux à la mémoire de Palpasa. Je voulais aussi lui dédier *l'hôtel-café-galerie* que je projetais de construire. Les touristes intéressés par l'art pourraient venir randonner dans de sublimes paysages puis passer quelques jours, immergés dans un univers artistique. Les problèmes ailleurs ne changeraient pas, mais dans mon café, les voyageurs profiteraient d'une ambiance détendue en oubliant le reste et en profitant de la beauté des fleurs de saison.

Je ferai une peinture représentant la confluence de deux rivières ornée d'une guirlande de fleurs, pendant une fête hindoue.

Précisément là où le nouveau pont avait été détruit. L'avoir vu ainsi, détruit, m'avait renvoyé à mes souvenirs d'enfance qui étaient liés à cet endroit. Christina m'avait dit un jour : « Notre monde occidental a déjà traversé tout ça et s'est reconstruit. C'est pour ça qu'il est en avance sur vous. »

Ce qui était arrivé, il y a longtemps chez eux, était en train de se passer chez nous maintenant. Nous étions en train de vivre les moments les plus difficiles de notre histoire. Si nous arrivions à franchir le cap, peut-être arriverions-nous à destination. Mais je ne voyais pas encore d'ancrage pour fixer notre guirlande de fleurs. Peut-être pourrions-nous accrocher la guirlande de nos espérances depuis Katmandou, là où les promesses d'un monde moderne ouvert et en paix nous attendait ?

— Hello, *daï* !

Je sursautai en l'entendant une deuxième fois. Assis sur le canapé, j'étais perdu dans mes pensées.

— Ça fait un bon moment que vous êtes parti, dit-il.

— Comment vas-tu ? demandai-je.

— Connaissez-vous quelqu'un à l'ambassade des États-Unis ?

— Pourquoi ?

— J'ai besoin d'un visa.

— Et alors ? Ils ne peuvent pas t'en donner un si tu fais la demande ?

— Ils ne me font pas confiance.

— Pourquoi ?

— Parce qu'ils pensent qu'une fois parti, je ne reviendrai pas au Népal.

— Tu n'as qu'à leur dire que tu reviendras.

— Ils ne me croiront pas.

— Pourquoi pas ?

— Mais s'ils ne me croient pas, qu'est-ce que je fais ?

— C'est simple, n'y va pas.

— Vous ne comprenez pas, dit-il irrité. Tous mes amis sont déjà partis.

— Si ils ont tous pu partir, alors pourquoi pas toi ?

— Mais si ils ne me donnent pas le visa ? dit-il. Dans leur consulat, il y a plein d'exemples comme ça. J'ai vu un couple où seulement un seul a obtenu le visa. J'ai vu tant de gens sortir de l'ambassade en pleurant.

— Le plus facile c'est que tu leur répondes, en souriant, que tu n'as pas du tout l'intention de t'installer aux États-Unis, que tu aimes ton pays. Dis-leur que pour toi le Népal est comme les États-Unis et n'oublie pas de leur dire que tu dois revenir pour ton travail.

— C'est ce que j'avais dit quand j'avais demandé un visa pour l'Europe.

— Et alors ? Ils ne te l'ont pas donné ?

— Ils ne m'ont pas accordé mon visa Schengen, dit-il. Ils m'ont dit que vu la situation de mon pays, il y avait peu de chance pour que je revienne. Et en plus, beaucoup de Népalais avaient déjà demandé l'asile politique en arrivant là-bas.

Je changeai facilement de sujet. Je ne voulais pas m'impliquer dans une situation qui n'était pas de mon ressort. On ne savait jamais comment les choses pouvaient tourner.

— Quand sort ton prochain album ?

— Je suis en train de travailler dessus. Deux des chansons de mon premier album sont devenues des succès. On me propose de faire des concerts. J'en ai déjà fait trois, sans parler des interviews à la radio !

— C'est bien.

— Je ne vous raconte même pas le courrier que je reçois. Après un concert de *BCCI*, je ne me rappelle même plus combien d'autographes j'ai donnés. J'en ai même fait sur des mains, des T-shirts !

— Fantastique !

— Et ce n'est pas tout ! Il était reparti. Je reçois des centaines de coups de fil. Mes fans m'appellent même au milieu de la nuit pour me dire : « Je t'aime. » J'ai même reçu une lettre écrite avec du sang. Une de mes fans m'a dit qu'elle se suiciderait si je ne l'épousais pas. C'est aussi un peu pour ça que je veux quitter le pays le plus vite possible.

— Tu ne peux pas abandonner tes fans qui t'aiment tant, dis-je en tentant de lui donner un conseil. Reste dans ton pays. Ici tu peux faire carrière dans la musique.

Il n'était pas du tout convaincu. Tout ce qu'il voulait faire de toute façon, c'était partir aux États-Unis. Il semblait que tous ses copains vivaient maintenant de Boston à Los Angeles.

En partant, il dit :

— Il y a peu de foyers à Katmandou où un membre de la famille n'est pas parti aux États-Unis.

— C'est possible.

— C'est justement parce que je ne suis pas encore parti qu'on se moque de moi dans ma famille. Vous ne vous rendez pas compte, l'ai-je entendu dire depuis l'escalier.

— Et alors, quelle importance ?

Le calme revint dans la galerie.

Je jetai un coup d'œil par la fenêtre. La file d'attente devant le bureau de recrutement à l'étranger était toujours aussi longue. Je ne voulus pas descendre par crainte de rencontrer quelqu'un qui me demanderait de lui donner du travail. Quelques jours plus tôt, j'étais tombé sur un homme qui m'avait dit : « J'ai déjà rempli tous les papiers pour partir à l'étranger. J'ai vendu ma terre au village. »

Peu après, un autre m'avait supplié de lui trouver n'importe quel travail n'importe où.

— Que sais-tu faire ? lui avais-je demandé.

Sa réponse m'avait interloqué : « Je peux rester debout toute la journée devant votre porte pour vous protéger, si vous me le demandez. »

Je m'éloignai de la fenêtre et m'assis sur le canapé. Puis je changeai d'avis et revins vers la fenêtre. Je voulais aller là où je pourrais entendre le son de cascades pour pouvoir le reproduire sur mon tableau. Je voulais aller là où je pourrais saisir les formes et les chants des oiseaux, la couleur et les contours des rizières. J'avais connu une époque où je n'avais pas un sou pour acheter ni pinceaux, ni couleurs. Aujourd'hui, j'avais tout ce qu'il me fallait, mais je ne trouvais pas l'inspiration.

Lorsque j'allumai mon ordinateur, je fus surpris. Ma boîte mèl était remplie de nouveaux messages. Parmi eux se trouvaient plusieurs mèls de Christina. Je me demandai si elle allait bien. Son dernier message datait de la veille. Elle avait écrit, menaçante : *Attn : Si tu ne me réponds pas, ce mèl sera le dernier.*

Elle avait de bonnes raisons. Elle avait envoyé des dizaines de mèls qui étaient tous restés sans réponse. Je les ai tous lus, un par un. Elle était concernée par mon travail et la situation de mon pays. Elle revenait au Népal en tant que journaliste.

*Le Népal est le premier pays où je vais travailler comme reporter de guerre,* écrivait-elle.

Reporter de guerre, ça n'allait pas être facile.

Je répondis immédiatement : *Bienvenue au Népal, chère admiratrice de mes peintures et journaliste internationale.*

Après avoir écrit le mèl, je me versai un verre de vin, mais l'odeur était âcre. Cette bouteille avait été ouverte depuis un bout de temps et le vin avait tourné. Je vidai la bouteille et la jetai à la poubelle puis en cherchai une autre. Je frissonnai en trouvant un sac en papier avec une petite carte écrite : *Félicitations.* C'était la bouteille que Palpasa avait apportée à cette soirée.

Je ne pus l'ouvrir et reposai l'ouvre-bouteille. Désœuvré, je me dirigeai vers la fenêtre d'où, à ma grande surprise, j'aperçus Christina marchant à grands pas vers la galerie. Elle était donc déjà au Népal. Quand était-elle partie de chez elle et depuis combien de temps était-elle ici ? Peut-être venait-elle à la galerie juste avant de quitter le pays.

Je la retrouvai devant la porte. « Je suis désolé, Christina », dis-je. Elle me donna un coup de poing amical sur le torse, exactement comme Palpasa l'avait fait à Goa. Elle posa son sac sur la table et regarda les murs de la galerie. Elle dut être étonnée de voir que j'avais fait exactement ce qu'elle m'avait conseillé de faire.

— Sais-tu combien de mèls j'ai envoyé, combien de coups de fil j'ai donné et combien de fois je suis venue jusqu'ici pour voir si la galerie était ouverte ou non ? Est-ce que tu t'en rends compte ? dit-elle.

— J'imagine.

— Non, tu ne sais pas, dit-elle d'un ton menaçant, alors qu'elle fixait les murs.

— Je sais que les artistes sont toujours un peu comme ça, continua-t-elle. Mais à ce point-là ! Même en Europe, je n'ai jamais vu ça ! Au début, tu m'envoyais de belles phrases par mèl. Ensuite, tu n'as même plus pris la peine de répondre à ceux que je t'envoyais.

— Tu n'as aucune idée de ce que j'ai fait, ni où je suis allé.

— Je rentre en Europe demain.

Je fis comme si je ne la croyais pas. Elle était intraitable et en me regardant droit dans les yeux, elle dit :

— Monsieur l'artiste, avez-vous compris qu'aujourd'hui est mon dernier jour à Katmandou ?

— Et alors ?

— Je suis en train de te dire, dit-elle offensée, que je rentre dans mon pays demain.

— Est-ce que j'essaie de t'en empêcher ? dis-je.

— Ce n'est pas ce que j'ai dit.

— J'avais l'impression que c'est ce que tu pensais.

— C'est bien la dernière chose que je penserais.

Elle se tourna de nouveau vers les peintures, recula de quelques pas et les regarda attentivement. Il était rare de trouver des gens qui appréciaient l'art autant qu'elle. Que pourrais-je faire pour la remercier ? Je lui lançai :

— J'arrive, et me rendis chez le fleuriste.

Je revins, un bouquet dans les mains que je lui tendis.

— Je suis honoré de ta visite.

— Merci beaucoup, dit-elle. Je ne m'attendais pas du tout à ça.

— Mais je ne voulais pas du tout te faire une surprise.

— La plus grande surprise était de te trouver ici.

— Au contraire, c'est moi qui ai été surpris de te revoir ici.

— Pourquoi as-tu été surpris ?

— Les passionnés d'art comme toi sont une réelle inspiration pour moi.

— Vraiment ? dit-elle flattée. Je suis comblée.

— Mais je ne te complimente pas.

— Alors que veux-tu dire ?

— Grâce à tes mots, j'ai pris un nouvel envol.

— Tu veux dire que mes mots étaient du vent.

— Non, je n'ai pas dit ça !

— Il faut bien du vent pour voler, non ?

Elle me donna un autre coup de poing amical sur le torse. Je pris sa main et dis :

— Je suis vraiment heureux de te retrouver ici.

— Mais je rentre demain, dit-elle en attendant ma réaction.

— Alors qu'en penses-tu ? demandai-je.

— De quoi ?

— De la couleur des murs.

— Je me disais que c'était presque trop parfait.

— Ah bon ! Pourquoi ?

— Parce que je crois que je vais tomber amoureuse de cette galerie.

— Tant mieux.

— Pourquoi tant mieux ?

— Si tu n'aimes que les murs, je serai tranquille, tu n'auras pas besoin de moi.

Elle me donna un autre coup de poing amical.

Je fermai la galerie. Nous sommes arrivés à un hôtel avec le petit vent frais de l'après-midi. Je garai ma voiture au parking. Le bar était désert. Un étranger jouait au piano, elle le regarda.

— Jouer du piano n'est pas très difficile, fit-elle. Mais jouer une belle musique est autre chose.

— Rien n'est facile.

— Parles-tu de peinture ?

— Tu comprends vite !

— C'est toi qui remarques tout de suite que je comprends vite, dit-elle en faisant signe au pianiste.

— Alors, quand rentres-tu finalement ? lui demandai-je.

— Demain.

— Le problème est là.

— Quel problème ?

— Les journalistes sont toujours si pressés et c'est dommage, dis-je. Je veux dire que s'ils prenaient le temps, les évènements ne se succèderaient peut-être pas si vite.

— C'est-à-dire ?

— Pourquoi veux-tu rentrer si vite ?

— J'ai fini mon reportage.

— Mais quel type de reportage as-tu fait ici ? La situation

devient de plus en plus compliquée et toi, tu voudrais repartir en pensant que tu as fini le travail. C'est l'attitude des reporters parachutés dans des pays en crise qui disparaissent aussi vite qu'ils sont arrivés.

— Où est le problème ? Il n'y a rien de mal à écrire.

— Je vais te raconter ce que j'ai vécu, dis-je en finissant mon verre. Peut-être que mon expérience pourra t'aider.

Elle me regarda, intriguée.

— J'ai été pour ainsi dire enlevé et amené dans les montagnes, dans mon village où je suis né, où j'ai grandi. J'ai pu sentir et voir comment tout avait changé. En me rappelant tout cela, j'en ai des sueurs froides. J'ai d'abord perdu un ami. Puis j'ai perdu la femme que j'aimais.

Puis je me lançai. Je n'aurais pas dû boire autant. Je lui parlai de Palpasa. Elle me consola en mettant sa main sur mon épaule. Elle eut les larmes aux yeux quand je lui racontai ma dernière visite chez la grand-mère de Palpasa.

À mesure que la soirée avançait, le son du piano amplifiait. Sur la table une bougie était allumée. Je parlais alors que Christina me consolait avec des mots réconfortants. Elle comprenait ce que je pouvais ressentir. Je ne me rappelai plus très bien ce que je lui avais dit en rentrant à la maison. Le lendemain, j'avais trouvé une rose qu'elle avait glissée dans la poche de ma chemise.

◻◻

# 27

— Christina, va prendre un café.

— Non merci, je n'en veux pas, dit-elle tout en restant assise, sans bouger.

— Tu pourrais t'asseoir à la réception, suggérai-je.

— Non, je ne bougerai pas d'ici tant que tu n'auras pas fini ton tableau. Elle était têtue comme une mule.

Nous étions dans la galerie. J'avais commencé une série de peintures sur Palpasa. C'était le sixième tableau et j'avais quelques difficultés. Je n'arrivais pas à trouver les couleurs que je voulais. Je peinais à trouver les ombres à mes coups de pinceaux. J'avais envie d'y mettre de l'optimisme en ajoutant un peu de rouge, la couleur de la vie, mais dans ce rouge, je ne voyais que la couleur du sang. Je n'arrivais même pas à faire la différence entre la couleur vermillon et le sang. Ce tableau demandait toute mon attention. La présence de Christina me dérangeait. Je voulais pouvoir m'exprimer en toute liberté, pouvoir m'évader des entraves du présent. Mais elle était décidée à rester là.

— Quelle harmonie entre les ombres et les couleurs ! fit-elle en regardant un autre tableau de la même série, comme si elle était spécialiste. C'est comme si j'étais au pied de cette montagne en train de contempler les merveilles de la nature.

— Peux-tu me rendre un service ? demandai-je poliment.

— Lequel ?

— Va faire un tour.

— Ne t'inquiète pas, dit-elle obstinée. Fais comme si je n'étais pas là.

— Écoute ma chère *kuiréni*, dis-je exaspéré. Essaie de comprendre. Je n'arrive pas à me concentrer.

— D'accord mon cher peintre, dit-elle. Je ne veux pas te déranger.

Je ne me rendis même pas compte qu'elle était partie, mais je retrouvai la paix dont j'avais besoin. Je voulais décrire l'instant où j'avais touché Palpasa pour la dernière fois. Je l'avais frôlée en descendant du bus. Ce moment avait été le dernier que nous avions passé ensemble. Cette série était un défi pour moi. Si je pouvais dépeindre une page de l'histoire qui était aussi celle d'une phase de ma vie, j'aurais réussi.

Quelques jours auparavant, Christina m'avait demandé :

— Le langage des couleurs est universel, mais comment se fait-il que le tien est plus népalais qu'universel ?

— Les grands artistes népalais de l'époque avaient déjà inventé cette manière unique d'utiliser les couleurs, avais-je dit. Je ne fais que marcher dans leurs traces.

J'avais l'impression que les lignes et les couleurs s'attiraient. Lorsque les lignes qui exprimaient la douleur rencontraient la couleur, elles s'abandonnaient à elle. Les espaces vierges de mes tableaux ne signifiaient pas que j'économisais la couleur. Chaque espace était déterminé par la mathématique du coup de pinceau. Les espaces vierges dans une peinture ajoutaient du mystère. La réalité dans laquelle nous vivions n'était pas gaie. Il fallait que je réussisse à y mettre des couleurs qui inciteraient celles et ceux qui regarderaient mes tableaux, à la réflexion.

Chaque artiste développait son propre style pour exprimer ses idées. À travers mes peintures, je voulais donner mon regard sur la situation actuelle du Népal. Christina avait compris que je voulais aussi exprimer ma ligne politique. C'est pour cela qu'elle avait posé tant de questions à ce sujet.

J'avais fait un long voyage et une partie de mes tableaux exprimait ce que j'avais vécu. Il était possible qu'ils ne soient pas tout à fait objectifs, car comment aurais-je pu rester neutre ? La mémoire pouvait être cruelle et elle pourrait me faire défaut. Il était possible que l'on me perçoive comme un soldat se battant contre les institutions depuis ma galerie. Mes peintures renfermaient une énergie, un certain pouvoir. J'avais les couleurs contre les armes. C'était pour moi, le moyen d'expression le plus simple pour exprimer mon état d'esprit et mes idées.

Un sujet comme la violence pouvait paraître agressif. Un peintre ne devait pas avoir peur d'exprimer la violence. Selon moi, le courage était une qualité essentielle à l'artiste. Pendant le temps où je peignis cette série, je ne pus dormir durant deux nuits entières. Je voulais représenter la petite fille qui allait voir son amie d'enfance morte dans une explosion. Pour exprimer le lien de tendresse et de naïveté de cette petite fille avec son amie d'enfance, il me fallait utiliser la couleur douce et amicale. Mais la violence de l'évènement qui les avait désunies m'avait forcé à y mettre une couleur forte avec des traits prononcés. J'y avais même ajouté mes larmes dans un coin. Elles se mélangeaient aux couleurs. L'instant où la larme va couler est à la fois éphémère et important. Même si cela n'était pas essentiel à la peinture, ces larmes noyées dans les couleurs m'avaient inspiré. Elles avaient été le témoin de mes sentiments.

Sur certains de mes tableaux, on aurait dit que j'avais superposé des coupures de journaux avec photos. Cela représentait une distance entre les deux. Les journaux saisissent l'immédiateté de l'évènement alors que la peinture exprime le même fait, mais avec plus de profondeur et le recul que seul le temps peut apporter. Pourtant cette distance diminue par la technologie. J'aime les professionnels qui pensent que cette distance est un gage de qualité et qui montrent qu'entre un peintre et un photographe, la perception du personnage est différente.

Pourtant, malgré mes souffrances, ma série sur Palpasa montrait une lueur d'espoir. Je le sentais. Je ne savais pas si ce que j'avais voulu exprimer serait perçu clairement. Le vermillon pouvait représenter à la fois le sang et la fertilité. Le vermillon exprimait la pureté et l'espérance alors que le sang symbolisait l'échec et la fin. Mes peintures étaient dominées par cette couleur. Ceux qui revendiquaient la guerre y verraient le pays coloré de sang et ils se sentiraient puissants à chaque fois qu'ils réussiraient à faire une bonne affaire en achetant des armes. J'avais tenté de mettre la couleur de la lâcheté pour ceux-là.

— Ce que j'aime beaucoup dans celui-ci, avait-dit Christina, c'est que ces visages encore enfantins expriment le courage.

— C'est pour cela qu'ils se sacrifient, ai-je dit.

C'était vrai. J'avais voulu montrer comment les lâches continuaient de vivre pendant que des innocents se faisaient tuer.

— En traduisant soit le courage, soit la lâcheté, tu es en train d'exprimer une critique politique et de prendre position. Je trouve que faire cela dans le contexte actuel du pays est courageux.

J'avais en effet pris position. J'étais opposé aux deux camps qui faisaient la guerre et j'avais rejoint le troisième. Ce dernier serait certainement visé puisqu'il était contre les armes. À travers mes peintures je protestais contre les camps qui encourageaient et nourrissaient la guerre. Les couleurs étaient mon arme, ma force. Est-ce que je me mettais ainsi en danger ?

— Excuse-moi. La Christina agaçante était de retour.

Je continuai mon travail en feignant de ne pas l'avoir vue. J'essayais de peindre un *tika* sur le front de Palpasa. Le trait que j'avais dessiné était un peu trop long. J'aurais pu le noyer dans la couleur, mais je craignais que le contraste soit alors trop prononcé.

— Je sais que tu m'as vue, mais tu fais comme si je n'existais pas.

— Oui.

— Je pars.

— Je ne t'en empêche pas.

— Vas-tu me donner cette peinture ou non ?

— Laquelle ?

— Tu continues à faire semblant de ne pas comprendre.

— Écoute, dis-je. Je ne sais pas de quelle peinture tu parles.

— Celle-là, dit-elle en la montrant du doigt.

Je ne regardai pas. Je savais déjà de quelle peinture elle parlait. C'était celle qui représentait l'hôtel, le café et la galerie. J'avais décidé que chaque chambre serait une petite galerie à elle tout seule. Sous mes pinceaux, j'étais en train de définir leur style. Cet endroit serait destiné aux randonneurs qui seraient enchantés d'avoir pour chambre une véritable galerie. J'aspirais à cette clientèle. Je voulais qu'elle vienne, inspirée par le lieu que j'aurais créé. Il était difficile de savoir si, à travers le tableau que Christina voulait, j'étais peintre ou styliste.

Je souhaitais faire deux types de logements : des chambres simples et des suites. Ceux qui seraient prêts à dépenser un peu plus apprécieraient une suite, avec une vue magnifique. Ils pourraient apprécier la beauté des lieux, confortablement installés chez eux.

— Le jour où tu auras construit ton *lodge-galerie*, je veux dire ton centre d'art et hôtel ou plutôt ton café avec sa jolie galerie, dit-elle, je serai ta première cliente.

— Il faudra que tu marches quatre jours.

— Tu crois que je n'en serais pas capable ? dit-elle vexée.

Je mis un coup de pinceau sur sa joue qui laissa une trace rouge. Faisait-elle un caprice ? Je m'aperçus que je l'avais réellement offensée. Je remarquai une expression typiquement népalaise sur son visage. Si elle restait ici deux ou trois ans, personne ne se douterait qu'elle était hollandaise. Elle avait de longs cheveux noirs. Certes elle était un peu grande et avait les yeux bleus, mais on la confondrait facilement avec une Népalaise.

Pour que les chambres soient confortables, il faudrait qu'elles soient grandes. On y accrocherait des tableaux aux murs. Je vais construire les chambres avec cette idée en tête. J'imaginais déjà une grande fenêtre d'où le soleil du matin inonderait la chambre, d'où l'air pur et le parfum des fleurs enchanteraient les clients.

— C'est la première fois qu'une peinture prend vie sous mes yeux, insista-t-elle. C'est pour ça que je ne partirai pas d'ici sans l'amener avec moi.

Je ne voulais pas lui donner parce que le café-galerie au cœur des montagnes était dédié à Palpasa et il incarnait mon avenir. Je n'arriverais pas à lui expliquer tout ce que ce tableau symbolisait pour moi. Sur ce tableau, j'avais représenté une galerie en rouge brique avec le toit en ardoise. Il était un hommage à la mémoire de Palpasa et je ne pourrais jamais le vendre.

— Je vais te déranger encore un moment, dit-elle. Je ne pris pas la peine de lui répondre.

Elle sortit son téléphone portable et me prit en photo. Je fus ébloui par une lumière rouge. Je n'appréciais pas cette façon de faire. À plusieurs reprises des invités avaient pris en photo mes peintures en prétendant vouloir téléphoner alors qu'ils savaient qu'il était interdit de faire des photos. La galerie n'était pas un studio de photo.

— As-tu pris un café ?

— Non, dit-elle.

— Pourquoi ?

— Tu ne m'as toujours pas dit si tu allais me donner ou non la peinture.

Elle était agaçante.

— Quand rentres-tu ? demandai-je.

— Où ? À l'hôtel ?

— Non, à Amsterdam, dis-je.

À ces mots, elle sortit d'un coup, furieuse Je voulais qu'elle s'en aille, mais pas trop loin. Je voulais qu'elle reste autour de Katmandou. Elle avait quitté la galerie en colère, sans prendre la peine d'essuyer la marque de peinture rouge sur sa joue.

Je me demandai où elle avait bien pu aller. Elle repoussait depuis un certain temps déjà sa date de départ. Elle avait essayé de partir à plusieurs reprises, mais elle n'y arrivait pas. Je ne crois pas qu'elle envoyait des articles. Je pensais qu'elle était simplement contente d'être avec moi. C'est peut-être pour cela qu'elle se fâchait pour des petits riens. C'était son point faible. Elle m'avait menti en disant qu'elle venait faire un reportage de guerre. Elle était venue écrire un article sur l'art en Orient. Et c'était pour cette raison qu'au début elle s'était intéressée à moi.

Lorsque j'aurai achevé cette série de peintures, je serai libéré. J'y verrai alors plus clair avec Christina. Depuis que j'étais revenu des montagnes, je n'avais pas cessé de peindre. À chaque instant une image m'apparaissait à l'esprit. Même lorsque je ne tenais pas le pinceau à la main, l'ébauche de croquis se formait dans mon esprit. Je ne pourrais pas vivre sans peindre. La peinture était ma raison de vivre. Grâce à elle je me sentais vivant. Palpasa m'avait redonné un nouvel élan pour la peinture. J'avais terriblement souffert, mais je m'étais habitué à cette douleur. Mes peintures étaient devenues un exutoire.

Le jour allait bientôt se lever, mais je n'étais pas pressé de voir le soleil pointer. Je commençais à accepter les absurdités de la vie. Chaque jour apportait son lot d'incohérences qui ne valaient pas la peine que l'on s'y attarde.

Christina m'aimait bien. Et je pouvais m'en réjouir, mais je devais d'abord savoir quelles étaient les raisons de cet amour. Je ne pourrais pas m'éloigner du souvenir de Palpasa avant longtemps.

Christina était partie depuis quelques heures déjà. Était-elle rentrée en Hollande ? M'attendait-elle quelque part ? Au restaurant, dans son hôtel ou bien était-elle déjà arrivée chez moi ? Elle m'avait laissé en paix quelques heures et maintenant je me demandai où elle pouvait bien être.

Il était bien possible qu'elle ait décidé de rentrer dans son pays. Elle m'avait posé plein de questions la nuit d'avant.

— Pourquoi m'as-tu embrassée ? avait-elle demandé.

Sa question m'avait fait oublier le goût sucré de ses lèvres. Prudemment, j'avais répondu :

— C'est parce que tu as fermé les yeux.

— Ce n'est pas la réponse à ma question.

— Je n'ai pas compris.

— Tu es un menteur.

— En fait, avais-je dit. Comme tu t'amusais à caresser mon nez avec tes doigts tout doux, j'ai eu envie de t'embrasser.

— Tu n'es pas amoureux de moi, n'est-ce pas ?

— Nous sommes de bons amis, dis-je en retirant ma main de son cou.

— Pourquoi m'as-tu embrassée alors ?

— Je n'aurais pas dû ?

— Tu me dis que nous sommes de bons amis et tu m'embrasses ! avait-elle hurlé.

— Je suis désolé.

— Je ne peux pas te pardonner si tu ne sais pas ce que tu veux.

— Pourquoi ?

— Tu m'as embrassé parce que tu m'aimes ?

— Possible.

— Tu ne connais pas le vrai sens d'un baiser, dit-elle. Tout ce que tu veux c'est faire l'amour avec moi.

J'étais resté silencieux. Elle était au bord des larmes. Elle m'avait fait de la peine.

— Que veux-tu ? avais-je demandé.

— Je veux que tu sois honnête avec toi.

— Que dois-je faire alors ?

— Quand tu es avec moi, tu penses à Palpasa et je n'aime pas ça.

— Es-tu jalouse d'elle ?

— Ce n'est pas une question de jalousie. Pourquoi serais-je jalouse de cette malheureuse fille ? avait-elle dit. Mais je suis jalouse parce que tu restes attaché à ce passé et à son souvenir.

— Dis-moi alors ce que je dois faire.

— Peux-tu me dire combien de temps il te faudra pour être libéré de ce souvenir ?

— Non, je ne peux pas.

Alors qu'elle pleurait, elle avait attaché ses cheveux derrière la tête.

— Pourrais-tu laisser ton petit ami ?

— Je te l'ai déjà dit plusieurs fois, avait-elle dit. Il n'a aucun problème avec la relation que j'ai avec toi.

— Même si nous partageons le même lit ?

— Il le sait. J'ai déjà dormi chez des copains à Amsterdam. Les choses sont claires entre nous. C'est la différence entre les Occidentaux et les Népalais. Lui, il me fait confiance.

— Que dirait-il s'il savait que je t'ai embrassée ?

— Il ne penserait même pas à toi. C'est à moi qu'il ferait des remarques.

— Tu vas lui raconter tout ça ?

— C'est le fondement de la confiance, avait-elle dit. Il sait que je ne lui mens jamais.

Surpris, je m'étais écarté. Je l'avais regardée à la faible lumière de la chambre. Elle venait de détacher ses cheveux, ils tombaient en cascade sur son joli visage.

— Pour toi, je n'étais qu'une Occidentale, n'est-ce pas ?

— Non, non.

— Tu t'es dit que les filles occidentales couchent facilement.

— Je ne t'ai jamais considérée ainsi, avais-je dit. Pour moi, tu es une passionnée d'art que tu sois de l'Ouest ou de l'Est.

— Si j'ai passé la nuit ici c'est parce que je voulais te voir peindre la nuit, dit-elle. Et toi, tu abuses de l'amitié que je te porte, avait-elle hurlé.

— Je suis désolé.

— Ce n'est pas la peine de t'excuser, avait-elle dit. Si tu veux, je peux devenir ta petite amie.

— Ce ne serait pas tromper ton petit ami ?

— Non ce ne serait pas ça, avait-elle dit. Je pourrais lui expliquer comment et pourquoi je suis tombée amoureuse de toi et on se séparerait bons amis.

— Ça veut dire que tu es en train de tomber amoureuse de moi ?

— Je commençais …

— Mais quoi ?

— Maintenant, ça n'a plus d'importance.

— Il semblerait que tu aies un problème, avais-je dit. Tu crois que c'est si facile ? Tu cliques sur un bouton et tu tombes amoureuse, tu cliques sur un autre et tu ne l'es plus.

— Je ne veux pas gaspiller mon temps avec un homme qui tourne comme une girouette.

— Que dois-je faire alors ?

— D'abord il faut que tu aies les idées claires, avait-elle dit. Je sais à quel point Palpasa te manque et que tu ne l'oublieras pas facilement. Mais ne me prends pas comme un remède pour l'oublier.

— Et après ?

— Il faut que tu te sortes de la tête l'idée qu'on peut faire tout ce qu'on veut à une *kuiréni*.

— D'accord.

— Comment veux-tu que je te croie ?

— Que dois-je faire pour que tu me croies ?

— Dis-le moi clairement.

— Quoi ?

— *Do you love me* ?

Je n'avais rien pu rien dire. Je l'avais regardée. Elle m'avait fixé et j'avais vu dans ses yeux qu'elle attendait une réponse.

— Sais-tu seulement ce que ça veut dire ? avait-elle ajouté.

J'avais été incapable de répondre.

— Je me demande si tu étais vraiment amoureux de Palpasa.

— Comment peux-tu dire ça ?

— Ça me paraît clair, avait-elle dit. Tu étais attiré par sa beauté et flatté par la façon dont elle te percevait. Elle admirait ton travail et cela t'a attiré vers elle.

— L'attirance n'est-elle pas de l'amour ?

— Si ça avait été vraiment de l'amour, tu ne l'aurais pas quitté à Goa sans lui laisser une adresse. Votre rencontre à Katmandou était un pur hasard. Et encore une fois, tu ne serais pas parti sans lui dire où tu allais. Même en partant ainsi, tu aurais pu trouver un moyen de lui donner des nouvelles.

— C'est dans ma nature, je suis comme ça.

— C'est pour ça que je dis que tu ne peux aimer personne, avait-elle dit. Tu un artiste solitaire. Tu es heureux de contempler le monde, seul avec tes pinceaux. Tu n'as besoin de personne.

— Ce n'est parce qu'on aime la solitude qu'on n'est pas capable d'aimer.

— Dès l'instant où tu tombes amoureux, tu ne peux plus vivre ta solitude comme avant, dit-elle. Pour les gens comme toi, c'est plus difficile.

— J'ai toujours été ainsi.

— Et tu ne changeras jamais.

— C'est possible.

— Mais je t'aime bien quand même. Palpasa aussi t'aimait.

— Je crois que oui.

— T'aimer est une chose, mais être aimée de toi en est une autre.

J'étais resté silencieux.

— Tu aimes les couleurs. En fait, tu es amoureux des couleurs parce qu'avec elles, tu oublies tout. Tu es un véritable artiste. Et moi, ce que j'aime, c'est ton travail, c'est tout.

— Je te remercie.

J'avais recommencé à peindre. Alors que je jouais avec les couleurs, elle m'avait regardé. Sous mes pinceaux, le visage de Palpasa était apparu.

— Même si je t'ai dit tout ça, j'ai beaucoup de respect pour toi.

— Je te crois.

— Nous resterons bons amis.

— Oui.

— Et qui sait ? avait-elle plaisanté. Peut-être suis-je en train de tomber amoureuse de toi.

— Alors, pourquoi ne m'embrasses-tu pas ? lui avais-je demandé avec un petit sourire.

— Et toi, pourquoi ne fermes-tu pas les yeux ? avait-elle rétorqué en me donnant une légère tape sur le torse.

❑❑

# 28

— Comment faites-vous pour mélanger les couleurs ? me demanda aimablement la dame japonaise. Elle me fixa en attendant une réponse.

— Ce n'est pas très difficile. Je peins avec mon instinct.

Son mari contemplait un autre tableau.

— Votre style est très particulier, dit.il.

Alors qu'il démêlait le cordon de ses lunettes, il continuait à regarder le même tableau.

— Le mélange des couleurs est incroyablement subtil, ajouta-il. Un peu comme si on mélangeait de l'eau avec du lait.

— Il paraît si naturel, n'est-ce pas ? confirma sa femme.

— Le langage des couleurs dépend de la perception de chacun, dis-je.

En réalisant qu'ils ne comprenaient peut-être pas très bien l'anglais, je formulai à nouveau ma phrase et dis, plus simplement :

— Les couleurs s'expriment selon votre regard.

Ils acquiescèrent en hochant de la tête et continuèrent à parler entre eux, doucement. Le son de leur voix me fit penser au chant des hirondelles dans leur nid. Alors qu'ils continuaient à regarder tranquillement mes tableaux, visiblement pas encore prêts à acheter, je les laissai et me rendis dans une autre pièce.

J'adorais expliquer l'art, plus particulièrement aux amateurs népalais. J'avais encore plus de plaisir si c'était des jeunes. Dans les pays développés les gens avaient souvent, pour la plupart, déjà l'habitude de visiter des galeries et même d'acheter des peintures, mais ici, pour les Népalais, ce n'était pas encore le cas.

Le mari vint me demander en pointant le tableau *Palpasa Café* :

— Cette peinture ressemble à un rêve à réaliser.

— Vous avez raison, dis-je. C'est ce que je vais faire bientôt. Je vais construire un *hôtel-café-galerie* où chaque chambre sera une véritable galerie. Ce sera un lieu où l'on pourra boire un café, immergé dans une ambiance artistique.

— Superbe idée ! dit-il d'un ton intrigué. Je vais vous dire pourquoi j'aime tant celui-ci. Vous avez su exprimer à la fois la douleur et l'espoir.

Que pouvais-je lui dire ? J'avais depuis longtemps déjà achevé la série *'Palpasa'*, mais il me semblait que c'était hier. Ce tableau était le clou de ma galerie, le centre d'intérêt de chaque visiteur. En peignant ce tableau, je m'étais abandonné totalement, je m'étais livré aux couleurs. Les visiteurs saisissaient immédiatement la force des sentiments exprimés dans cette toile.

— Si vous le permettez, j'aimerais vous poser une question, dit-elle en s'approchant timidement. Arrivez-vous à vendre vos tableaux ?

— Notre société n'a pas encore développé une sensibilité à l'art, dis-je alors qu'elle me regardait d'un air curieux. Les gens qui ont de l'argent achètent n'importe quoi du moment que le prix est élevé. Ils s'imaginent qu'avoir des tableaux chez eux va augmenter la valeur de leur maison.

Sans me quitter des yeux, elle demanda :

— N'est-ce pas tout de même une bonne chose si les riches achètent ?

— Peut-être, mais ici, les gens qui ont de l'argent passent leur temps à le montrer. Ils ne comprennent pas qu'avoir de l'argent est une forme de responsabilité. Être riche ne veut pas simplement dire avoir de l'argent, c'est avant tout être responsable de ce que l'on en fait. L'argent amène une certaine forme de pouvoir. Pour eux c'est juste une parure.

— Ah bon, comment ça ?

— Parmi les riches qui ont, soi-disant voyagé dans le monde entier, certains pensent que des tableaux accrochés au mur de leur maison leur amèneront respect et considération, expliquai-je. D'autres les considèrent comme des objets à la mode, sans comprendre le sens véritable de l'art.

— Ce n'est peut-être qu'une étape de votre société, non ? dit-elle.

— Ce n'est pas le pouvoir de l'argent qui permet d'apprécier la beauté de l'art. C'est une sensibilité qui se développe dans un environnement où la culture l'encourage.

— Vous avez raison, dit-elle, toujours debout.

— Seules les belles âmes apprécient la beauté de certains tableaux, ajoutai-je. Comme vous par exemple, je vous vois depuis longtemps contempler mes tableaux et vous me posez maintenant des questions sur mon travail. J'y vois là un véritable intérêt de votre part.

Elle partit les joues rouges rejoindre son mari. Les hirondelles avaient recommencé à chanter. Peu après, elle revint.

— Mais vous voulez que vos peintures se vendent ?

— Bien-sûr, dis-je. C'est mon gagne-pain.

— Dans ce cas, pourquoi ne faites-vous pas des peintures qui se vendent facilement ?

— Bonne question, mais ce n'est pas mon genre.

— Pourquoi ?

— Si je faisais ce que les gens attendent de moi, je ne serais pas un véritable artiste. Ce ne serait plus de la création, mais de la fabrication.

Elle sortit à nouveau de la pièce.

J'allumai mon ordinateur. Je versai de l'eau chaude dans un verre et y ajoutai du café. Je sentis immédiatement le parfum des montagnes. Cet arôme continuait de me troubler. Il me ramenait à mon attachement pour les montagnes. Je n'arrivais pas à m'en défaire. Ce lien me rendait plus fort. Je me sentais irrésistiblement attiré par elles. Depuis des millénaires, les montagnes inscrivaient leur histoire et j'en faisais partie, j'y avais grandi. Cet attachement était fort. C'était grâce à elles que j'étais devenu ce que je suis aujourd'hui. Malgré le fait que je vivais à Katmandou, la montagne était en moi. Certes, je perdais peu à peu les mœurs de la vie là-bas, mais mon éloignement ne changeait rien à l'attachement profond que j'avais pour elles. Les montagnes étaient gravées en moi depuis ma plus tendre enfance et elles m'habiteraient à jamais.

Je consultai mes mèls et passai quelques coups de fil. Je mis le journal à sécher au soleil, car le garçon de course l'avait laissé devant la porte alors qu'il pleuvait.

Récemment, j'avais été ébranlé par un article avec une photo qui m'avait donné l'idée de faire un tableau, mais depuis deux semaines, je n'y arrivais pas. Chaque jour je tentais d'en dessiner les traits, mais je n'étais jamais satisfait. Aujourd'hui j'essaierais à nouveau.

L'ébauche de cette peinture, posée dans un coin de la galerie, représentait une vieille femme de soixante-dix ans. Sur la photo de l'article, elle marchait vers le centre du village. Cette image m'avait empêché de me consacrer à une autre peinture tant elle m'avait touché. Cette vieille femme avait dû quitter son village après une cruelle décision du tribunal du peuple. Sa belle-fille avait déposé une plainte contre elle le jour où ce tribunal était passé dans le village. Les problèmes de famille étaient courants et n'étaient jamais dramatiques, mais l'issue de cette plainte le fut. Quand la belle fille apprit que sa belle-mère devrait quitter le village sous sept jours, elle tenta de retirer sa plainte, tourmentée par la cruauté du jugement. Mais pour ce tribunal maoïste, le verdict avait été rendu, il était hors de question de revenir sur leur décision.

Un journaliste avait rencontré Manmaya sur la descente alors qu'elle quittait le village. Elle portait un petit sac. De grosses larmes coulaient le long de ses joues ridées. Lorsque je vis ce chemin, je reconnus immédiatement mes montagnes. Depuis des siècles les villageois empruntaient ce sentier, mais pour Manmaya, aujourd'hui, le voyage aurait un goût amer. Cette photo m'avait inspiré pour commencer le tableau que j'avais intitulé *Vieille femme descendant la montagne'*. Mais j'avais toujours des difficultés à le réaliser.

Il me fallait continuer aujourd'hui, car, avec le temps l'inspiration diminuait et pouvait se tourner vers un autre thème. Cet article que j'avais découpé était posé devant moi et je le regardais de temps en temps. À chaque fois que je regardais cette photo, j'avais les larmes aux yeux. À mon avis je devrais mettre du bleu, la couleur de ses yeux. Quand la photo avait été prise, cela faisait déjà deux jours qu'elle marchait. Il lui fallait encore une demi-journée pour atteindre le centre du village.

— Avez-vous de la famille au centre du district ? lui avait demandé le journaliste.

— Non, mais j'espère trouver quelqu'un que je connais, avait-elle répliqué.

— Quelle punition à votre âge !

— Au moins ils ne m'ont pas donné la peine de mort. Que pouvais-je faire ? Ma belle-fille a compris trop tard qu'elle avait fait une bêtise. Elle a même supplié pour qu'on retire sa plainte. Finalement, c'est moi qui suis partie de mon plein gré. Comme le tribunal maoïste a rendu son verdict, je devais partir. J'aurais eu trop peur de rester en agissant contre leur décision, c'est normal.

Quelqu'un frappa à la porte alors que je relisais cet article.

— Une minute ! criai-je.

J'avais offert du café au couple japonais. La dame me dit :

— Aujourd'hui, nous achetons le livre et nous reviendrons demain. Combien coûte-t-il ?

Ce livre expliquait pourquoi et comment je composais mes tableaux. Je lui montrai le prix indiqué à la fin du livre. Elle sortit sa calculatrice et fit la conversion en yen. Son mari parlait des érables au Japon dont la couleur des feuilles changeait à chaque saison.

— Te souviens-tu ? disait-il à sa femme occupée avec sa calculatrice. L'année dernière, nous avons fait une randonnée lorsque leurs feuilles commençaient à tomber. Tant de gens étaient là pour contempler ces montagnes devenues rouges, le temps d'une saison.

—C'est vrai que chez nous les montages changent de couleur. Elles sont d'abord vertes, puis elles se transforment en rouge et pour finir, en jaune.

— Et blanches lorsqu'il neige, n'est-ce pas ?, ai-je dit.

— Oui. Quatre saisons dans l'année et une couleur pour chacune d'entre elle.

— On voit très bien le lien entre les montagnes, les saisons et les couleurs dans vos peintures, dit le mari. Nous en parlions à l'instant. C'est de cette manière que l'intuition des couleurs apparaît, n'est-ce pas ?

— Oui, ai-je dit. J'ai grandi dans les montagnes où grâce aux fleurs, mon instinct des couleurs s'est développé.

Ils étaient sur le point de me poser une autre question lorsque quelqu'un frappa à nouveau, insistant. Avant que je ne sorte, la dame demanda :

— Quelle est la peinture dont vous êtes le plus satisfait ?

— Il n'y en a aucune.

— Pourquoi ?

— Le jour où je serai comblé signifiera que je n'aurai plus l'envie d'aller plus loin, que je n'aurai plus de curiosité. Je ne crois pas que la satisfaction absolue existe pour un artiste.

Elle me regarda attentivement. Alors qu'elle buvait son café, je partis pour ouvrir la porte. Je vis cinq personnes que je ne connaissais pas.

— Entrez, asseyez-vous, dis-je en leur montrant le canapé tandis que je m'assis sur une chaise, en face d'eux.

J'avais fait venir cette chaise de Taiwan il y a tout juste un an et elle était déjà bancale. Si ces gens s'y connaissaient, je leur demanderais de la réparer.

— Vous êtes …? ai-je demandé en me disant qu'ils ne ressemblaient pas du tout à des amateurs d'art.

Ils regardaient autour d'eux, mais j'étais certain que même s'ils regardaient les murs, ils ne regardaient pas les tableaux. Les artistes repèrent tout de suite ceux qui s'intéressent à l'art. Leur tenue vestimentaire seule indiquait clairement qu'ils n'étaient pas amateurs d'art. Je commençai à me sentir mal à l'aise.

— Que puis-je pour vous ? demandai-je finalement.

— Nous souhaiterions vous poser quelques questions, me demanda celui qui portait une chemise blanche, d'un ton grave.

— Quel genre de questions ?

— Nous sommes venus faire connaissance avec vous, dit un autre aimablement.

Il évita mon regard. Un autre homme regardait les trois tableaux accrochés sur le mur opposé. Ses yeux passaient de l'un à l'autre, mais je compris qu'ils les voyaient à peine. Les comprendre était encore une toute autre chose. Je ne m'intéressai pas au reste du groupe.

—Voulez-vous du café ? demandai-je en réalisant qu'ils n'étaient pas prêts de partir, alors que j'étais pressé de consulter mes mèls.

— Nous sommes de la police, dit le premier.

Ces mots me secouèrent, mais je tentai de rester impassible. Les Japonais étaient encore dans la galerie et je ne savais pas si Phoolan était déjà arrivée.

— Alors ?

— Nous voudrions vous demander quelques renseignements…, comme s'il avait voulu en dire plus.

— Quel type de renseignements ?

— Vous devez venir avec nous, dit l'autre d'un ton grave.

— Où ?

— Allez venez, insista un autre en se mettant debout.

Alors que je commençais à trembler, par prudence j'essayai de toutes mes forces de rester impassible.

— J'ai du travail, dis-je. Je ne peux pas sortir maintenant. Comme vous le voyez, il y a des clients étrangers dans la galerie avec qui j'ai rendez-vous. Je suis occupé.

Mon portable sonna. C'était un copain que je devais rejoindre dans un café. Alors qu'il m'attendait, je ne voulais pas lui expliquer ce qui se passait ici. Je ne voulais pas qu'il se doute de quoique ce soit. Je lui dis seulement que j'arriverais bientôt et qu'il pouvait commander quelque chose en m'attendant. En raccrochant, je réalisai à quel point j'avais fait une grave erreur.

Le premier dit :

— Vous pourrez toujours continuer votre travail au retour.

— Je ne sais pas pour combien de temps je serai parti, dis-je. Je ne peux pas laisser mes clients comme ça.

— Allez venez ! insista à nouveau l'autre.

Il regarda vers la porte de la galerie d'où venait le chant des hirondelles.

— Ce n'est pas que je ne veux pas vous aider, dis-je. Mais je n'ai toujours pas compris ce que vous voulez de moi.

— Que voulez-vous savoir ? me dit un homme d'un ton impatient.

— Êtes-vous venu m'arrêter ?

— Non, ce n'est pas tout à fait une arrestation, dit le premier.

— Que voulez-vous dire ?

— Nous sommes venus vous chercher, si vous préférez.

— Alors si vous êtes venu me chercher, vous avez certainement un mandat d'arrêt, dis-je.

— Ecoutez, ce n'est pas la peine de discuter toute la journée, dit le troisième d'un ton menaçant. Nous avons des questions à vous poser.

— Alors posez vos questions ici, insistai-je. Et d'ailleurs vous ne m'avez toujours pas montré votre carte de police.

— S'il était possible de vous questionner ici, nous n'insisterions pas ainsi, dit de deuxième.

Au même moment, je vis un pistolet glissé sous sa chemise. Il semblait que celui qui regardait le calendrier en avait un aussi. J'en eus des sueurs dans le dos.

— Je dois informer mes amis, dis-je.

Alors que j'étais sur le point de téléphoner, le premier me dit :

— Ne faites pas le malin.

Je commençai à percevoir clairement le danger et je ne pus que me plier à son conseil. Je tentai :

— Écoutez, selon Amnesty International le Népal est le pays avec le plus haut taux de disparus. Les activistes des droits de l'homme se battent pour ça.

— Arrêtez de nous parler comme ces gens qui cherchent les bonnes causes avec leur argent, hurla le premier.

— Que vont penser ces touristes dans la galerie ? protestai-je.

— Ce n'est pas notre problème, hurla-t-il à nouveau.

— Déjà qu'il y a de moins en moins de touristes au Népal, dis-je désespéré. S'ils me voient arrêté comme ça, sous leurs yeux, ils seront tellement marqués qu'ils ne reviendront plus jamais ici.

— C'est fini ? dit le deuxième en prenant mon bras sans que je puisse m'y opposer.

Ils ne me laissèrent même pas le temps d'éteindre mon ordinateur. Le café n'était pas encore fini. Phoolan était peut-être arrivée. Si je n'avais pas mis de porte entre la galerie et cette pièce, elle aurait pu voir ce qui se passait.

Alors que j'étais en train de sortir, le Japonais me demanda :

— Pouvez-vous me dire le prix de la série '*Palpasa*'?

— Désolé monsieur, dis-je. Elle n'a pas de prix.

— Vous n'avez pas encore décidé du prix ?

— Je crois qu'elle n'aura jamais de prix.

— Comment pourrais-je l'acheter alors ?

— Pardonnez-moi, dis-je. Cette série n'est pas à vendre. Vous pouvez choisir toutes les autres peintures, mais pas celles de cette série.

Perplexe, il me regarda alors que je le plantai là. Je ne voulais rien expliquer. Cela ne servait à rien de raconter à des amateurs d'art comme eux ce qui était en train de m'arriver. Je ne voulais pas les inquiéter. Tout comme les oiseaux, les fleurs et les enfants, ils m'étaient aussi chers que mes peintures et je voulais les protéger.

Tandis que je fermais la porte, je me retrouvai dans la rue sous la garde de cinq hommes. Personne n'aurait pu se douter que j'étais en train de me faire kidnapper. Je marchais du même pas que mes ravisseurs qui me suivaient de près. Si j'avais croisé quelqu'un que je connaissais, j'aurais pu l'alerter d'une manière ou d'une autre.

Ils me firent signe devant une voiture qui était garée non loin du carrefour où une explosion avait eu lieu récemment. Ils me mirent dans la voiture. Le visage du vendeur de rue tué dans l'explosion me revint à l'esprit. Sa famille vivait maintenant dans la misère. Alors qu'il était en train de charger sa carriole, la bombe avait explosé. Heureusement, à ce moment-là, sa petite fille se trouvait à l'écart. Ce jour-là, j'avais été tellement bouleversé que je n'avais pas quitté la galerie. Je voyais encore les yeux de la petite fille, comme deux grains de moutarde. Elle devait être encore dans le coin, je l'apercevrais peut-être.

Tandis que la voiture s'éloignait à peine, ils m'obligèrent à baisser la tête jusqu'aux genoux et me bandèrent les yeux. De l'extérieur rien n'indiquait que j'étais en train de me faire enlever, les yeux bandés. Je ne savais toujours pas où ils me conduisaient ni pourquoi ils m'avaient enlevé. Tout ce que j'espérais, c'était que leur cellule aurait une fenêtre pour que je puisse distinguer le jour de la nuit.

◻◻

# ÉPILOGUE

Drishya avait disparu depuis plusieurs jours déjà. Comme je n'avais pas retrouvé sa trace, j'avais achevé mon roman avec les informations qu'il m'avait fournies jusque-là. Je ne savais pas si j'avais respecté le style traditionnel du roman, car c'était l'histoire de la vie d'un homme. Alors que je terminais le roman, un soir dans un restaurant de *Thamel,* seul, mon portable sonna. Une musique douce provenait du bar. Je regardai le numéro affiché sur mon portable et ne le reconnus pas. C'était quelqu'un que je ne connaissais pas et peut-être une occasion d'aborder un nouveau sujet.

— Allo, fis-je.

— Allo, vous êtes bien Narayan ? C'était une fille.

— Oui, c'est moi.

— *Namasté.* Je m'appelle Gemini et je suis arrivée des États-Unis il y a peu de temps. Est-ce que je pourrais vous rencontrer ?

— À quel sujet ?

Elle ne voulut pas m'en dire plus. Elle dit simplement :

— On m'a dit que vous étiez rédacteur en chef. J'espère que vous pourrez m'aider.

Je ne voyais pas quel type d'aide elle allait me demander. Elle ne voulut rien expliquer de plus au téléphone.

— Vous pouvez venir à mon bureau dans les prochains jours, dis-je. Elle insista pour me rencontrer immédiatement. Elle quittait prochainement le Népal. « Pourquoi pas, me dis-je, en tant que journaliste il ne fallait pas nécessairement toujours une raison particulière pour rencontrer quelqu'un. »

J'appelai le bureau :

— Rien d'urgent ?

On me répondit qu'il n'y avait aucun événement important aujourd'hui, tout juste quelques heurts ici et là. Il n'y avait rien de bien nouveau, quelques émeutes, une douzaine de morts chaque jour. Tout cela était devenu la routine. J'avais terminé l'éditorial. Je n'étais pas pressé. Bien sûr, nous n'étions pas à l'abri d'un événement soudain et je pouvais être rappelé au bureau, à tout moment. C'était la nature même de mon travail et je devais être prêt en permanence.

Le gin-tonic que j'avais commandé arriva. J'informai le serveur que je commanderais des snacks plus tard et lui demandai d'augmenter le volume de la musique. Il se dirigea vers le bar pour le faire. Il y avait de moins en moins de monde dans les rues, de moins en moins de touristes. Ils rentraient tous pour les fêtes de fin d'année.

Une édition supplémentaire du journal *The Economist* allait paraître la semaine prochaine. Je n'avais apporté ni livre, ni magazine. Le journal *Herald Tribune* était trop cher. Dans le magasin d'à-côté, il n'y avait pas d'autre journal international. De toute façon, aujourd'hui je n'avais pas envie de lire.

Il était difficile de rester assis tout seul, sans rien faire. La disparition de Drishya m'avait profondément troublé. J'avais tout de même achevé le roman qui racontait sa vie. J'étais désormais prêt pour lire le roman des autres. Je pensai que j'irais dans les librairies après avoir fini mon verre et je me demandai si j'en trouverais un qui valait vraiment le coup. Ici, les livres se vendaient sans tenir compte des critiques. Elles manquaient d'ailleurs cruellement et les lecteurs en souffraient. Dans le même temps, peu de bons livres paraissaient. Selon moi, une société sans bons écrivains était une société appauvrie d'un point de vue intellectuel. J'avais toujours voulu écrire un livre, mais je ne l'aurais jamais fait si Drishya ne m'avait pas inspiré et encouragé à le faire.

Je lui avais demandé un jour :

— À ton avis, quel genre de livre devrais-je écrire ?

— Écris un livre que tu n'as encore jamais pu lire.

— Dans ce cas, je vais écrire un roman sur toi, avais-je dit après un moment de réflexion.

— Pourquoi sur moi ?

— Parce que je n'ai pas encore lu de roman sur un artiste comme toi.

— Imbécile ! On écrit la biographie de grands artistes uniquement, avait-il répliqué.

— C'est toi l'imbécile. Il existe déjà plein de livres sur les grands artistes. Par exemple, il y a '*La vie passionnée de Van Gogh*' que j'ai beaucoup aimé.

— C'était un très grand artiste.

— Oui et je ne te compare pas à lui, avais-je dit. Ce que je veux dire, c'est que je n'ai encore jamais lu de livre sur un artiste simple. Quand je dis simple, c'est un artiste comme toi qui vient du même univers que moi. Si j'écris ta vie, ce sera un peu comme raconter ma propre histoire.

— Comme tu veux, tu n'as qu'à me dire ce que je dois faire.

— Accepte de répondre à mes questions, avais-je dit en donnant une condition : jusqu'à ce que j'aie assez de matière pour écrire un roman.

317

— D'accord, mais n'en dis pas trop sur mes histoires d'amour ! avait-il dit en riant.

— Tu te prends donc pour un romantique ?

— Ah bon ! Je ne le suis pas ?

— Si bien sûr, ça se voit.

— Que veux-tu dire ?

— Je parle de tes histoires d'amours.

— Oui, j'ai eu des histoires, mais ce serait mieux si tu ne développais pas ce sujet dans ton livre.

— Comment pourrais-je écrire un livre sur toi sans y raconter tes histoires d'amour ? avais-je dit. C'est le piquant d'un roman.

— Alors tu veux vraiment écrire un roman sur moi ?

— Mais oui, parce que ta vie n'est pas moins passionnante que n'importe quel roman.

— C'est une façon de voir les choses, avait-il dit. On peut imaginer plusieurs formes à une ligne droite.

— Écoute, je sais écrire, pas dessiner.

— Il n'y a pas beaucoup de différence, les deux sont un moyen d'expression visuelle.

— Ça veut dire qu'on n'utilise pas les mêmes moyens.

— Ce qui est plus important que le moyen c'est le sujet, mais l'art est beaucoup plus important que le sujet.

— Je ne suis pas d'accord. Pour moi, la vie elle-même est plus importante que l'art.

— Mais qu'est-ce que tu crois sur la vie ? dit-il. La vie et l'art sont liés. L'un ne s'éloigne jamais de l'autre. Là où il y a de la vie,

318

il y a de l'art et vice versa.

— Est-ce que ça veut dire que l'écriture est aussi un art ?

— Mais oui, toi aussi tu es un artiste.

— Pas encore.

— Tu le seras si tu t'y mets.

— Pourquoi tu ne veux pas parler de tes histoires d'amour ? avais-je demandé. Elles seraient comme une trame pour moi. Sans ça, je ne pourrais pas construire une bonne histoire.

— Tu crois que je suis un Don Juan ?

— Bien-sûr, mais que tes histoires ne soient pas un succès, ça, c'est autre chose.

Il avait ri .

— J'ai peur que si mes histoires deviennent publiques, aucune fille ne m'approche plus.

— Je te décrirai sous ton meilleur jour avais-je dit.

— Je plaisante, avait-il dit. Je vais tout te raconter en détails et il faut que tu écrives la vérité. Si je ne disais pas la vérité ou que toi tu ne sois pas capable de l'écrire, dans ce cas ce projet n'aurait aucun sens.

Par une nuit froide de l'hiver, j'avais commencé à faire le brouillon. Il fallait changer beaucoup de choses. Je l'avais interviewé plusieurs fois, mais cela me paraissait toujours insuffisant. À mesure que j'écrivais, ma curiosité grandissait. Il me fallait revoir certaines choses, lui demander à nouveau. L'histoire de ce roman était incomplète, car je n'avais pas tous les détails et je n'avais parlé qu'à Drishya. Ce roman était son histoire, sa vie personnelle, son point de vue et ses expériences.

La façon dont apparaissaient les autres personnages était mon entière responsabilité. Je les avais vus à travers les yeux de Drishya. J'avais bien conscience que les personnages vus à travers la sensibilité d'un artiste n'étaient pas tout à fait objectifs. C'est vrai aussi que l'écriture n'était jamais parfaite. Il manquait toujours quelque chose. On pourrait toujours corriger par la suite.

Je ne serais pas surpris que le personnage de Drishya ne soit pas exactement fidèle à ce qu'il avait été, car, même si c'est sa vie, c'est à travers ma seule perception que je l'ai décrit. C'est pour cela qu'il parle plus du personnage que d'autre chose. Autrement dit, c'est son histoire à lui telle qu'il me l'a racontée et telle que je l'ai comprise. Je n'ai pas rencontré Palpasa. Si j'avais pu la rencontrer, j'aurais eu sa version et j'aurais pu mieux comprendre la profondeur de leur relation. Ça aurait pu donner une autre perspective au roman. Dans la deuxième partie de sa vie, après la mort de Palpasa, il était resté très lié avec son souvenir. Le rêve qu'il nourrissait portait son nom. Si elle n'avait pas été tuée, j'aurais certainement fait sa connaissance. La rencontrer m'aurait intéressé parce que, en ayant vécu en Occident, même si elle était née à Katmandou, son point de vue aurait été complètement différent. Drishya avait grandi dans une ambiance montagnarde alors que Palpasa avait grandi dans une ambiance internationale. Leurs vécus étaient si différents qu'ils avaient créé des conflits entre eux. Je m'intéressais beaucoup aux conflits, sinon je n'aurais pas commencé ce roman.

J'étais toujours en contact avec Phoolan. C'était une fille ouverte, mais depuis que Drishya a disparu, elle aussi a peur. Elle m'avait téléphoné il y avait à peine quelques jours pour savoir si j'avais eu des nouvelles. S'il ne revenait pas, elle devrait retourner dans son village. En rentrant au village, serait-elle obligée de rejoindre l'armée du peuple ? Qui sait ? *Une personne par maison'*, tel était le slogan des maoïstes. Il se pourrait bien qu'elle les rejoigne dans la forêt. Elle m'avait raconté que Kishore avait finalement pu partir aux États-Unis. Il lui avait dit qu'il espérait la retrouver à son retour et avoir une relation avec elle.

— Et que lui as-tu répondu ?

— Je lui ai dit que je n'aimais pas les conflits et pour moi, dans toutes les relations il y a des conflits, me dit-elle.

À Katmandou, on ne voyait pas grand monde de l'entourage de Drishya à part Tsering qui était son meilleur ami. Ce dernier était un photographe très occupé, c'est pour cela ce n'était pas facile de le rencontrer. Souvent il était à l'étranger. J'aurais dû parcourir le chemin que Drishya avait fait dans les montagnes pour que ce roman soit encore plus fidèle à son histoire. Mais je ne pouvais pas partir comme lui avec le métier que je fais.

Il y avait des choses sur lui que je ne savais pas ou que je n'avais pas bien comprises. Par exemple pourquoi était-il venu à Katmandou, dans un internat ? Comment ses parents étaient-ils morts ? Qu'est-ce qui l'avait poussé à devenir peintre ? Pourquoi avait-il du mal à exprimer ses sentiments ? Comment avait-il vécu ses années d'école ? Pourquoi est-il devenu comme ça ? Il y avait beaucoup de questions où, même moi, je n'avais pas les réponses. Ce vide devait exister dans ses peintures, ce qui permettait à l'imaginaire des amateurs d'art de s'envoler. Dans ce roman, il y avait aussi un espace pour laisser cours à l'imaginaire des lecteurs.

La nuit du 1er juin 2001 et sa rencontre avec Siddhartha avaient beaucoup changé sa vie. Avant cette nuit-là, il était un jeune artiste insouciant. Et puis il avait changé. Sa relation avec Siddhartha n'était pas claire non plus. Personne ne savait à quel endroit ils s'étaient séparés dans les montagnes. Personne ne connaissait vraiment bien Dryshya. Dans les restaurants qu'il fréquentait, aucun serveur ne se souvenait de lui. Il avait très peu d'amis. Si je n'avais pas pu mieux le décrire, ce n'était pas ni de sa faute ni de la mienne, c'était aussi parce qu'il vivait une vie solitaire.

Par contre, j'avais pu découvrir certaines choses sur Christina. J'avais été très curieux de savoir pourquoi elle était partie sans dire un mot à Drishya. J'étais allé à la galerie pour prendre des nouvelles de Phoolan, après la disparition de Dryshya. Elle était devant l'ordinateur de Drishya et elle répondait à son courrier à sa place. C'était bien, il ne pouvait pas tout faire et il était capable de laisser ses mèls sans y répondre pendant des mois. Ce jour-là, j'avais découvert que c'était elle qui gérait ses mèls. Elle avait l'air inquiète.

— Regardez, dit-elle en se plaignant de Drishya. Il a changé le mot de passe.

— Ah bon ? dis-je en m'avançant vers l'ordinateur. Tu sais quand il a fait ça ?

— Il a toujours eu le même jusqu'au jour de son enlèvement.

— On va voir ça. Elle me laissa la place et je m'installai devant l'ordinateur. On va essayer un mot de passe.

— Mais comment ?

— Qu'est-ce qu'il aimait le plus ?

Elle ne répondit pas tout de suite et se mit à réfléchir. Qu'est-ce que ça pouvait bien être ? Soudain, j'eus comme un éclair dans ma tête et tapai : *Palpasa Café*. Quel autre mot de passe aurai-t-il pu mettre ? Quand sa boite de mèls s'est ouverte,

Phoolan sursauta. Elle avait l'air si contente ! Devais-je lire ses mèls ? Je lui laissai la place.

— Regardez *daï*, dit-elle en montrant du doigt l'écran. Il y a un paquet de mèls de la part de Christina.

— Est-ce qu'on peut les ouvrir ?

— Bien-sûr, il faut qu'on lui dise ce qui est arrivé, non ?

— Vas-y, ouvre, ai-je insisté. Vas-tu lui dire que Drishya s'est fait enlever ?

— Je ne sais pas !

Je restai debout. D'habitude, je n'aimais pas lire les mèls qui étaient adressés aux autres, mais Dryshya lui en avait donné la permission, alors pourquoi pas ?

Christina avait écrit dans un de ses mèls :

*Il est possible que tu te demandes pourquoi je suis partie sans dire au revoir. J'ai beaucoup réfléchi, si je voulais vivre avec toi ou pas, si je voulais laisser mon copain ou pas. Depuis que tu étais revenu de la montagne, je me posais la question. Mais un événement d'un jour a tout changé. Le jour où je suis partie de la galerie, j'étais fâchée. Le lendemain c'était mon anniversaire. Tu ne me l'as pas souhaité, encore moins fait un cadeau. Pourtant je te l'avais rappelé. Je ne savais pas si tu avais oublié ou bien si tu voulais garder tes distances.*

*Tu sais ce que mon copain a fait ?*

*Il a fait envoyer un bouquet de fleurs dans ma chambre, tôt le matin. Il a même envoyé à l'hôtel un fax en me souhaitant un joyeux anniversaire. Tu peux t'imaginer à quel point j'ai été touchée. Je me suis dit : c'est lui qui m'aime et c'est lui qui est fait pour moi, c'est lui mon petit ami. Tout de suite après, le personnel de l'hôtel a apporté un grand gâteau où était écrit dessus 'bon anniversaire'. Le même jour, je suis allée à l'agence de voyage pour acheter un billet de retour.*

*J'espère que tu penseras que j'ai pris la bonne décision. Et je serais heureuse si tu me dis que tu peins toujours autant.*

*Pardonne-moi si je t'ai déçu.*

Après avoir lu ce mèl, je quittai la galerie.

\*

— *Namasté.*

Gemini arriva. Je lui fis signe de s'asseoir en face de moi. Je la regardai. Après avoir accroché son petit sac au dos de la chaise, elle enroulait à présent ses cheveux dans ses doigts. Elle devait avoir entre vingt et un ou vingt-deux ans, au maximum vingt-cinq.

— J'espère que je ne vous dérange pas trop ? me demanda-t-elle.

— Non, j'avais du temps, dis-je. Tu veux boire quelque chose ?

— Qu'est-ce que vous avez pris ?

— Un gin-tonic.

— Moi je vais en prendre un avec du *sprite*, dit-elle en se tournant vers le bar.

Le serveur arriva. Elle me posa des questions sur mon métier, pendant un moment. Elle était curieuse comme tout le monde du journalisme. Elle posa des questions sur la politique, le conflit, la situation internationale et la situation actuelle du pays. Elle me posa quelques questions précises sur les émeutes entre les maoïstes et les forces de sécurité. On commanda une deuxième tournée. Comme j'avais terminé le roman, je me sentais léger et j'avais envie de boire quelques verres. Elle m'accompagnait comme si on était de bons amis. Elle était à l'aise, mais je sentais qu'elle n'osait pas aborder le sujet qui la préoccupait. Finalement, elle osa :

— J'ai une amie qui a disparu.

C'était donc là où elle voulait en venir. Je commençais à comprendre pourquoi elle avait besoin de mon aide. Mais quel type d'aide ?

— Vous les journalistes, vous êtes en contact avec les maoïstes, dit-elle. Vous pouvez aider pour faire libérer des otages.

— Pas exactement, dis-je. Nos articles peuvent être utiles pour faire pression, mais c'est tout.

— J'ai besoin de tous les moyens, dit-elle. Si je vous explique en détails, vous pourrez écrire un article dans les journaux et vous pourrez aussi parler avec les chefs moïstes, enfin j'espère.

— Le contact ne se fait jamais en double sens, dis-je. C'est eux qui nous contactent quand c'est nécessaire et c'est par téléphone satellite donc il est impossible de connaître leur numéro d'appel.

Le serveur s'approcha de notre table et demanda si nous voulions commander des snacks. Je la questionnai du regard. Elle avait l'air de vouloir diner. Alors qu'elle feuilletait le menu, je me suis mis à la regarder. Elle était de taille moyenne et portait un pull-over gris clair avec une fermeture-éclair jusqu'au cou. Elle m'a parlé de ses études et de sa vie aux États-Unis. Elle pensait revenir au Népal faire une thèse.

— Quand je suis arrivée ici, ça faisait déjà un moment qu'elle avait disparu, dit-elle.

— Où a-t-elle disparu ?

— Elle était partie dans les campagnes pour visiter.

— Dans quelle région ?

— Je crois que ça doit être dans l'Ouest.

— Elle n'a pas de famille ici ?

— Si, elle a sa grand-mère, dit-elle.

Ses mots me bouleversèrent.

— Comment s'appelle-t-elle ?

— Palpasa.

J'eus l'impression qu'elle m'avait tapé avec un marteau sur la tête. Plusieurs fois. Je sentis une douleur soudaine. Elle était morte, mais sa famille la croyait encore disparue. Ils espéraient toujours la revoir. Ils n'étaient pas au courant du tout de ce qui lui était arrivé. Drishya avait été incapable d'annoncer la nouvelle à sa grand-mère. Je ne le savais pas. Et il ne m'avait rien dit. Il aurait dû.

Qu'allais-je faire à présent ? Je n'en savais rien. Devrais-je lui dire la vérité maintenant ou plus tard ? De toute façon il fallait la dévoiler un jour. Lorsque le livre sortirait, tout le monde saurait et on me prendrait pour un lâche. Cette fille ne me connaissait pas. Personne ne savait encore que j'avais écrit un roman sur Drishya et Palpasa. Son amie venait me demander de rechercher Palpasa le jour même où j'avais terminé le roman où j'avais décrit sa mort. Je me sentis mal à l'aise. Je commandai un autre verre pendant qu'elle mangeait des pâtes. Comment pouvait-elle savoir ce qui se passait dans ma tête ?

D'un côté, je me disais que Drishya avait bien fait de ne rien dire. S'il n'avait pas pris le même bus ce jour-là, cet accident aurait eu lieu de toute façon. Il n'aurait jamais su qu'elle était morte. Malgré tout, je pensai qu'il aurait dû le dire à sa grand-mère.

— Sa grand-mère pense qu'elle est amoureuse d'un peintre, dit-elle. À moi aussi, elle me parlait du début de son histoire d'amour par mèl.

— Qu'est-ce qu'elle disait ?

— Elle n'est pas très sentimentale, dit-elle. Mais je ne sais pas pourquoi, elle était attirée par ce peintre. Elle m'avait écrit une fois qu'il ne s'intéressait pas à elle, mais que malgré ça, elle ne pouvait pas s'en éloigner.

Je la regardai sans rien dire.

— Je lui avais répondu par mèl : « Finalement tu as cédé à l'appel du Népal. » Elle disait que sa vie commençait à avoir un sens, qu'elle comprenait mieux le pays, la société, la lutte.

Je ne savais plus quoi dire. Elle continua :

— Elle ne devait pas partir si tôt au Népal, mais un jour elle s'est disputée avec ses parents. Elle voulait une vie où elle serait libérée des préjugés culturels de sa famille. Elle est arrivée ici, fâchée. On avait organisé une fête pour son départ, mais elle n'a pas beaucoup parlé. Elle disait qu'elle allait faire, au Népal, quelque chose qui avait un sens pour elle. On ne savait pas quoi, mais elle avait l'air déterminée. C'est comme ça qu'elle a abandonné tous ses amis. Elle en avait beaucoup, autant de garçons que de filles. Elle aime qu'on la considère d'égal à égal et elle fait pareil avec les autres. Je crois que c'est pour ça qu'elle a autant d'amis. C'est pour ça qu'elle est différente. Elle déteste la solitude et pourtant, elle est venue ici seule.

— Tu veux un autre verre ?

— Non merci, dit-elle. D'habitude, je ne bois pas, c'était juste pour vous accompagner. Je ne vous ennuie pas j'espère.

— Non, pas du tout, ai-je dit. Moi non plus, je ne bois pas beaucoup. Je suis tout de suite saoûl, mais ce que tu me racontes me donne envie de boire.

— Sur moi ou sur Palpasa ?

— Les deux, on va dire.

— Je disais que … se lança-t-elle. Je pourrais reconnaître ce peintre. Je l'ai vu une fois à Goa. J'ai trouvé sa galerie ici, mais elle était fermée et ses voisins ne savaient rien. Ils m'ont dit que la galerie était fermée depuis longtemps. Je n'ai pas trouvé son adresse personnelle non plus. J'ai appris qu'il était allé voir la grand-mère de Palpasa une fois. Je ne pense pas qu'ils soient partis ensemble, car sa grand-mère a dit qu'il était venu plusieurs jours après le départ de Palpasa et qu'il ne savait pas qu'elle était partie. Elle avait son appareil photo avec elle, et on a pensé que, comme ça faisait si longtemps qu'on n'avait plus de nouvelles, elle s'était peut-être fait kidnapper par les maoïstes. Elle avait prévenu sa grand-mère qu'elle ne rentrerait pas tout de suite, mais là ça fait déjà un bon bout de temps. Sa grand-mère s'inquiète beaucoup, car en ce moment la situation est instable. Elle n'a pas donné de nouvelles et ce n'est pas son genre. Je crois qu'elle a été enlevée. Avant de retourner aux États-Unis, je fais mon enquête pour donner des informations à ses parents. Voilà pourquoi je suis venue vous demander de l'aide.

Je l'écoutais sans rien dire et peut-être parce que j'avais un peu trop bu, je ne pus m'empêcher et lâchai :

— Elle ne reviendra jamais.

Elle me regarda droit dans les yeux, sans me croire du tout. Peut-être pensait-elle que j'avais dit ça sans penser aux mots. Elle ne sut pas quoi dire et remit le verre d'eau qu'elle avait à la main sur la table.

Avant que je dise quoi que ce soit, elle me coupa :

— Mais qu'est-ce que vous racontez ?

— Je dis la vérité.

— Qu'est-ce que vous voulez dire ?

— Qu'est-ce que tu as compris ?

— Elle s'est fait tuer, c'est ça ?

— Oui.

— Mais comment le savez-vous ?

— Je le sais, mais ce n'est pas parce que je suis journaliste.

— Alors comment pouvez-vous en être sûr ?

— Est-ce que tu as du temps ?

— Pourquoi ?

— Parce que je veux que tu lises un livre.

— Mais pourquoi ?

— Parce que tout y est écrit.

Elle resta bouche bée pour un moment. Puis ses lèvres sont devenues sèches, ses yeux humides. Alors que je tournais la tête, elle partit aux toilettes. Puis revint. Elle me regarda et demanda une cigarette au serveur.

— Désolé madame, dit le garçon. On ne vend pas de cigarette à l'unité.

— Apporte un paquet alors, dis-je.

Elle alluma une cigarette. Comme elle, j'en pris une aussi. Le serveur alluma son briquet. Elle fumait en rejetant beaucoup de fumée, on voyait qu'elle n'avait pas l'habitude de fumer.

Le restaurant allait bientôt fermer. Dehors, les rues devenaient de plus en plus calmes. À peine quelques personnes ici où là marchaient dans la rue. Les policiers faisaient leur patrouille en tapant le sol avec leur bâton. On avait éteint la musique du bar.

— C'est un livre au sujet de Palpasa ?

— À ton avis ?

— Ce que je vous demande c'est si ce livre parle bien de notre Palpasa ?

— Pourquoi te mentirais-je ?

— Mais comment vous savez que ce livre est sur Palpasa ?

— Parce que c'est moi qui l'ai écrit, dis-je.

Elle fut stupéfaite. Ses yeux restèrent grand ouverts pendant un moment, sans ciller. Son regard me transperçait. J'ai balayé de la main la fumée de ma cigarette qui s'envolait vers elle. Elle tira une deuxième bouffée quand le serveur arriva.

— Excusez-moi, monsieur !

— Qu'est-ce qu'il y a ?

— On ferme.

— Tu ne vois pas que nous sommes encore là ?

— Oui, mais la police ne va pas tarder.

— Ne t'inquiète pas, ai-je dit. Je leur parlerai.

— Oui, mais ils vont nous arrêter, insista-il. Tous les jours, ils nous embêtent. Vous êtes des clients de passage, mais nous, ils nous jettent en prison.

Je n'étais pas content, mais nous n'avions pas le choix. Gemini aussi semblait contrariée.

— Allez on s'en va, dis-je.

— Pouvez-vous me donner le livre maintenant ?

— Il est à l'impression, dis-je. Si tu veux, je te donne le manuscrit.

Elle se leva. Je lui donnai le manuscrit imprimé en format A4.

Elle le prit, le regarda, incrédule. Sous la couverture en plastique transparent, sur la première page était écrit en lettres capitales : LE PALPASA CAFÉ.

❏❏

# Glossaire

**Ba** - Père

**Bhaï** - Petit frère, désigne aussi un homme moins âgé que soi

**Bakshiyosh** - Signe de respect entre aristocrates

**Bir Hospital** - Hopital situé proche du palais

**'Bholi uthi kaha jané** - Demain je ne sais pas où je vais

**Boarding-school** - Internat où la langue anglaise est enseignée

**CCOMPOSA** - Comité de coordination des partis maoïstes et les organisations d'Asie du Sud

**Chautara** - Arbre propice au repos et la conversation

**'Jham jham pani paryo asadh ko rat - bari bata bajna thalé makaika pat'** Quand il pleut, on entend la douce mélodie de la mousson sur les feuilles de maïs

**Chhauni Hospital** - Hopital situé à quelques kilomètres du palais royal

**Chhoila** - Viande de buffle bouillie servie épicée

**Chicken sizzler fumé** - Poulet mariné grillé servi sur une plaque en fonte brûlante

**Chowmein** - Genre de spaghettis préparés avec épices

**Coffee Guff** - Discussion de café, chronique populaire du quotidien *Kantipur*

**Daal-bhat** - Repas national composé de riz, lentilles et légumes

**Daï** - Frère aîné, désigne aussi un homme plus âgé plus que soi

**Dan** - Ville située dans le sud-ouest du Népal

**Dashaïn** - Grande fête annuelle hindoue

**Darshan-bhet** - Formalité traditionnelle de la présentation

**Devi** - Déesse

**Dhindo** - Repas à base de farine de millet

**Didi** - Grande sœur, désigne aussi une femme plus âgée que soi

**Doko** - Grand panier que les Népalais portent sur le dos à la force du front

**Durbar Square** - Ancien palais royal de Katmandou

**Fair and Lovely** - Produit cosmétique qui prétend blanchir la peau

**Fenny** - Boisson alcoolisée à base de noix de cajou

**Gaunchha geet népali, jyotiko pankha ouchali** - Hymne national.

**Hajour** - Appellation de respect que les nouveaux riches népalais utilisent

***Jeth 19*** - Le 1er juin, date où a eu lieu le massacre du palais royal

***Kenwara*** - Pendanus

***Kuiréni*** - Peau blanche

***Kurta*** - Chemise indienne

***Lodge*** - Petit hôtel sur les itinéraires de randonnée

***Madal*** - Tambour népalais

***Magars*** - Ethnie de montagne

***Malla*** - Rois népalais du XV^{ème} siècle

***'Ma ta dour dékhi ayé'*** - Je suis venu de loin, rien que pour toi

***Mit*** - Ami d'enfance

***Mitaama*** - Mère de l'ami d'enfance

***Mitba*** - Père de l'ami d'enfance

***Mitkaakaa*** - Oncle de l'ami d'enfance

***Momos*** - Raviolis

***Namasté*** - Salutations de bienvenue

***Narsimha*** - Trompette traditionnelle

***Nepali Sewa*** - BBC en népalais

***Nyauli*** - Barbu géant

***'Phoolko ankhama phulai sansara'*** - Pour une fleur, le monde est une fleur, d'Ani Choying

***Pindalus*** - Genre de pomme de terre

***Prithivi Narayan Shah*** - Roi unificateur du Népal 1723–1775

***SAARC*** - Association des pays d'Asie du Sud

***Shiyosh hajour*** - Signe de respect entre aristocrates

***Simal*** - Arbre à coton

***SLC*** - Equivalant du Baccalauréat

***Tea shop*** - Petit café restaurant de village

***Thamel*** - Quartier touristique de Katmandou

***Tharu*** - Ethnie défavorisée

***'The first love before the second*** - Le premier amour avant le deuxième

***Thimi*** - Ville annexe de Bhaktapur

***Thorong*** - Col d'altitude (5416 m) sur le trek du tour des Annapurnas

***Tihar*** - Fête de la lumière

***Tika*** - Tache rouge sur le front représentant une bénédiction

***Vipashyana*** - Méthode d'initiation à la méditation de 10 jours dans le silence total